最弱テイマーはゴミ拾いの旅を始めました。3

The Weakest Tamer Began a Journey to Pick Up Trash.

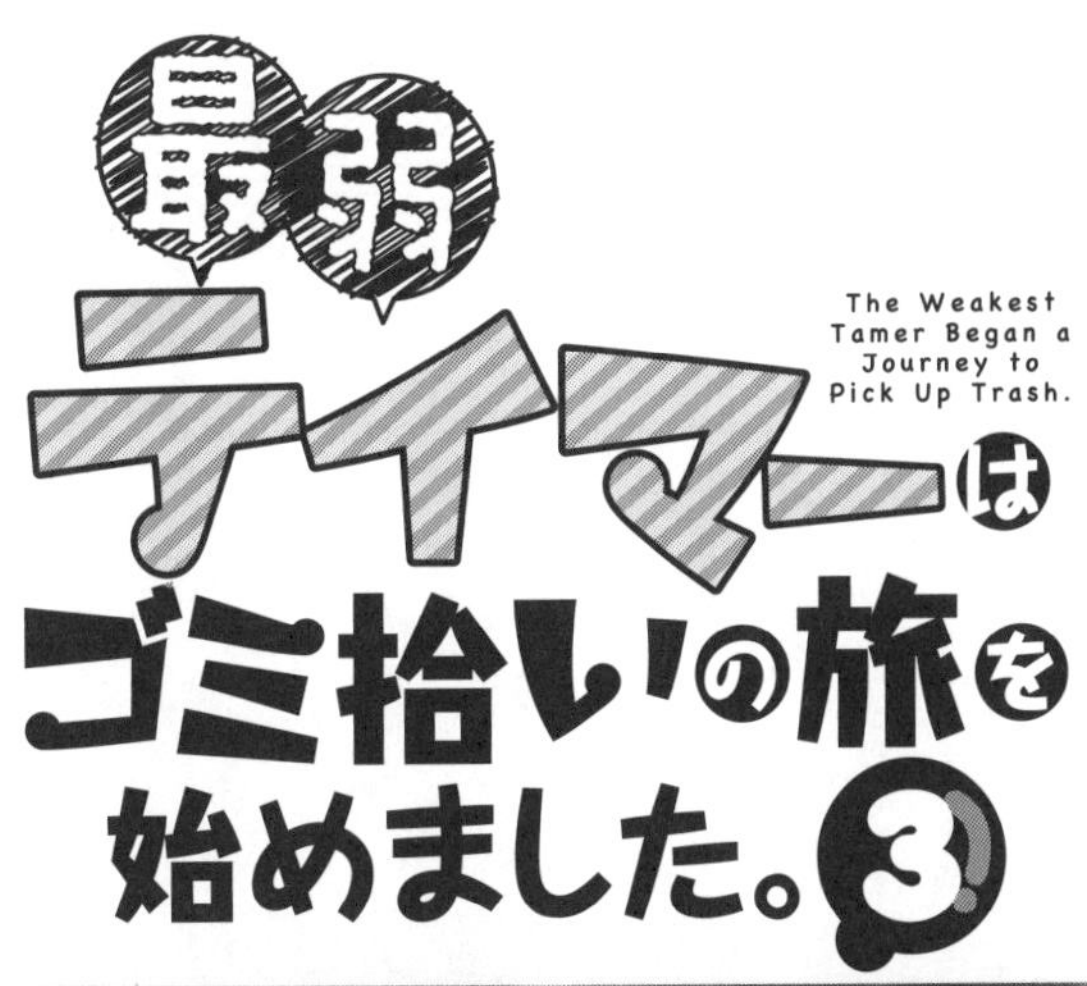

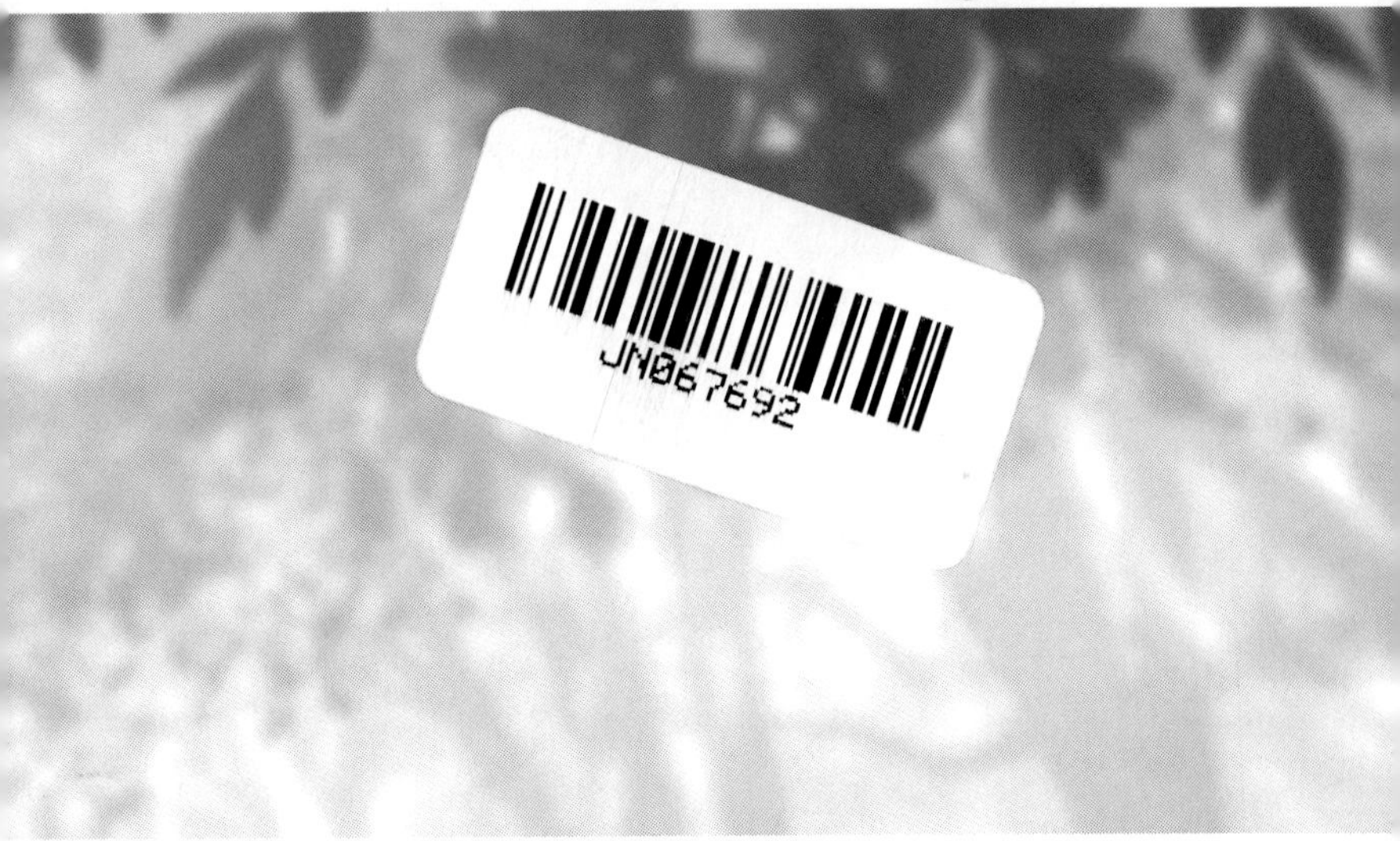

Honobonoru500

ほのぼのる500

Illustration ✿ なま

TOブックス

Character
アイビー
スキルの星がなかったため
親から見放され、
サバイバルの旅に出る。
前世の記憶を持つ。
男の子に間違えられがち。
シエル
行く先々で出会った
アダンダラ（猫の魔物）。
なぜかアイビーに懐いている。
ついもふもふしがち。
ソラ
アイビーが初めて
テイムしたスライム。
崩れスライムというレア種族。
ぷるぷる震えがち。

ラトメ村の住人

オグト

ラトメ村の自警団員、門番・見回りの隊長。考えるよりすぐ行動しがち。

ヴェリヴェラ

ラトメ村の自警団員、門番・見回りの副隊長。面倒見がいいので、つい隊長のフォローをしがち。

上位冒険者チーム　炎の剣

セイゼルク

チームリーダー。がっちりしていて、つい脳筋な行動をしがち。

ラットルア

褐色の陽気な青年。仲間想いで、喜怒哀楽で表情がコロコロ変わりがち。

シファル

紺色の髪の爽やかな青年。いつも笑顔だが、怒った時の無表情を怖がられがち。

ヌーガ

色黒の野性的な男性。肉が好きすぎて、食事の内容が偏りがち。

上位冒険者チーム　雷王

ボロルダ

チームリーダー。いい加減なのに優しい見た目から、メンバーに相談されがち。

リックベルト

食い意地はヌーガといい勝負。吊り目なので、人相悪く見られがち。

ロークリーク

マールリークと名前が似ているけれど兄弟ではない。大雑把なボロルダに振り回されがち。

マールリーク

ロークリークと名前が似ているけれど兄弟ではない。目が悪いせいで、不機嫌だと思われがち。

冒険者チーム　緑の風

ミーラ

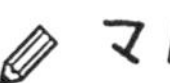

アイビーと同じテイマー。
大人っぽい見た目に反して、罠に嵌りがち。悪徳な奴隷商組織に手を貸していた。

マルマ

トルトと双子で冒険者をしており、よく名前を間違えられがち。

トルト

マルマと双子で冒険者をしており、よく名前を間違えられがち。

ラトミ村から
旅立っ！

占い師との悲しいお別れ、
でも頑張ろう！

冒険者チーム
「炎の剣」と「電王」の
悪者さがしに協力！
1回休み

まずはみんなで
腹ごしらえ！

(化)作戦
開始だ！
1マス戻る

てがかりをGET！
でも危ないから
お留守番……。

これまでのアイビーの旅路――。

もくじ

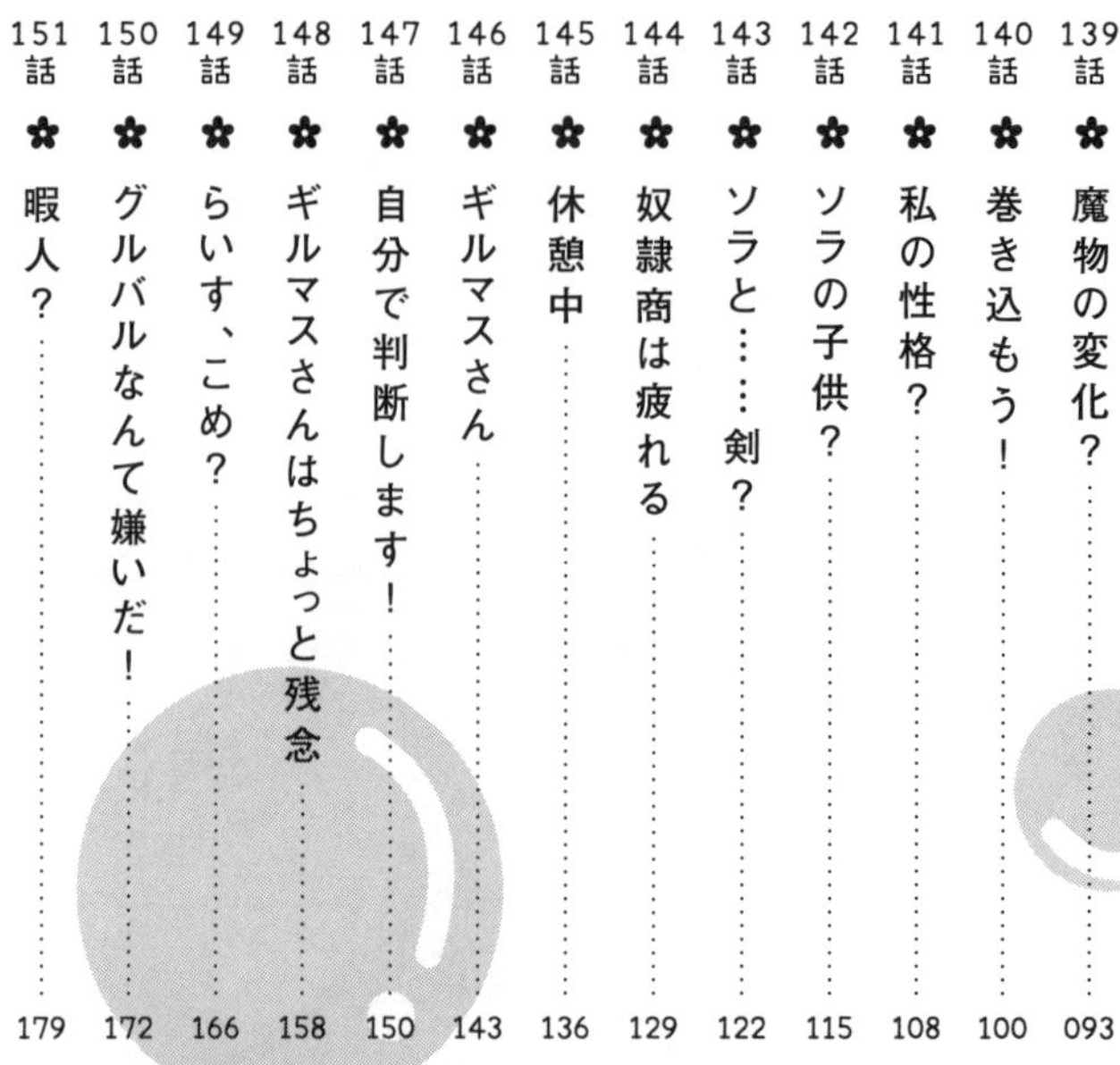

Illustration なま Design AFTERGLOW

第4章 ✿ オール町と仲間 前編

The Weakest Tamer
Began a Journey to
Pick Up Trash.

127話　出発

「よし！」

テントを畳んで、マジックバッグに入れる。もらったマジックバッグは全部で六個。ボロルダさんが三個、ロークリークさんが二個、ヌーガさんが一個くれた。みんな、予備も含めてかなりの量を持っているらしい。さすが上位冒険者だけのことはあるな。それにしても、正規版のマジックバッグは容量が大きく使い勝手がとてもいい。今までの荷物が、二つのマジックバッグにすべて収まってしまうのだから驚きだ。そして、何より時間停止機能がうれしい。この機能があれば、食べ物を入れても腐らない！　ただ前のように、間違ってソラをマジックバッグに入れないようにしないと。正規版のマジックバッグには生きているモノは入れられない。そういえば、入れたらどうなるんだっけ？　弾かれるとか聞いた様な気がするな。とりあえず、慌てた時や寝ぼけている時は、特に気を付けよう。

「見て！　ラットルアさん、二個のマジックバッグに荷物が全部入ったよ！」

「容量の大きいマジックバッグが揃っていたからな。あまったマジックバッグは予備で持っていったらいいよ。どうせあいつらもそのつもりだろうし」

「ありがとう。すごくうれしい。動きやすいし最高！」

腰のバッグも含めると五個の劣化版マジックバッグを持って歩いていたから、正規版三個のマジックバッグとソラ専用のバッグだけだと、とても身軽だ。実際にマジックバッグ二個を肩から下げ貴重品を入れたマジックバッグを腰に巻いて歩いてみるが、とても歩きやすい。興奮している私の隣では、ラットルアさんがテントのあった周辺のゴミを集めてくれている。それに気付いて、私も慌ててゴミを拾う。

「ごめんね。私がする事なのに」

「気にするな。俺がやりたくてやっているのだから」

いつも優しいラットルアさんからは、マジックライトをもらった。これがあれば、洞窟内の焚火が出来ない場所でも、明かりが得られる。高額のマジックアイテムに最初は遠慮したのだが、マジックバッグもマジックライトも、この町の近くにある洞窟内で魔物を討伐すると簡単に手に入る物なのだそうだ。なので「気にする必要なし！」とみんなに言われ、ありがたくもらう事にした。まあ、簡単に手に入ると言っても、上位魔物らしいので私では絶対に手に入らないアイテムだけどね。

「はい。ありがとうございます」

それにしても、この町に来た時はバッグが五個だった。今は肩から下げるマジックバッグ二個にソラ専用バッグが一個。貴重品を入れて腰に巻くマジックバッグも正規版になり、安全性が増した。テントなどが増えて、荷物は多くなったのだが、見た目には身軽になり、気持ちも楽になった。随分変わったなと、自分で感心してしまう。これもすべて、いい人たちに出会えたおかげだ。拾ったゴミを所定の位置に捨てると、広場でやる事も終了。

「ラットルアさん、ありがとうございました」

彼も仕事の準備がある筈なのに、あと片付けまで手伝ってくれた。最後の最後まで、本当にお世話になってしまった。

「色々あり過ぎたけど、楽しかったよ」

ラットルアさんが、優しく頭を撫でてくれる。視線が合うと、とても柔らかな笑顔だ。何度も勇気づけられた表情を見ると心がギュッとなる。

「では……」

なんと言えばいいのか迷う。

「またな。いい旅をしろよ」

「はい」

「ただし、無理はしない事。体にも気を付けて」

「はい。ラットルアさんも」

「また、絶対に会おうな」

「……はい、絶対に会いに来ます」

「待ってるよ」

ラットルアさんの言葉に、体の中から何かがこみあげてくる。それを押えて深く頭を下げてから、広場をあとにする。ラットルさんは仕事があるから、広場でさようなら。広場を出た所で後ろを振り返ると、手を振ってくれた。手を振りかえして、門へ向かう。本当に最後の最後までいい人だ。

視界が滲む。ぐっと耐えて前を向く。絶対に、また会いに来よう。門の所では、なぜか門番さんたちに別れを惜しまれた。これにはちょっと驚いてしまった。門を出て歩き出すと、門番さんたちが「また来いよ」と声を掛けてくれた。うれしくて、振り返って門番さんたちに笑顔で両手を振る。

森を少し歩いて周りを確認する。人の気配はしない、少し遠くまで気配を確かめるが問題なし。バッグからソラを出す。

「ソラ、今日からまた旅だね。よろしく」

「ぷっぷぷ～」

「ふふふ、シエルもね」

近くにシエルの気配を感じたので名前を呼ぶと、木の上からすっと目の前に降りて来る。相変わらず、身軽だな～。かっこいい。

「よし。行こうか！　……ソラ、そっちだとラトメ村に戻る事になるから、戻っておいで」

「ぷ～～～！」

いや、怒らないでほしいのだが。勢いよくピョンピョン跳ねるソラ。勢いあまって思いっきりシエルにぶつかっているが、シエルは気にも留めていない。体の作りが丈夫なのだろうか？　ソラの体当たりって、最近結構痛いんだけどな。

「ソラ、遅くなっちゃうし行こうよ」

「……ぷ～」

あっ、不貞腐（ふてくさ）れちゃった。そういえば、この所よく不貞腐れるんだよな。ちょっとした事でも、怒りやすくなっている様な気がするし。もしかして……反抗期？　スライムにそんな成長があるのだろうか？

「シエル、今日から次のオール町へ行く道中はずっと一緒にいられるね。よろしく」

「にゃうん」

私の言葉にすりすりと顔をすり寄せて可愛く鳴いてくれる。ものすごく可愛い。

「ぷ〜!!」

ソラのちょっと大きな鳴き声に驚いて視線を向けると、勢いよく目の前に飛び込んで来る。慌ててソラをギュッと抱きしめると、体から力が抜けた。良かった、落とさなくて。腕の中のソラを見ると、私の顔を見てプルプルと小刻みに揺れている。これは構ってほしい時に見せる態度だ。不貞腐れているのを放置されて寂しかったのかな？

「ソラも、よろしくね。頼りにしているからね」

「ぷっぷぷ〜」

声のトーンが、機嫌がいい時の物に変わった。それに笑って、止まっていた足を動かす。あまりゆっくりし過ぎると、今日の目標の場所までたどり着けなくなってしまう。ソラはピョンと地面に降りて、周りを跳ね回っている。気分がコロコロ変わるのも最近の傾向だな。成長とは、違う様な気がするんだけど、なんなんだろう？

「今日はこの辺りで休もうか」

周りに残されている痕跡を調べていく。高い所に爪とぎ跡があるかどうか、また地面に大きい足跡などがあるかどうかだ。それらがある場合は、大きな動物や魔物が来る可能性が高い。痕跡を探すと小さい足跡はあるが、大きな物はない。

「大丈夫みたいだね」

「にゃうん」

よし！　寝床になる場所を探そう。

「ぷ～ぷぷ～」

少し離れた場所からソラの声が聞こえ、慌てて周りを見るが、ソラがいない。

「さっきまで傍にいたのに……」

周辺を調べる事に集中し過ぎて、ソラが離れた事に気付けなかった。

「ソラ？」

ソラの声を頼りに、周りを見て回る。

「ぷっぷ～」

すぐにソラは見つける事が出来たが、その近くには洞窟の入り口らしき穴がある。洞窟には、動物や魔物がいる事がある為、少し慌ててソラの元に駆け寄る。洞窟の中をそっと窺うが、生き物の存在はなかった。

「良かった～。ソラ、洞窟とか危ないから気を付けないと駄目だよ」

「ぷっ！」

ちょっと自信ありげに声を上げるソラ。もしかしたら寝床を探してくれたのだろうか？　確かに、洞窟だと思った場所は、少し大き目の穴という感じで寝床にちょうど良い。穴に入って痕跡を確かめる。魔物などが寝床にしている可能性があるからね。

「大丈夫みたいだね。ソラ、さすが！」

「ぷ～！」

やっぱり自信ありげだ。なんとなく胸を反らしているように、見えなくもない。その姿がなんとも可愛く、ついついソラの頭を撫でてしまう。

「シエル、今日はここにしようか」

「にゃうん」

シエルも穴の中を見て回っていたので、問題があれば教えてくれるだろう。

問題なしと判断したようだ。良かった。今日はいい寝床を見つける事が出来たみたい。ソラの手柄だね。

「ソラ、ありがとう。ここ、いい寝床になりそうだね」

ソラに声を掛けると、プルプルと揺れている。さて、暗くなる前にご飯を食べて寝てしまおう。

ソラの食事用にポーションをバッグから出していると、シエルが「グルッ」と喉（のど）を鳴らす。視線を向けると、穴から外に出ようとしているのがわかった。じっと見ていると、振り返り私を見つめる。

もしかしてお腹が空いたのかな？

「お腹が空いたの？」

「にゃうん」

そうか、前に狩りに行ってからちょっと時間が空いてるもんね。

「いってらっしゃい。気を付けてね」

「グルグル」

喉を鳴らして返事をすると、穴から出て行った。シエルは私たちの前で食事をした事がない。離れた所で食べてから、帰って来てくれるのだ。本当に頭のいい、優しい子だな。

「ソラ、私たちもって……もう、食べているし」

ソラはバッグから出したポーションを、既に食事中だった。「どうぞ」と、言っていないのだが。まぁ、しかたないか。干し肉と、森で収穫した木の実と果物をバッグから出して食べる。時間停止のマジックバッグを持っているので、ちょっと多めに収穫してしまった。まぁ、食べる量が増えているので問題ないだろう。これでちょっとは成長してくれるかな。やっぱり年齢より小さい子に見られるのは、気になる。それに食べないと筋肉付かないよね。腕を見ると細い腕が目に入る。力こぶを作ってみるが、なんとも心もとない。同じ年頃の子供たちを見たけれど、明らかに私より大きく体つきもしっかりしていた。少しずつ食べる量を増やしていこうかな。

「グルグル」

「ん？　シエル、お帰り」

ちょっと満足そうな顔のシエルが穴に戻って来る。狩りは成功して、お腹は膨れたようだ。良かった。それにしても、この干し肉おいしい。お店それぞれで味が違うのだが、あの肉屋の店主はか

なり腕がいいようだ。人気店になったのは店主の力の様な気がするな。もう少し買ってきたら良かったな。

128話　ソラの苛立ち？

「ぷっぷぷ～」

ソラが勢いよく飛び跳ねている。

「ちょっと、ソラこっち、こっち！　そっちじゃないよ！」

ここ二日ほど、ソラの精神状態がかなりおかしくなった。なぜか急に、私に向かって体をぶつけてくるのだ。原因があると考え、何度もその前後の事を思い返すがどんなに考えてもわからない。体調が悪くそれを知らせているのかとも考えたが、ポーションを食べる本数や速さに変化はなく。また、動きなどを見るが、何処かを痛がっている様子もなくいつも通りに見える。何度かソラに聞いてはみたが、返事はなくよくわからなかった。観察をして気付いたが、ソラは不意に苛立ったように体をゆする事が多くなってきた。情緒不安定と言える状態かもしれない。どうしたらいいのだろう。

「ぷ～」

「ソラ、大丈夫？」

ただ、ソラの苛立ちは今の所長くは続かない。周りを跳び回って私にぶつかってきては苛立ちを表現するが、それはほんの五分ほどで終わる。苛立ちがとおり過ぎると、落ち込んだ様子で私の傍に寄って来る。何かを訴えているようにも見えるのだが……。ソラを抱き上げてギュッと抱きしめる。シエルも心配そうにソラの様子を窺っている。本当にどうしたらいいのか、わからず少し不安だ。旅を再開して七日目となり、丁度、オール町まで半分来た辺りだ。ここまで来ると、引き返すか先へ進むか悩む所だ。

「ぷっぷ～」

ちょっと力の抜けた声。表情を見るが、しんどそうには見えない。本当にイライラしているだけなのかもしれない。

「ごめんね、対応できなくて」

「ぷ～」

プルプルと揺れて、しばらくすると目を閉じた。どうやら、腕の中で寝てしまったようだ。専用のバッグの中にそっとソラを入れる。どうにかしてあげたいのに、出来ない事が悔しい。

「ちょっと急いでオール町へ行こうか」

正直オール町へ行った所で、ソラの事を誰にも聞けないのだがスライムについて何かわかるかもしれない。本屋があれば、スライムの事についての本があるかもしれないし、もしもの時はテイマーを見つけて聞く事も出来る。ボロルダさんの話では、スライムについての本はかなり少ないがある事はあるらしい。ただ今まで見た本を思い出すかぎり、あまり期待は出来ないが。

「にゃうん」

「ん？　どうしたの？」

シエルが、しきりに後ろを振り返っている。何かあるのかと見てみるが、特に気になる動きは目に入ってこない。なんだろう？

「えっと、何？」

シエルはじっと私を見て、私の前で横向きに座り込む。そして尻尾で背中を叩く。

「……もしかして『乗れ』と、言ってくれているの？」

「にゃうん」

アダンダラって乗っていい魔物なのかな？　背中とか痛めたりしないかな？

「グルグル、グルグル」

シエルの視線がソラの入っているバッグに向く。心配してくれているのか。

「ありがとう。でも……乗って大丈夫なの？」

「にゃうん」

大丈夫なのか。確かに私の足より、シエルの足のほうが速い。ソラの事も心配だし、少しだけ乗せてもらおうかな。

「無理はしないでね。しんどくなったらすぐに降ろしてね」

「グルグル」

そっとシエルの背中に乗る。荷物などが、シエルの体を痛めないように位置を整える。よし、大丈夫だな。私の準備が整ったのを感じたのか、シエルはゆっくり歩き出す。ちょっとドキドキしたが、振動を微かに感じる程度で安定している。ただつかまる所がないので、あまり速く歩かれると落ちてしまいそうだ。シエルはしばらくゆっくり歩き、大丈夫と思ったのか少しだけ速度をあげた。少し体が揺れるが、問題なく乗れている。体を固定出来れば、走る事も可能かもしれないな。シエルの上で景色を眺める。確実に、私が歩くより速い。もしかして、私って短足なのだろうか？　自分の足を見る。まぁ、まだ子供だからしかたない。成長はこれからだ。きっと大丈夫、大丈夫。バッグが少しだけもぞもぞと動いている。中を窺うと、少し目を開けているソラ。私と視線が合うと、じっと見つめて来るがしばらくするとまた眠ってしまった。本当に、どうしたのだろう。病気などではないといいのだけど……。

「ぷっぷぷ～」

バッグから、地面に向かって飛び降りるソラは寝て落ち着いたのか、元気だ。

それにしても。周りの様子を見て、地図で現在地を確かめる。やっぱり私は短足なのかもしれない。私の足だと二日掛かる所、シエルが普通に歩いて一日だった。

なんだろう、この胸のもやもやは。……足をマッサージしたら、伸びるかな？

「ぷっぷ～」

語尾を上げたソラの声に視線を向けると、私をじっと見ている。そして、周りをピョンピョンと跳ね回っている。今は機嫌もいいようだ。良かった。

「ご飯にしようか」

足の事はまた今度考えよう。大丈夫、私はこれからが成長期！
ポーションをバッグから出していると、お腹が空いていたのかすぐに食べ始めるソラ。体の中にシュワ〜っと消化されていっている様子もいつも通りだ。食べ方にも問題ないし食べる速さもいつも通りだ。

「何が問題なんだろうね？」

シエルに問いかけるが首を傾げられた。

「ぷっぷ〜」

ソラは食事が終わって、機嫌よく私たちの周りをくるくる、くるくる。心配する必要はなかったのかな？　それとも波がある？　ん〜、わからない。

「とりあえず、今は元気だからいいかな？」

「にゃうん」

様子だけは、しっかりと確認していこう。今日は大丈夫そうだけど。

バッグから干し肉と、果物を取り出す。今日の果物は、かなり珍しい。町では高級果物として、かなり高値で売られている物だ。シエルは森を歩く時、食べられる木の実や果物の木を探しながら歩く。そして、見つけると私に教えてくれるのだ。私も、探しているがシエルの速さにはまだまだ追いつけない。私の中ではちょっとだけ戦いだ。いつかシエルより先に見つけてやる！　干し肉を食べて、果物の皮をむく。ものすごく甘い香りが辺りを漂う。美味しそう。ただ、残念ながらこの果物の名前が思い出せない。手が出る値段ではなかったので、覚えるだけ無駄と思って覚えなかった。しかし、前の私の知識からはマンゴーという名前が思い出された。

「マンゴー、間違って呼ばないようにしないとね」

齧り付くと、口に果汁が広がってジュワ〜っと甘さが来る。……さすが高級果物だけはある。とても、おいしい。しかも独特の食べごたえだ。柔らかいのだが、存在感がある食感。なんとも不思議だ。隣に置いてあるマジックバッグを見る。実は、大量に収穫してきたのだ。時間停止機能があるので、腐る心配はない。オール町で売れたらいいな〜と思っている。謝礼金などで大金を得たが、お金は使えばなくなる物。これからの事を考えるなら、収入面をしっかりと考えていきたい。狩りをして肉を売る以外にも何か売れる物と考えた時、森で収穫している木の実や果実を思い出した。旅をしながら森の中で木の実や果実を収穫して、売る事が出来たら収入が増える。ただ心配なのは、肉屋のように持ち込みでも買い取ってくれるかどうかなんだよね。森で収穫した物に関しては、冒険者ギルドの保証付きでないと売れない場合が多いと聞いた。売れなかったら収穫しても収入にはならない。

「冒険者ギルドか〜。スキルの登録が必要だから絶対に無理だけど、登録出来たら便利だろうな。商業ギルドはあるけど、あそこは商売をする人のギルドだからね。スキルの登録は必要ないらしいけど……残念」

商売か……旅をしている私には無理だよね？　やっぱりシファルさんたちが言うように、奴隷でいい人を見つけて、その人に冒険者ギルドに登録してもらうほうがいいのかな？

「ぷ〜」

ソラの声に、慌てて声が聞こえたほうを見る。

「ぷ～」

「…………ん？」

「ぷ～」

寝言？　じっとソラを見るが、どう見ても寝ている。そっと撫でるが、目を閉じたままだ。痛そうでもしんどそうでもない。やはり寝ている。

「良かった。ただの寝言か～」

とはいえ、寝言も、ここ最近の変化の一つなのだろうか？　とりあえず、寝言を言い出したという事だけ覚えておこう。

「グル」

シエルもソラの匂いを嗅いで、確かめている。問題ないのか、ソラを包むように寝そべってそのまま目を閉じてしまった。

「シエル、今日はありがとう。とても助かったよ」

「グルグルグル」

シエルは目を閉じたまま、喉を鳴らす。眠たいのかな？　それもそうか、私を一日中乗せて歩いていたのだから。ごめんね。そっと頭を撫でると、気持ち良さそうな表情になる。

今日の寝床は大きな木の根元。というか、根に乗っている。土から太い根が地表に盛り上がっているのだが、その上にいる。上を見ると、太い枝が屋根の代わりをしてくれている。視線をずらして空を見る。厚い雲が、月を覆(おお)ってしまっている。雨が降るかもしれないな。周りを見回す、根に乗っている為、土より少し高い場所にいる。少しぐらいの雨なら問題ないだろう。雨は、旅には大敵だ。大降りになったら、動かずこの場所で待機だな。

129話　雷は怖い

空を見上げる。

「雨は降っていないね」

昨晩、厚い雲が覆っていたので心配したが、雨は降っていない。だが、まだ雲が空全体を覆い尽くしている。風にも湿気を感じるので、降り出す可能性が高い。小雨ぐらいなら問題ない。だが、大雨になってしまったら厄介だ。動物や魔物の匂いが消されるので、森の中での危険度が増す。しかも、雷という問題も出て来る。

「ぷぷ～」

ソラは、今の所機嫌がいいようで周りを楽しそうに跳ね回っている。それを見守っているシエルが、時折空を見上げている。何か、感じる事でもあるのだろうか？

「シエル、雨が降るとかわかるかな？」

「にゃ？」

今のはわからないって事だな。ん～、もう一度、空を見る。どうにも空を覆っている雲が、雷雲に見えてしまう。

「困ったな」

雷が鳴った場合、木の近くにいるのは危ない。なので、洞穴や洞窟などを探すのだがこれから進む方角にあるとは限らない。バッグから地図を取り出し、この辺りを確かめる。何処かに洞窟などの印がないだろうか？

「ないか。雨だけだったら問題ないんだけど……雷は……」

「ぷっぷぷ～、ぷぷっぷぷ～」

ソラが、ぴょんと地図の上に飛び乗ってくる。

「ソラ、雷が鳴った時の事を考えないと危ないよね？」

町へ進む方向を地図で確かめるが、森が続いている。岩山などがあれば、もしも雷が鳴ったとしても身を隠せる洞穴がある可能性が高いのだが。

「少しずれるけど、岩山を目指そうか。雷は怖いからね。何かあったあとでは遅いし」

ソラと二人の時に、雨が降り出して雷が鳴った事がある。急いで安全な場所を探したが、その周辺に洞穴や洞窟などはなく。やむをえず、小さな木の下に身を隠した。どんどん近づいて来る雷に恐さを感じていたら、近くの大木に落ちたのだ。あの時の恐怖は、二度と味わいたくない。幸いな事に少し離れていたので、影響はなかったのだがソラと二人で飛び上がった。

「ぷ～」

ソラも覚えているのか、雷という言葉にぷるっと体を震わせた。雷が鳴るかどうかはわからないが、鳴った時の事も考えておかないと。少し、町へ行くのが遅くなるけどしょうがない。何より、身の安全が第一。

「よし、町へ行くには遠回りになるけど岩山のほうへ行こうか。ここからだと、一時間ぐらいかな」

岩山に行っても洞穴や洞窟があるとは限らないが、それはしかたがない。

ある事を、祈っておこう。もしくは雷が鳴らないように、それが一番の願いだな。荷物を片付けて、少し足早に移動する。少し歩くと、小雨が降り出した。

「やっぱり降り出したね。ソラ、バッグに戻ろうか」

ソラをバッグに入れて、その上から雨を防ぐマントをバッグから取り出して着る。これである程度の雨でも大丈夫だ。

「シエル、大丈夫？」

シエルは、小雨程度では気にしないようだ。なんでもない様な表情をしている。強いな。そのまま歩き続けると、どんどん雨足が強くなる。そして、微かに聞こえる雷の音。まだ、遠いようだが鳴り出してしまった。

「ふ～、洞窟あるかな？　あってほしいな」

なんとか、雷が近づく前に岩山に到着する事が出来た。ただ、雷から身を隠せる場所があるかどうかは運次第なのだが。岩の様子を見ながら、移動する。

「あっ！」

見つけた！　少し小ぶりの洞穴。

「良かった」

洞窟に近づき周りを見渡す。この近くには、魔物も動物の気配もない。洞窟周辺に魔物や大型動物の痕跡を探すが、最近の物はなくどれも時間がたった痕跡ばかり。その事に、少しほっとする。あとは洞窟の中がどうなっているかが問題だ。何もなければいいけれど。そっと中の様子を窺う。生き物がいる気配はない。これなら問題なく使える。洞穴に入ってマジックライトを灯す。思ったより奥行きがあって、シエルが入っても余裕の広さだ。

「いい洞穴を見つけられたみたいだね」

「にゃうん」

ソラがバッグの中でもぞもぞと動いているので、外へ出す。

「ここで雨と雷をやり過ごそうか」

ソラは、興味深そうに洞穴を飛び跳ねている。声が少し反響するのが楽しいようで、鳴いている声がいつもより大きい。

「ぷっぷぷ～……ぷっぷぷ～」

シエルは、洞穴の出入り口の近くで体を何度か震わせる。その度に飛び散る雨のしずく。結構、雨の中を歩いてきたからな。私もマントだけでは防げなかったので、服がぬれている。濡れた状態を放置するのは、風邪を引きかねないな。焚火を起こして服を乾燥させたいが、洞穴に風の流れがないと危ない。濡れた腕を伸ばしてじっと待つ。風のとおり道があるのか、しっかりと風が流れているのを感じた。焚火をしても大丈夫そうだ。

マジックライトを頼りに、洞穴の隅にあった木の枝や落ち葉を集める。太い木の枝もあったので、役立ちそうだ。細い木だけだと、すぐに火が消えてしまう。落ち葉を積み上げて、その上に細い木を組んでいく。よし！　火打ち石をバッグから取り出して、火花を起こす。洞穴にカチカチと石のぶつかり合う音が響く。

パチパチッ。

落ち葉が完全に乾燥してくれていたようで、何度か繰り返すと火を付ける事が出来た。拾った枝も、しっかり乾燥していたので大丈夫だろう。

「ソラ、火は危ないから気を付けてね。シエルも」

「ぷっぷ～」

「にゃうん」

細い木に火が付いたようで、少し勢いが増す。少し、様子を見たが問題ないので太い木を足していく。

「大丈夫そうだね」

マジックバッグから服と布を取り出す。頭を拭って、体を拭いて行く。濡れた服は近くの突き出した岩に掛けておく。これで、乾くだろう。

「シエル、体を少し拭こうか」

大き目の布を持ってシエルに近づく。毛を触ると、まだ少し濡れている。ゆっくりと布で水分を取っていくが、体が大きいので結構な重労働だ。

「にゃうん」

心配そうに顔を見るシエル。

「大丈夫だよ。……よし、これでどう？」

だいたい濡れた所は拭けた筈だ。シエルも、満足そうだ。

「ぷ～！」

ソラの不満そうな声に視線を向ける。なぜかバッグの近くで、「ぷ～」「ぷ～」と大騒ぎ。お腹が空いたのだろうか？　でも、まだ早い。ソラに近づくと、バッグの近くに乾いた布。

「ソラも拭くの？」

「ぷ～」

どうやらシエルだけなのが、ちょっと嫌だったようだ。なんだか我が儘度が増しているな。ソラの体を布でそっと撫でる。濡れていないので、必要ないのだけど気持ち良さそうな表情は可愛い。

「よし。これで大丈夫！」

「ぷっぷ～」

火の勢いを調整しながら、お鍋でお水を沸かす。しばらくすると、外からものすごい雷の音が鳴り響いた。

「ぷ～！！！」

ソラは勢いよくシエルのお腹の下に潜り込む。やはり前に見た雷の印象が強かったのだろう。私も正直、無茶苦茶怖い。体が微かに震えてしまう。連続で鳴る雷。かなり激しく鳴り響いている。雨足もかなり強いようで、雨の音もひどい。

「洞穴が見つかって良かった。もし、なかったら……」

「にゃうん」

シエルも、そう思っているようだ。お腹の下に潜り込んだソラを優しく舐めて落ち着かせてくれている。それにしても、すごいな。洞穴に響く雷と雨の音。外の様子が心配になるほどの激しさがある。

「被害が出ないといいけれど」

雨が激しいと、道が通れなくなる事がある。また、雷で火が出てしまうと森から急いで離れないと危ない事もある。心配だな。

「ぷぷ～」

ものすごくか細いソラの声が聞こえる。視線を向けると、シエルのお腹の下に潜り込んだ状態で鳴いているようだ。……いいな、私も隠れたい。ド～ンと雷が落ちる音が響く中、ちょっとソラが羨ましくなってしまった。

130話　森の被害

洞穴から外に出て、空を見上げる。雲一つない見事な晴天。まるで、昨日の天気が嘘のようだ。

「はぁ、それにしてもすごかったな～」

雨は夜中まで降り続き、雷も鳴り止む事がなかった。何度も地面を震わせる様な雷の音に、ソラと震えていた。シエルが包み込むように寝てくれたのだが、あの雷鳴だけは駄目だ。どうしても恐怖が拭えず、何度も目を覚ます事になってしまった。

「眠い……すごく眠い」

「ぷ～」

ソラも声に張りがない。シエルは問題なかったのか、体を伸ばしている姿がいつも通りだ。頼もしい。岩場に来てしまったので、町へ向かう道から少しそれている。今日はがんばって町へ向かおう。

「よし、行こう！」

オール町へ向かう為、岩場を抜けて森へ出たのだが、目の前の惨状に足が止まる。昨日は雨と共に風もかなり強く吹いていた。そのせいだろう、細めの木々がなぎ倒されている。

「はぁ、これは大変だな」

倒された木々が行く道をふさぐ為、それを一つ一つ越えなければならない。見えるかぎりでは、かなりの数の木々が倒れている。

「さて、がんばろう」

ここで立ち往生していてもしかたない。足が取られないように気を付けながら、一本一本越えていく。

「あっ、これは無理だな～」

目の前には、倒れた木々が積み重なっていてもはや壁。これはさすがに木を越えるのは無理だ。諦めて、倒れた木に沿って歩く。結構な量の木々が積み重なっていたので、かなり距離を歩く羽目になってしまった。

「疲れた～、少し休憩しよう」

倒れている木に座って水を飲む。ソラを見ると、ちょっとふらふらしている。寝られていない為、体に堪えているようだ。

「ソラ、バッグに戻ろうか」

「ふ～」

ん？　なんだか、今ちょっと違う鳴き声に聞こえた様な……。

ふらふらと飛び跳ねてきたソラを抱き上げると、ソラが少し汚れている。雨で地面がぬかるんでいる為だろう。汚れた部分を優しく拭うと、気持ち良さそうな表情をする。

「お休み」

さてと、休憩もおしまい。がんばろうかな。

「グルル」

立ち上がろうとした私の前に、シエルが近づく。そして横向きになり、尻尾で自分の背中を軽く叩く。

「にゃ！」

「ありがとう、シエル。でも、この状況だから前の時より疲れるよ？」

大丈夫って言われた様な気がする。そんな表情しているし。ん〜、大丈夫なのかな？

「疲れたら、すぐ止めようね。絶対だよ。無理はしないでほしいから」

「にゃうん」

「シエル、ありがとう」

シエルをギュッと抱きしめる。私も寝不足で、かなり限界だったのだ。

「にゃうん」

シエルにまたがり、バッグの位置を整える。ソラのバッグを押し潰さないように気を付けるのが一番大切だ。

「準備出来たよ。よろしくお願いします」

シエルには見えないが、なんとなく頭を下げてしまった。時々やるな、癖かな？　シエルがそっと動き出す。木々を越える時は、さすがに体がかなり揺れるな。前回より全身運動みたいになっている。……これはこれで結構大変だ。シエルのがんばりで進んでいると、焦げくさい匂いがしてくる。もしかしたら、雷で火が出たのかもしれない。

「シエル、少し止まってくれる？」

シエルの上から周りを見渡すが、火の手は見えない。しっかりと消火しているといいのだけど。雨で木が湿っている為、燃え上がる事はないと思うが。

「焦げくさいね」

「にゃうん」

シエルは一声鳴くと、またゆっくりと歩き出す。周りを注意深く見て行くが、火が上がっている所は見られない。匂いが残っていただけなのかな？　ゆっくり進んでいるが、結構な距離を移動できた。本当にシエルには感謝だ。それにしても……。

「何処まで行っても、景色に変化がない」

周辺を見渡すが、木々が倒れている景色が続いている。いったい、何処まで被害が出ているのだろう。それに、今日寝る場所がない。それが一番困るよ。なんとか休める場所を探さないと。周りを見渡すが無事だった木にも、何処からか飛んできた枝などが絡んでいる。水を多量に含んだ葉っぱも一緒にだ。さすがにあの場所では、休めない。本当に、どうしよう。

「シエル、ありがとう。降りるね」

「にゃ」

シエルから降りて、軽く体を動かす。全身が悲鳴をあげている。特に太ももの内側がひどい。明日は、筋肉痛を覚悟しよう。

「シエル、疲れてない？」

「にゃ〜」

頭を撫でると、すりすりと手に顔をこすりつけて来る。気持ちがいいのか目が細まっている。可愛いな。しばらくシエルと戯れてから、寝床になる場所を探し始める。

「木の上は全滅だね。葉っぱがくっついているから滑りやすいし」

休める場所を探して歩き回る。

まさか、ここまで被害が広範囲だとは思わなかった。読みが浅かったな。地面を見る。水を含んでぬかるんでいる。さすがにこの上にテントは張れない。

「今日は、休憩だけになるかな」

寝不足の体にはつらいな。立ち止まって周りを見るが、やはり休めそうな場所はない。溜め息をついていると、バッグがごそごそと動き出す。

「ソラ、おはよう」

眠れた事で元気になったのか、バッグから飛び出して来る。

「ぷっぷ〜」

ソラは周りを見回して、不思議そうな声を出して私を見る。えっ？　もしかして、景色が変わっていないから？

「ソラ、被害が広範囲だったみたい。ソラが寝始めた場所からは、シエルががんばってくれたんだよ」

「ぷ〜」

ピョンピョンと数回その場で跳ねるソラ。その様子を見ていたら、なぜか動きがぴたりと止まった。そしてしばらくすると、ある方向へ向かって飛び跳ねて行ってしまう。

「えっ！　ちょっとソラ？」

シエルとソラを追う。何か、目的があるのか迷いなく飛び跳ねて移動するソラ。ソラって方向音痴なんだけど、大丈夫かな？　ソラについて行くと、何か声が聞こえてきた。ただ、声といっても人ではない。何か、動物の鳴き声のようだ。静かにそっと近づいてみる。少し大き目の木の傍に、耳の大きな動物の姿があった。その動物はしきりに土を掘っている。何をしているのかとじっと見ていると、不意にその動物が顔をあげて視線が合ってしまった。

「あっ」

それほど大きくない動物だ。シエルの姿を見ると逃げ出してしまうだろうと思ったのだが動かない。警戒はしているが、何かを気にして移動しないようだ。

「えっと、大丈夫だよ。近づくね」

何をしているのか、気になるので驚かせないように近づく。シエルには、今いる場所に待機してもらった。近づくと、倒れた木の下にも同じ種の動物がいる事に気が付いた。どうやら、木に挟まって動けないようだ。様子を窺うと、苦しそうだ。

「助ける為に土を掘っていたのか」

この動物って本で見たな。確か、えっと……ん？　思い出せないな。あっ、悠長に思い出している時間はなかった。早く助け出さないと。

「よし、まずは救出だよね。手伝うね」

名前なんてあとでいい！　早く木の下から出さないと。って、どうしたらいいかな。土は結構掘れている。

木を少し持ち上げられたら、抜け出せそうだな。ただ、怪我をしている可能性が……あっ、ソラがいるからそれは大丈夫だな。まずは木の下から抜け出す方法を考えないと。えっと木を浮かせる方法……テコの原理が使えるかな。周りを見る。丁度手ごろな大きさの木が転がっている。

「この木を移動させて……おっ重い」

木を移動させようとがんばって押すが、まったく動かない。

「にゃうん」

シエルの声がしたと思ったら、重かった木が動いた。シエルが前足を使って転がしている。さすが。

「ありがとう。えっと、ここにお願いします」

場所を指定すると、その場所まで運んでくれるシエル。やっぱり頼もしいな。で、次に長めの木の枝だな。いい大きさの枝が……あぁ、今日は一杯転がっていたな。選び放題だ。持ちやすくて長さも理想的な枝を見つける事が出来た。その枝を移動させた木の上に乗せて、先を浮かせたい木の下に突き刺す。土を掘ってくれていたので、奥まで差し込む事が出来た。助けていた動物は何が起こっているのか、戸惑っているようだ。木の下にいる子は、かなりぐったりとしている。心配になるが、木の下から抜け出してしまえばソラがなんとかしてくれる。ソラがここまで導いたのだから。

良し！　……私一人では無理。

「シエル、ごめん手伝ってください」

土に突き刺した枝の反対側の枝に体重を掛ける。うん、私の体重ではあまり変化がない。何をしたいか気が付いたのか、シエルがそっと枝に体重を掛けた。すると、倒れていた木が少し浮き上がる。不安そうにうろうろしていた子が、木が浮いた事に気が付いたのか急いで仲間を移動させた。

「よし！」

「きゅ〜」

聞きなれない声に視線を向けると、木の下から救出した子を包み込んだソラ。それに慌てている仲間の姿が目に入る。まぁ、見た目が食べられているように見えるからね。

「大丈夫だよ、治療しているだけだから」

131話　ソラの不思議

「きゅ〜」

仲間を包み込んだソラの周りを、うろうろとするもう一匹の子。言葉が通じないので、大丈夫と言っても伝わらない。ものすごく心配そうな表情に声、少しいたたまれなくなる。だが、こればかりは待ってもらうよりしかたがない。怪我が治って元気な姿の仲間を見たら、わかってくれるだろう。

「きゅ〜」

あぁ、うん。あと少しだから……。

「きゅ～」

……ソラ、がんばれ！　あと少し、あと少しと心で呟きながらソラの治療が終わるのを待つ。

「ぷ～」

一声鳴き、ぴょんと飛び跳ねて治療していた子から離れるソラ。どうやら治療は終わったみたいだ。良かった。治療を終えた子は、何が起こったのか不思議そうにキョトンとしている。もう一匹は仲間の無事な姿に驚いたようで、固まっている。本気で、食べられていると思っていたようだ。まぁ、しょうがないよ。見た目が消化中って感じだからな。私も食べられているって思ったし……。

「ぷっぷ～」

満足そうなソラの声。そういえば、久々に怪我の治療だ。シエル以来だよね。ソラを見ると随分と機嫌がいいように見える。ここ最近、ここまで機嫌がいいのはない。……もしかして、ソラには治療行為が必要なのかな？　最近のイライラは治療が出来ないからとか？　まさかね？

「もしそうなら、かなり大変な事なんだけど」

まさか、旅をしながら怪我探し？　しかも、人だと話してしまう可能性から動物か魔物限定。……どんどん問題が増えていくな～。ハハハ。というか、まだソラに治療が必要だとは決まっていないから！　疲れているんだなきっと。そうに違いない。ゆっくり休憩してから考えよう。

「きゅ～」

「く～」

ようやく何が起こったのか二匹とも理解したようだ。お互いの体を、確かめるように舐め合っている。その姿を見ながらホッとする。問題はなさそうだな。

「ソラ、ご苦労様」

私の声に、ソラがピョンピョンとうれしそうに飛び跳ねる。

あれ？　まだ泡が出ているな。治療が終わってからちょっとたつんだけど。そういえば、食事が終わったあとも泡が長く出ている時期があったな。いつの間にか、元に戻っていたけど。あれと一緒？

「きゅっ」

可愛らしい声に視線を向けると、私とソラを見ている二匹の姿が目に入った。しばらく見つめ合っていると。

「きゅっ」

また、一鳴きした。二匹は走り去って行く。どうやら、落ち着いたので寝床に戻るようだ。良かった。

「ばいばい、気を付けてね」

「ぷっぷぷ～」

「にゃうん」

全員でお見送りって感じだな。それにしても、あの心配そうな雰囲気。今思えば、可愛かったな。

言葉が少しでも伝われば、安心させてあげられたんだけど。……そういえば、ソラもシエルも出会った時は、私の言葉を理解できなかったよね。だってソラは最初の頃、私の言葉が理解出来ずおかしな行動をとっていた記憶がある。

「ソラ、ちょっと鳴いてみて」

私の言葉に不思議そうに一声。

「ぷっ」

シエルは、なんとなく言いたい事は伝わっていたけど、細かい事までは理解していなかった筈。

「シエルも一声、短めに」

「にゃ」

うん、二匹ともしっかりと理解しているようだ。いつの間に出来るようになったんだろう。そういえばテイムすると意思の疎通が出来るようになるって本に書いてあったな。意思の疎通……は、出来ていないよね。私がソラの事を理解していない。なんだろう、ソラにものすごく負けた気がするのは。

「にゃうん」

考え込んでいると、シエルが肩に顔を乗せてきた。不思議に感じて視線を向けると、肩に乗せた顔をあげてある方向へ向いた。それに合わせて、私の視線もそちらを向く。夕日がまぶしい。そろそろ太陽が完全に落ちるみたいだ。……あっ、寝床……。

「シエル、ありがとう。寝床を探そうか」

「ぷっぷ～」

私の言葉にソラが反応する。そして、颯爽と何処かへ向かう。まただ、少し前もこの状態でいい寝床を見つけてくれたんだよね。

「あとを追おうか」

シエルとソラのあとを追う。ソラは迷いを見せずに突き進んでいるけど、ここの地形とか知っているのかな？　でも、知っていると考えるのはおかしいか。崩れスライムは、一日で消えると言われているスライムだ。私と出会った場所から考えると、ここは初めての場所の筈。でも、どう見ても迷いがないんだよね。しばらくソラのあとを追っていると、大きな岩場に出る。

「こんな場所が近くにあったんだ」

ソラが止まった場所を見ると洞穴の入り口。

やっぱり知っている？

「ソラ、この場所を知っていたの？」

「ぷ～」

たぶん、応えてくれているんだろうな。

私が理解していないだけで。

やっぱり、ソラに負けている。

って、まずはソラが見つけてくれた場所の安全性を確認しないと。

急いで洞穴を調べようとすると、既にシエルが念入りに調べてくれている。

そして、私を見て、

「にゃうん」

と、一声鳴く。そして、満足そうに洞穴に入って行ってしまった。おそらく、問題ないという事だろう。シエルに続いてソラがぴょんと洞穴に入って行くので、そのあとに続く。洞穴はそれほど大きくなく、寝るのにちょうどいいぐらい。他の動物の気配もない為、問題なく使えるようだ。

「シエル、ありがとう。ソラ、ありがとう」

「にゃうん」

「ぷっぷ～」

二匹の鳴き方と表情をもっとしっかりと覚えよう。そうすれば、何が言いたいのかもっと理解出来るようになる筈だ。たぶん。

「さて、全員足を拭こうか」

今日一日でかなり汚れてしまった。シファルさんからもらったお鍋をバッグから出して、少し大き目のバケツを出す。鍋を振って水を出すとバケツに移す。数回繰り返して、水を満タンにすると布を浸ける。その布で汚れを拭っていくのだが、かなり汚れている為大変だ。自分をなんとか終わらせると、水をすべて取り替えてシエルの体の汚れを拭っていく。水を二回替える頃、ようやくある程度汚れが取れた。ソラは、ツルンとした体なのですぐに汚れが落ちる。……便利だな。

「ぷ～！」

口に出してはいないが、嫌な事を考えていたと気が付いたようだ。別にツルンとした体がいいな～って思っただけなんだけど。

「ごめん」

謝ってそっと優しく撫でる。すると目を細めて、気持ち良さそうな表情をするので機嫌は直ったようだ。良かった。

「さて、ご飯を食べてさっさと寝てしまおう。今日は疲れた」

「ぷ〜」

ポーションを出している途中から、ソラが食べ始めてしまう。相当お腹が減っているようだ。治療はお腹が空くのかもしれないな。シエルにはお気に入りの果物を出す。うれしそうに口に入れている姿は可愛い。自分の分の果物と干し肉をバッグから出して食べる。なんだか、疲れたな。シエルに乗せてもらったけど、昨日の寝不足がかなり体に効いている。食べている最中なのに何度も欠伸が出てしまうし、がんばっていないと寝てしまいそうだ。なんとか食事を終えて、ソラを見ると既に熟睡中。

「私たちも寝ようか。というか眠い〜」

汚れを落としたあとに敷いたゴザの上に布を敷いて横になる。シエルがその隣に寝そべるのがわかる。そっと、手を伸ばしてシエルの頭を撫でると「グルグル」と喉が鳴る。

「今日は本当にありがとう。明日はがんばるね」

体力をつける為にも、がんばろう。

「お休みシエル、ソラ」

「にゃうん」

132話　汚れ過ぎは駄目

太陽の光を浴びて、腕を思いっきり伸ばす。気持ちがいい。……ただ、いつもより太陽の位置が高いけど。

「はぁ、寝過ごした」

疲れていたのか、起きたら太陽が真上にあった。久々にやらかしてしまった。まぁ、しかたない。ソラの事があるので少し急いでいるが、期限のある旅ではない。たまには、こういう日があってもいいだろう。

「ぷっぷ～」

今日もソラは、機嫌よく跳ね回っている。ここ最近の苛立ちもないようだ。良かったのだが、本当に治療をしないと駄目な体質なのだろうか。それだと、旅そのものの進め方を考え直さないといけないのだけど。もう少し、様子を見てから判断しようかな。

「よし、行こうか」

岩場を抜けて森に戻るが、昨日と同じ状態だ。ただ、昨日より体の調子はうんといい。なので、木を跳び越えるのも今はまだ軽やかだ。ただし、目の前にはまだ一面に倒された木々がある。途中で疲れるだろうから、急がず確実に前へ進むように気を付けよう。数時間歩くと、倒れている木が少なくなってきた。もう少しで、被害があった場所を抜けられるようだ。その事に気が付き、ホッとする。そろそろ、足が限界にきていたのだ。いったいこの一日でどれだけの木を乗り越えてきたか。

「そろそろ、元の森に戻りそうだね」

「にゃうん」

ソラは疲れが出てきたのか返事がない。見ると跳ね方も少し小さい。

「ソラ、疲れているならバッグに戻る？」

「ぷ〜」

力なく鳴いて、私の傍に近づいて来る。疲れているというより、眠たいようだ。この眠気は、治療する事でも改善されないようだ。ソラを抱き上げてバッグに入れる。少しごそごそと動いていたが、しばらくすると寝たのか動かなくなった。イライラは治療で落ち着くが、眠気は改善されない。

「治療は関係ないって事なのかな？　それとも治療が少ない？」

怪我をしている動物を探してみようかな。町まではまだあるし、少し遠回りしてもいい。

「シエル、少し町まで遠回りしてみようか」

私の言葉に首を傾げるシエル。急いで町へ行こうとしていたので、今の言葉が不思議なのだろう。

「ソラには治療が必要なのかなって思って。人の治療はあとあとの事があるから、まずは怪我をしている動物を探そうかと考えたんだけど、どう思う？」

「に〜」

シエルの出した鳴き声が今までと違った為、驚いてシエルを見る。シエルは特に気にする様子もなくいつも通りなので、特に特別な鳴き声というわけでもないのだろう。そして今の鳴き声は賛成ではないな。

「反対か」

私よりソラの事を理解していそうなシエルが言うなら、町へ急いだほうがいいのかな？　シエルを見るとじっと私を見ている。そうだね、町へ急ごうかな。

「遠回りはやめて、まっすぐ町へ行こうか」

「にゃうん」

これには賛成らしい。とはいえ、雨と風の被害で既に目安にしていた日数ではたどり着けないのだが。最初の予定では、明日町へ着く筈だったのだから。地図で確かめたが、ここから順調に行けたとしても三日掛かる。本当に今回の雨や風はひどかったな。

「もう少し進もうか」

少し休憩してから、今日の寝床を探しながら森を進む。被害が少なくなってきた場所なので、木の上でも問題なさそうだ。少しでも寝やすい場所を探そう。

「にゃうん」

シエルの声に視線を向けると、ある巨木を見ているシエル。あそこが寝床にいいのだろうか？　シエルの頭をそっと撫でてから、巨木に近づく。

「すごいな」

この森の中で見てきた巨木の中でも、一番の大きさだ。枝の太さもすごい。

「今日はこの巨木にお世話になろうか」

「にゃうん」

木をぐるりと見て回り、一本の枝の下に来る。太くてがっしりしていて、姿をしっかりと隠してくれるので上から襲われる心配は少なそうだ。枝の上も考えたが、安全を考えるとこの場所だな。木の状態を見て、動物の痕跡を探すが問題なし。見つけたのは小動物の爪痕だけだ。バッグから土の上に敷くゴザを取り出していく。土の状態を見るが、乾燥しているので特別な用意は必要ない。ゴザを二枚重ねて敷いて、その上に大きな布を敷く。

「よし。体を拭ってから上がろうか」

体に付いた汚れをしっかりと落とす。これを疎かにすると、布の洗濯が大変になるのだ。自分を終えて、シエルの汚れ落としを手伝う。

「よし、終わり」

布の上に乗って、今度は上半身の汚れを拭っていく。歩き回って火照った体に、冷たい水で洗った布は気持ちがいい。

「川を見つけたら、洗濯しないとな。汚れた物が一杯だ」

雨の為に、汚れた布や服が多い。敷物にしている布も、気を付けてはいるが汚れている。そして、私も水で汚れを落としてさっぱりしたい。拭っていても、色々と汚れていくのだ。ソラ専用のバッグを開けて、声を掛ける。

「ソラ、ご飯を食べようか？」

「ぷ～？」

寝ぼけているのか、語尾を上げて鳴かれてしまった。

「ソラ、ご飯」

もう一度声を掛けても、ボーっとしている。珍しい事だ。ソラは食べる事が大好きで、絶対に目を覚ます言葉なのに。

「ソラ？　大丈夫？」

「……ぷ～。ぷっぷぷ～！」

目が覚めたのか、声に張りが戻りバッグの中から外へ飛び跳ねる。

「目が覚めた？」

「ぷぷ～」

バッグから出て、すぐに周りを見回すソラ。どうやらポーションを探しているようだ。やはり、食べる事が好きだよね。

「ちょっと待ってね」

バッグから、ソラの食事用にと拾ってきたポーションを取り出す。並べ終わった瞬間、食べ出すソラ。食べ方はいつも通りだな。もう少し、落ち着いて食べてくれてもいいと思うのだが。

「さて、私も食べよう」

いつも通り、干し肉と木の実と果物だ。残念ながら、シエルが好きな果物は既に食べ切ってしまっている。それに、今日のシエルはお腹が一杯だろう。森の中で休憩している最中、一度私たちの傍を離れている。帰って来た時、かなり満足そうな表情をしていたので狩りが成功したのだと思う。お腹もポッコリと膨れていたし。ソラはポーションを食べ終わると、縦の運動を始めた。そういえば、オトルワ町を出てからこの運動をしていなかったな。ソラの異様な行動に考えがいっていて、気が付かなかった。

「久々だね、その運動」

「ぷっぷぷ～」

機嫌も良さそうだ。ん～、やはり治療をしたからだろうか？　もう一回ぐらい治療が出来れば、何かわかるかもしれないな。

「よし、ご馳走様」

食事を終えて、寝る準備をする。

「明日はちゃんと起きないとな」

歯を磨いて、口をゆすぐ。次にバッグから毛布を取り出す。これも、洗いたいな。そうだ、次の町へ行ったらもう一枚毛布を購入しよう。汚れた時の替えが必要だ。マジックバッグにはまだ余裕があるから二枚でもいいかも。

「ふ～、歯も磨いたし、寝ようか」

シエルの隣に横たわる。ソラを見ると、既に寝てしまっている。いつの間にって感じだな。体を寝やすい体勢に動かす。なんだか体から埃っぽい匂いがする。そういえば、今日は風が結構吹いていて砂埃が舞っていたな。手で髪に触る。櫛で埃や砂は落とすようにしているが、ざらざらする。

「遠回りになっても、川を目指そう」

うん、気になる。一度気になり出すと駄目だ。汚れを落とすまで気にしてしまう。絶対に川を目指そう。着る服もなくなってきたし、ちょうどいい。

133話　洗濯日和

「ふ～、これで最後～」

絞った毛布を木に掛ける。今日はかなり天気がいいので、太陽の光の下で乾かせば短時間で乾いてくれるだろう。太陽の位置を確かめると、ちょうどお昼ぐらいだ。見渡すかぎり青空なので、雨の心配もない。洗濯日和というモノだな。

「それにしても疲れた」

汚れた服に、ござが五枚。ござの上に敷く布が三枚。これが大きいので、思ったより大変だった。そして寝る時の毛布が二枚。これも、水を含むと重く途中でシエルが協力してくれた。ソラは最初、私の周りを元気に跳ね回っていたが疲れたのか今は寝ている。オール町へ進みながら川を探す事を朝提案すると、二匹は賛成してくれた。特にソラはテンションが高くなったので、もしかしたら寝ている毛布の汚れが気になっていたのかもしれない。自分自身も川で汚れを落とす。思ったより髪に砂が入り込んでいたのか、数回洗ってようやく綺麗になった。夏の旅は汗をかく為毎日体を拭いてはいるが、やはり川などで汚れを落とすと違う。全身がさっぱりする。乾いた布で髪と体を拭いて服を着る。使った布を洗って、木に掛ければ洗濯はおしまい。シエルも、水が平気なようで川に入って汚れを落としていた。それに触発されたのか、ソラが川に飛び込んだ時は驚いた。すぐに、シエルに救出されていたので安心したが。時々、ソラは無謀な挑戦をする。ちなみにソラは、水にゆっくりと沈んで浮き上がってこなかった。二匹が休憩をしている木陰に行く。シエルの濡れた毛も、既にあらかた乾いたようだ。隣に座ってお昼を食べる。洗濯前に作っておいた、干し肉と根野菜のスープ。旅立つ前日に、ギルマスさんから贈られた野菜だ。栄養がなんとか言っていたな。

「おいしい～」

オトルワ町を出てから初めてのスープだ。少し暑いが、それもいい。それにしても、暑いね～。スープを飲みながら思うのもなんだけど。この前の雨は、もしかしたら夏の中盤辺りになったら来る暴雨かもしれない。これが来たという事は、夏も半分終わったという事だ。そうなると、冬の事を考えないとな。

「冬は何処で過ごそうかな。慣れていないから二ヶ月ぐらいは動かないほうがいいよね」

冬の旅はかなり余裕を持って動く事が基本だ。雪がどれくらい降るか予測出来ない為、間違って動くと危ない。特に私のように旅に慣れていない者は、初めての冬で死ぬ事もある。というか、冒険者が冬で死ぬ理由の一番が凍死だそうだ。なので、寒さを感じたら町や村で待機。今が夏の半分として、移動出来る期間は二ヶ月ぐらいかな。オール町からだと何処ぐらいまで進めるだろう。バッグから地図を出す。二つの村に大きな町が一つ。移動出来るとしたらこれぐらいかな。オトルワ町のように、何があるかわからないから余裕を持った日程を組んでおこう。寒さが早まる年もあるから、気を付けないと駄目なんだよね。あれ？　シエルって冬眠するのかな？

「シエル」

私の呼ぶ声に、寝ていたシエルがスッと目を開ける。

「シエルは冬眠するの？」

「にっ」

この鳴き方は、しないほうだな。

「冬の間、私とソラは村か町に待機になるのだけどシエルは近くの森にいる？」

「にゃうん」

「雪が酷い時は、会いに行けないのだけど大丈夫？」

大雪になると入り口を閉めて出入りを止める事があると聞いている。なので、会いに行く事が出来なくなってしまう。

「にゃうん」

一匹だけというのは心配だけど、しかたないか。シエルが大丈夫と言うのだから信じよう。ん～、大きい町や村だと見回りなどでシエルと会える場所が遠くなるんだよね。近くで会う為には、普通の村ぐらいがいいかな？　あっ、そうなると宿泊料が少し高くなるな。通って来た村や町で宿を調べているが、大きな村や町だと下級冒険者の為の安宿がある。私は、それを狙うつもりだったのだが。普通の村だと、安宿は少なく宿泊料も大きな町より高めだった。今年はお金に余裕があるから大丈夫としても、これからの事を考えると出費は抑えていかないとな。やっぱり、旅のお供の人と話し合って商業ギルドに登録をお願いするしかないかな。そうすれば、森で見つけた物や狩った獲物を安定して売れる筈だ。今まで出会った肉屋の店主はいい人ばかりだった。だが、運が良かっただけだとギルマスさんに注意を受けた。やはり、商業ギルドを通さないと買い叩かれるのが当たり前のようだ。話を聞いていると、ギルドの値段の半分という事もあるそうだ。特に狩った肉は、鮮度が大切で時間がたてば値段が下がる。そこに付け込まれるそうだ。って、今は冬の宿の問題だった。なんだか、考える事が一杯あるな。

「ぷっぷぷ～」

ソラの声に、シエルのお腹の辺りを見る。シエルのお腹の毛に埋もれるように寝ていたソラが、目を開けてじっとこちらを見ている。

「おはよう、ソラ」

「ぷ～、ふ～」

なんとも力の抜けた鳴き声だな。様子を見ていると、プルプルと揺れたと思ったらゆっくりと目が閉じていく。……もしかして寝ぼけているのかな？

「ソラ？」

シエルもじっとソラの様子を見ている。ソラは目を閉じて、また寝始めた。やはり寝ぼけていたようだ。

「寝ちゃったね」

「にゃうん」

なんとなく小声になる私とシエル。ソラの事だから普通に話しても起きる事はないと思うのだが。

「あ～。ぽかぽかして気持ちがいい～」

腕を上に思いっきり伸ばす。暑いのだが、川の傍なので風が気持ちいい。洗濯物が乾くのを待っているのだが、寝てしまいそうだ。って、ここで寝てしまったら絶対に後悔する。

「乾いた洗濯物から仕舞っていこうかな。シエル、ソラの事お願いしていい？」

「にゃうん」

「ありがとう」

そっと頭を撫でてから、木陰の気持ちのいい場所から離れる。太陽の下に出ると、ぐっと気温が上がった気がする。

「暑いな～」

洗濯物を触って確認していくと、服は既に乾いているようだ。さすがに、夏の日差しと風で乾くのが早い。毛布はまだ少し濡れている様な気がするのであとまわし。ゴザと、その上に敷く布は乾いていた。一つ一つ、汚れを調べてからマジックバッグに仕舞っていく。がんばって洗ったかいがあったようで、汚れは綺麗になっている。

「ふ～、あとは本当に毛布だけだな」

毛布もあと一時間もあれば乾く程度だ。木陰に戻ると、なんとも気持ち良さそうな寝顔が二つ。ここに飛び込んで、一緒に寝たくなるな。まぁ、無理なんだけどね。

「シエル、ソラ。そろそろ町へ向かう準備をしてください」

シエルが目を開けると、お腹にいるソラをツンツンと鼻でつつく。それにプルプルと揺れるとソラが目を開ける。

「ソラ、今度こそおはよう。そろそろ準備をしてくれるかな？」

シエルは前足をぐっと伸ばして体をほぐしている。ソラもその様子を見てから、体をプルプルと揺らして体をほぐしている？　つもりなのだろう。いや、もしかしたら、本当にほぐれているのかもしれないな。起きたら、よく揺れているし。使った食器やお鍋を洗って綺麗にしてからバッグに仕舞う。こまごました準備をしている間に、毛布が完全に乾いていた。

「さて、行こうか」

太陽の位置から考えて、あまり町へは進めないだろうな。まぁ、今日はしかたない。それにしても、久々の洗濯に気持ちがすっきりしている。汚れた物が綺麗になるのっていいよね。

134話　ソラとソラ？

あと少しでオール町へ着く。地図で確かめると、あと半日も歩けば門が見えてくるだろう。オトルワ町と同じでオール町も巨大な町だと聞いているので、今からちょっと楽しみだ。ただし、町に行けばシエルとは一緒にいられない。これだけが気がかりだ。

「シエル、町に行ったらまた別行動が多くなるけど、大丈夫？」

「にゃうん」

大丈夫なのはうれしいが、何か方法があったらいいのにな。

って、これまでも色々考えているが、何も対策が思い浮かばない。

「人に見られないようにだけ、気を付けてね」

アダンダラが討伐対象になる事は少ないと聞いた。でも、心配だ！　あっ、そうだ。オール町へ行ったら、奴隷商に行かないと。……なんだか、緊張してきた……。

「ぷ～～！」

少し考えに没頭していたら、ソラの大きな声が森に響き渡った。

「えっ？　ソラ？」

急いでソラを探す。すると、すごい速さで何処かに向かっている後ろ姿のソラが目に飛び込んで来る。

「えぇ～、ちょっとソラ！」

すぐにあとを追うが、本当に速い。とはいえ、シエルの足ならすぐに止める事が出来るだろう。

……ただシエルにその気はないようだ。なぜか私の隣を走っている。

「シエル？」

私の呼びかけにちらりと視線を向けるが、やはりソラを止める様子はない。何か事情があるのだろうか？　それをシエルは知っているから止めない？　どちらにしても。

「ソラってこんなに速く走れたの？」

飛び跳ねて移動する事を、走ると言っていいのかはわからないが速い。私が全速力で走っているのに追いつけない。しかも、ちょっとずつソラの姿が小さくなっている様な。しばらく追いかけていると、何かを燃やした様な匂いに気が付く。匂いの濃さから焚火（たきぎ）ではない。何か、大きな物が燃えた匂いだ。まさか……また問題事？

「ソラ！　問題事は駄目～」

私の声が森の中に響き渡るが、ソラが止まる事はない。

「シエル、ソラを止めて」

「にっ」

走りながら必死にシエルにお願いするが、拒絶。なんだか、悲しい。というか、どんどん匂いが濃くなってくる。しかも、土に血の跡がある様な……。厄介事は嫌だ。心の中で叫びながら、小さくなっていくソラを必死に追う。隣で余裕をもって走っているシエルが、この時ばかりはちょっと憎らしく思う。くっそ～。がんばってもっと体力付けよう。ん？　焦げくさい匂いにソラの急ぎ方。もしかして、怪我？

「ソラ、人が怪我で駄目～」

あれ？　焦り過ぎて、何かおかしな事言った様な。いや、そんな事よりソラを止めないと！　あっ、足がもつれそう。

「いた！　あ～、人～」

ようやく追いついたが、既にソラは血まみれの人を包み込んだあとだった。

「えっと、その人を助けるの？」

ソラの中にいる人を見る。片腕が何かに食いちぎられた様な跡を残してなくなっている。お腹の傷もかなりひどく……内臓が見えている。瀕死ではなく、死んでいるように見えるのだが。じっと見ていると、心臓の部分が微かに動いている事に気が付く。

「生きてる。でも」

なくした腕はどうなるのだろう。もしかして、生えてくるの？

「えっ、無理」

ものすごい想像をしてしまったので、頭を横に振って追い払う。とりあえず、こうなってしまったらソラの事はしかたない。周りの安全を……。周りを見回して絶句する。ソラの事に必死過ぎて、見えていなかった。馬車が四台、横転してそのうちの三台が焼けている。二台は鎮火しているが、一台はまだ小さな火がくすぶっている。そして、その周辺に冒険者の姿。体格の良い冒険者が全員で十八名。商人らしき人の姿も三名ある。かなりひどい状態だ。お腹の辺りを切り裂かれて死んでいる人もいる。

「ひどいな」

馬車や亡くなった人の様子から、何か大きな動物か魔物に襲われたようだ。大きな爪痕があちらこちらに残っている。もしかしたら一匹ではないかもしれない。周りを確認して、生きている人を探すがいない。ソラが助けている人が、唯一の生き残りなのだろう。

「なんだろう。おかしな匂いがする」

被害を調べていると、焦げくさい匂いに混じって何か別の匂いがする。なんだか、何処かで嗅いだ事がある様な匂いだ。

「にゃー」

シエルの声に、視線を向けるが姿が見えない。声が聞こえたほうへ移動すると、火がくすぶっている馬車の中から何かを咥えて出て来た所だった。

「シエル、危ないよ。それに何それ？　あっ、この匂い」

シエルが咥えている物から、気になっていた匂いが強く香ってくる。だから気が付いた。

「え？　どうしてこれがここに？　って言うか、水！」

マジックバッグから急いで水が出るお鍋を出す。水を満たして、シエルが口から離した幸香(こうこう)にかける。匂いは薄くなったが、まだ匂っている。周りを見回すと、大きな桶が転がっていたのでそれに水を満たして、幸香を水の中に沈める。どうしてこんな物が馬車の中にあったのか。幸香の匂いは、魔物にとって惹きつけられる匂いだそうだ。人にとっては、異様な匂いにしか感じられないのだが。

「ふ～、焦った。これで大丈夫だと思うけど」

この匂いにつられて寄ってきた魔物に襲われたのかな？　なんだか、ものすごく嫌な予感がする。どうしてこう何度も厄介事にぶち当たるのか。

「あっ、ソラ！」

今のでソラの事を一瞬忘れてしまった。大丈夫かな？　急いでソラのもとに行く。

「良かった。まだ治療中だ」

安心するとちょっと力が抜ける。幸香の事がある為、気は抜けないのだが。

「シエル、この周辺に魔物はいる？」

私が気配を探った感じではいないのだが。

「に」

えっと、いる場合は「にゃうん」だな。という事はいないか。

「ありがとう」

周辺を注意しながらソラの治療行為が終わるのを待つ。待っているのだが、長い。シエルの時より長い様な気がする。しかも、人の姿が完全に見えないぐらいに泡が出ている。

「大丈夫なのかな？」

時間がたつにつれ心配になってくると、ソラの周りをウロウロと歩き回ってしまう。私がこんな事をしても意味はないのだが。あ～、何かあったらどうしよう。

「ふ～、落ち着け、ふ～」

何度も同じ事を繰り返して落ち着かせる。

「ぷ～」

「ソラ！」

ソラの声に、歩き回っていた足が止まる。視線を向けると、ちょうど治療をした人から離れた所だった。

「良かった。ソラ、大丈夫？」

ソラに近づくと……なぜか思いっきり縦運動を始めた。

「うっ、つっ」

あ～、治療した人も目が覚めたようだ。さてどうしようかな。逃げる？　でも、何か覚えているかもしれないからな。

「えっと、あれ？」

あ～、ばっちり視線が合ってしまった。あっ、やっぱり腕は元に戻らなかったみたいだ。大丈夫かな？　って、違うな。どうしよう。ソラ～。

「ぷっぷ～」

「てりゅ～」

は？　おかしな鳴き声が聞こえたのでそちらに視線を向ける。……は？　どうなってるの？

「えっと、ソラ？」

「ぷっぷ～」

「てりゅ～」

視線の先には出会った時のソラがいる。青一色の半透明のスライム。横に少し伸びているが、出会った時ほどではない。で、隣にいるのは？　出会った時のように横に崩れているスライム。赤一色で半透明だ。この色って、ソラの半分の色だ。あっ、ソラが二匹に分裂したのか！

「えっと、落ち着け！　ソラが二つになっただけ！　そう、増えただけ……増えた！　どうしよう」

どうしていいのかわからず、混乱してしまう。えっととりあえず、何？　何をすれば？

「あ～、落ち着いてほしいのだが。それとそこの魔物は安全なのかな？」

落ち着いた男性の声にハッとする。そうだった、ここには治療を終えた人がいるのだった。

「ぷっぷ～」

「てりゅ～」

なんで、問題事が増えていくんだ。泣きそう。

135話　混乱、現状把握

目の前には、座り込んでいる男性。そしてシエルにソラとソラ？　いったいどうすれば。

「にゃうん」

シエルの声に体から力が抜ける。そうだ、こうなった以上覚悟を決めないと。とりあえず。

「この子はシエルといって、私の仲間なので大丈夫です」

「……そうか。えっと、アダンダラ……いや、俺を助けてくれた？　違うな、助けてくれたのはそっちのスライム？　あれ？」

あぁそうか、男性も混乱しているんだ。自分が死にそうになっているのは理解している筈、それ

が腕は失ったが生きている。そして目の前には、初めて会った私たち。混乱しないほうがおかしいか。……この状況を説明する必要があるんだよね、私が！

「えっとですね。そのまぁ、ソラには治療をする力がありました」

あれ？　終わった？

「……えっと、ありがとう」

あ～、続き。

「いえ、それで腕は無理だったようです」

「あぁ、そうみたいだな。しかたないよ、グルバルに食いちぎられたんだから。生きている事も奇跡だ」

「ぐるばる？」

襲ってきた魔物かな？　本に載っていたかな？　記憶にないんだけど。

「あのさ」

「はい」

「ソラってあの子たちのどっちの事？」

男性の視線を追ってソラとソラ？　を見る。どっち？

「どちらもソラ？」

「ん？　どちらも？」

「ん～、ソラ半分とソラ半分」

「………」

男性は黙ってしまったが、間違った事は言ってない。一つが半分になったのだから、ソラ半分だ。

……とりあえず、私がまったく冷静でない事だけはわかった。何度か小さく深呼吸を繰り返す。冷静に！

「ぷっぷ～」

「てりゅ～」

相変わらず、力の抜ける鳴き声だ。しかも赤い子のほうは、なんとも表現しにくい鳴き方だし。

「スライムが鳴くのを初めて見たな。それに治療……かなりレアなんだな」

あ～、鳴くのもそういえば珍しいって。どうしようかな。なんだか、これからどうしたらいいのかまったく見えない。

「大丈夫か？」

「えっ？」

「いや、なんだか泣きそうな表情をしているからって、俺のせいか？　悪い、混乱していて」

なんだか、とてもいい人みたい。お願いしてみようかな。いや、なんとか約束を取り付けないと。

「あの、お願いします！　ソラの事、シエルの事、黙っていてもらえませんか？」

「ん？　……あぁ、もちろん！　これだけレアが揃っていたら危ないからな。助けてもらったんだ、絶対に誰にも言う事はないよ」

良かった。信じるしかないという、ちょっと不安な状況だけど。

「はぁ、それにしても……ひどいな」

周りを見回す男性の顔に、悲しみが浮かぶ。当たり前だ、仲間を失ったのだから。

「他に生きている者はいるのかな？」

「いいえ、いませんでした。二一人の方が亡くなっています」

「二一人？　三五人じゃない？」

三五人？　ちょっとわかりにくい人もいたが、二一人で間違いない筈。

「えっと、ちょっと亡くなり方があれでわかりづらい方もいましたが、二一人だと思います」

「そうか、逃げられた者もいたのかもしれないな」

三五人いたのか。もし逃げたのだとしたら、オール町へ逃げ込むだろう。ここからだと私の足で約半日。走って逃げ込むならもっと早いかな。魔物から隠れながらだとしても、あと数時間後には救援として冒険者たちが来る。それは、やばい。ソラたちの事もあるし、シエルも何処かに隠れてもらう必要がある。

「にゃっ」

シエルの声に視線を向けると、森の奥を眺めている。もしかして、既に救援が来たのだろうか？　集中して探ってみると、人の気配。かなりの速さでこちらに向かって来ている。それも複数だ。

「シエル。ソラたちを連れて少し隠れていてほしいのだけど、大丈夫？」

「にゃうん」

ソラ専用のバッグに、青いソラと赤いソラ。赤いソラを持ち上げる時は、ドキドキとしてしまった。どう見ても、出会った当初の崩れスライムだ。間違って死なせてしまっては大変。そーっとバッグへ入れて……大丈夫なのかと不安になる。バッグの中に二匹のスライムを入れた事はない。

「ソラ、大丈夫？」

「ぷっぷ～」

「てりゅ～」

やっぱりどっちもソラなのかな？　ややこしいな。バッグをシエルの首にかける。シエルはそっとバッグの入り口辺りを咥えて、ゆっくりと歩き出した。男性は、私たちのやり取りを呆然と見ている。何か、おかしかったかな？

「君はすごいテイマーなんだな」

「えっ！　あっいえいえ、そんな」

アダンダラをテイムしていると思っているのか。訂正してもややこしいし、そういう事にしておいたほうがいいのかな。森の奥へ消えるシエルに、すがる様な視線を向けてしまう。一人になったので、急に心細くなってしまった。

「そうだ。ちゃんとお礼を言っていなかったな。助けてくれてありがとう」

男性は私と視線を合わせてお礼を言うと、深く頭を下げた。

「いえ、あの」

私がしどろもどろになっていると、微かに笑ってくれる。……助ける事が出来て良かった。

「そういえば、どうしてあの子たちは移動を？」

「あっ、もうすぐここに救援が来るみたいです」

「救援？」

「はい。此方に向かって来ている人の気配があるので」

「そうか。悪い、俺は気配を読むのがどうも苦手で」

そういえば冒険者の中にも気配を読めない人がいると、ラットルアさんが話していたな。あっ、それより今は、救援の人に話す内容をこの人と話し合っておかないと。まさか瀕死の人を助けましたとは言えない。

「あの、もう一つお願いがあるのですが」

「俺は腕を食いちぎられて、意識を失っていただけという事にするよ。とおり掛かった君が、たまたま助けてくれた」

「えっ？」

男性に視線を向けると、優しく笑って頷いてくれた。どうやら、ソラたちとシエルの事を隠したい私の事情を察知してくれたようだ。

「ありがとうございます」

一つ頭を下げる。この人で良かった。ソラはわかっていて助けたのだろうか。

「お礼を言うのは俺のほうだから。そうだな、腕はどうやって治した事にしようか」

「あ～、そうですね。ポーションで大丈夫でしょうか？」

「食いちぎられたわりに傷跡が綺麗だからなぁ、数本直接かけたって言い張るか」

男性の腕は、二の腕部分からなくなっている。傷跡を確認している男性と一緒に見てみたが、とても綺麗な状態だ。私としては一安心なのだが、傷を負ってすぐなのに綺麗過ぎるらしい。

「まぁ、それぐらいしか思いつかないな。いいかな？」

「はい。聞かれたら『青いポーション』ですね」

「青のポーションだけではここまで綺麗にならないから、焦って色々かけてしまったというほうがいいかな」

なるほど、何らかの作用があって傷跡が綺麗になったという事にするのか。通用するのかな？まぁ、他にないから妥当な所かな。

「わかりました」

「おっ、忘れていた」

何を？　男性は姿勢を正すと、私に視線を向ける。なぜか真剣な表情なので、少し怖い。

「俺はオール町で中位冒険者をしている、ドルイド。よろしくな」

「……アイビーです。よろしくお願いします」

何が始まるのかとドキドキしていたので、ちょっと反応が遅くなってしまった。まさか自己紹介が始まるとは思わなかった。

「あ～、でも今回の依頼の失敗で、借金だな。奴隷落ちか？」

「奴隷落ち」

「ん？　ハハハ気にするな。二回目だ」

男性、ドルイドさんはあまり気にしていないのか悲壮感などはないその様子に安心を感じた。でも、気になるなアレが。

「あの、馬車に幸香が積まれていたのですが」

「はっ？　いや、ありえないだろう」

「いえ、あの焼けている馬車の中からシエルが見つけ出してきました」

「あの馬車は依頼人が乗っていたモノだ」

依頼人の乗っていた馬車に、幸香か。なんだか嫌な予感がする。

136話　幸香

ドルイドさんの近くに桶を持って来て、中の幸香を見せる。困った表情の彼は、私を見て申し訳なさそうにする。片腕を失った為かバランスが取れず、立ち上がろうとした時に倒れてしまったのだ。

「すまない。まさか倒れるとは思わなかった」

「いえ。大丈夫ですか？」

倒れた時、受け身が上手く取れていなかったように見えたが。

「大丈夫。これでも体は鍛えているからな」

本当に大丈夫なのかな？

「本当に心配しなくても大丈夫だから。そんな顔しなくていいよ」

どうやら、考えが顔に出てしまったみたいだ。

「はい。すみません」

ドルイドさんは苦笑して一つ頷くと、桶の中を見て眉間に皺（しわ）を寄せる。おそらく中に入っている幸香の大きさにだろう。幸香とは「幸（こう）の木になる実」なのだが、実をそのまま持ち帰る事はない。実が大きい為、匂いがきついのだ。確実に魔物を惹きつけてしまう。なので幸香を移動させる時は、ほんの少量を削ってマジックアイテムの箱の中に入れる。マジックアイテムの箱には、密封魔法が施されていて匂いが外に洩れないそうだ。だが目の前にある幸香は、実そのものなのだ。水の中に漬けてはいるが、不安だ。

「何を考えてこんなモノを……」

「水に漬ければ大丈夫と聞いたのですが、これでいいですか？」

「あぁ、とりあえずはこれで大丈夫だ。ただ、水が幸香の匂いに汚染されていくから保って一日かな」

「そうなんですか？　処理の方法は？」

「森の中で燃やす方法しかないかな。周りの木に燃え移らないようにして、火を点けて逃げる。といっても、近くで様子は見るんだけど。魔物が来る可能性が高いから危ないんだ」

すごい方法だな。そういえば、幸の木の周りって魔物だらけなのかな？　ずっと、気になっていたんだよね。

「あの」

「幸の木そのものは魔物にとって毒だから、周りに魔物はいないぞ」

ドルイドさんが苦笑いしながら、聞く前に答えをくれる。少し驚くが、幸香の説明で何度も聞かれた事なのかもしれないな。それにしても幸の木が魔物にとって毒？　初めて聞いたな。実が魔物を惹きつけて、木そのものは毒。なんとも不思議な植物だ。しばらくすると、人の焦った様な声と足音が耳に届く。どうやら、救援の冒険者たちが来たようだ。

「誰かいるかー」

生存者を探す声が聞こえる。

「ここだ！」

ドルイドさんが、声を張り上げると向こう側で微かに喜びの声が聞こえた。全滅ではない事を喜んだのだろうが……。

「ぬか喜びをさせてしまったか」

「そうだと思います」

ドルイドさんがしまったという顔をする。まぁ、しかたない。近づいてきた冒険者たちは、周辺の状態を確認して顔を強張らせている。その彼らの反応に違和感を覚え、首を傾げる。上位冒険者たちではないのだろうか？　救援にあたるのは上位冒険者だけだと聞いているけど。

「おい、こんな事で狼狽（うろた）えるな」

最初に到着した冒険者たちのあとに、ものすごいガラガラ声が聞こえた。そちらの人は、随分と落ち着いた声だと思う。ガラガラ声で少しわかりづらいが。おそらく上位冒険者だろう。

「ん？　ドルイドか？」

「ギルマス、どうも」

ギルマスさんだった。ギルマスさんは背が高くがっしりした背丈だが、特徴はその声だろうな。何処にいてもそのガラガラ声で気付きそうだ。

「随分と酷いな。それに、この坊主は？」

「あぁ、グルバルに襲われたからな。この子は俺の命の恩人だ」

そういう説明するって言ってたっけ？　えっと。下手な事は言えないので、黙って一つ頭を下げておく。

「グルバルなのか？　よく生き延びられたな」

ギルマスさんがグルバルという名前に驚いている。相当恐ろしい魔物のようだ。シエルたちは大丈夫かな？　心配だな？

「それに、命の恩人って？　それにお前、腕……」

「腕を食いちぎられて、意識を失っていたみたいなんだ。で、このアイビーがとおり掛かって助けてくれた」

「食いちぎられたって……綺麗だな？」

ギルマスさんが、ドルイドさんの腕の傷跡を見て不思議そうな表情をする。

「持っているポーションを、種類関係なくすべて使ってくれたみたいだよ」

「すべて？　種類関係なく？」

「そう」

「それでそんなに傷跡が綺麗なのか？　ポーションを組み合わせると不思議な作用があるとは、昔から言われているが。この目で見るのは初めてだ」

そうなんだ。初めて聞いたな。でも、その傷跡は嘘なので申し訳ないです。心の中で謝罪をしておく。ギルマスさんは近くに転がっている空のポーションのビンを見て頷いた。それは、話を合わせる為にドルイドさんがばらまいた物だ。ビンの数は全部で二二本。数を数えたのか、ギルマスさんの眉間に皺が寄る。

「随分と大量だな」

スッと視線を向けられると緊張してしまう。

「焦ってしまって」

声が掠（かす）れてしまった。大丈夫、焦るな、落ち着け。

「そうか。ありがとうな」

信じてくれたのかな？　ん～、ちょっと疑われている気がする。しかたないか。

「自己紹介しておく。オール町のギルドマスターでゴトスだ」

「アイビーです。よろしくお願いします」

「……アイビー？　オトルワ町から来たのか？」

「はい」

「そうか、あのアイビーか。なんだ、だったら問題ないな」

問題大ありです。あのアイビーってなんですか？　それに、あなたの声はガラガラの癖に周りに響くんです。周りの冒険者たちにも声が聞こえたようで、ちらちらと見られている。

「ギルマス、知っているのか？」

「いや、会ったのは初めてだ。だが有名だ」

有名？　なんで？

「オトルワ町で王族関係の貴族を巻き込んだ組織が潰されただろう。あれの立役者がアイビーという名前だったんだ。正式な情報ではないが、まだ子供という情報だったから間違いないだろう。合っているか？」

子供という事は合っているのでしぶしぶ頷く。だが、立役者？　……物事の中心となって重要な役割を果たす人の事だった筈。いつの間に、そんな大きな存在になったの！　あっ、ドルイドさんが驚いている。なんだか、すごく嫌な予感。

「だから、気付けたのか」

ん？　気付けた？

「何がだ？」

「これだ」

ドルイドさんは、桶の水の中にある幸香を見せる。

「はっ？　お前これっ！」

ギルマスさんの表情が、驚愕に変わる。違います、シエルが気が付いたんです。って、言いたい！　無理だけど。ギルマスさんの誤解はあとで絶対に解こう。

「幸香なんて誰が持ち込みやがった」

ものすごい迫力ある声が、周りに響き渡る。その声に、この惨状に顔を強張らせていた冒険者たちの体が飛び上がる。私も一瞬体がビクついたが、彼らほどではない。やっぱり上位冒険者ではないのかな？　上位冒険者のボロルダさんたちとは、違い過ぎる。

「ギルマス、落ち着け」

「お前、これが落ち着いてなんて。もしこれが町に入り込んでいたら！」

「わかっているが、今ここで怒り狂ってもしかたないだろうが」

ギルマスさんは、幸香の入った桶を睨みつけて溜め息をつく。

「悪い。そうだな」

「ギルマスの立場では怒りが湧く気持ちもわかるがな」

ドルイドさんが、落ち着いた声でギルマスさんに話しかける。ドルイドさんって中位冒険者だと言っていたけど、雰囲気が上位冒険者だよね。

「はぁ、まぁお前が生き残ってくれて助かるよ」

「ハハハ、俺はほんの少ししか助けになれないよ」

二人がこれからの事を話し始めたので、少し場所を離れる。部外者が聞いて良い話ではないだろう。それに、巻き込まれる可能性が高くなる行為は控えよう。周囲を見渡す。救援に来た冒険者たちは、現状確認などの仕事をしている。私の出来る事はないな。倒れた木が横たわっている場所まで移動して座る。なんだか、安心したら力が抜けてしまった。

137話　幼くはない！

「大丈夫か？」

前を見ると、ガラガラ声のギルマスさん。少しボーっとしていたようだ。シエルたちがいないのだから、気を引き締めないと。

「はい。大丈夫です」

終わったのかと周りを見るが、冒険者たちはまだ作業を続けている。結構な時間が掛かるものなんだな。あっ、そうだ！

「あのっ」

「なんだ？」

「私の事ってどれくらい広まっているんですか？」

多くの人に私の情報が広まっているなら、色々と気を付ける必要がある。

「ん？　あぁ、さっきの事か。いや、アイビーの事はまったく広まっていないぞ？」

「えっ？　でもさっき有名って」

「悪い、俺の言い方に問題があったな。被害が出た村や町の俺たち、ギルマスの間で有名なんだ。ギルマスには組織に関する情報とその組織を潰すのに貢献した者たちの情報が届くんだが、そこに見慣れない名前があったからな。しかも名前以外の情報が、すべて伏せられていたから噂になったんだ」

「噂？」

「あぁ、情報が伏せられる事は珍しいから、性別だとか、年齢とか色々と噂が立ったんだ。その中で信憑性の高い噂の一つに子供では？　というものがあったんだ。悪い、さっきは少し興奮してしまった」

良かった、特に気を付ける必要はないみたいだ。でも、ギルマスさんたちには名前が伝わっているのか。結構な数の村や町が被害に遭っていた様な。子供という噂は流れたみたいだし。ん〜、純粋に喜べない様な。あれ？

「どうしてギルマスさんは、私を知って……はいなかったですよね。気が付いたんですか？」

名前と子供という噂だけで、気が付くモノなのか？

「俺の所に、組織に手を貸している上位冒険者がいると情報が入ってな。信じられなくて、オトルワ町まで直接話を聞きに行ったんだ。その時に、上位冒険者たちと一緒にいる幼い子供の後ろ姿を見かけてな。見た時に似ていると思ったんだが、名前を聞いてもしかしてと思ったんだ」

「なるほど」

おそらく、ボロルダさんたちと一緒にいる所を見たのだろう。そうか、それがあったからギルマスさんは気が付いたのか。だったら、別にギルマスさんは問題ないかな。

「アイビー、あの組織を潰してくれてありがとう」

スッと視線が合ったと思ったら、ギルマスさんがお礼と共に頭を下げた。それに驚いて、固まってしまう。まさか頭を下げられるとは思わなかった。

「ハハハ、驚いているな～」

「……はい、驚きました」

なんだか、変な受け答えになってしまった。

「悪い、悪い」

「いえ。でもどうしてお礼なんて？」

「組織の被害に遭っていた所は、みんなお礼を言いたがっているよ」

「そうですか、ありがとうございます」

被害が大きかったって事なんだろうな。それにしても、私にとってあの組織は既に過去の事なので本当に驚いた。

「アイビーはいい子だな」

まっすぐ目を合わせて言われると、想像以上に照れる。やばい、顔が熱い。真っ赤になっているかも。

「ハハハ、その辺りはまだまだ子供だな」

子供？　そういえば、ギルマスさんには何歳に見られているんだろう。さっき間違いでなければ『幼い子供』って聞いた様な気がする。……すごく嫌な予感がする。

「子供をからかうなよ」

横からドルイドさんの声が聞こえる。視線を向けると、少しふら付いているがしっかりと自分の足で立っている彼の姿があった。少しずつ、体が慣れてきているのかもしれないな。

「悪い悪い。そうだな幼い子供をからかったなんて奥さんにばれたら怒られる」

奥さんがいるのか……って違う！　やっぱり幼いが付いている！

「あの、私は九歳なので、子供でありますが、幼いと付ける必要はありません！」

あっ、ちょっと声が大きくなってしまった。だって、幼い幼いって何度も言うし。ものすごく気になる言葉が耳障りなんだもん！

「「えっ、九歳！」」

ドルイドさんもか……。

「はい。こう見えても、ちゃんと九歳です」

自分で言うのが一番悲しい。食事の量を増やしたけど、すぐに成長は無理だよね。毎日、足が伸びるかなって思う。運動してるけど……。大丈夫、焦らない。ゆっくり成長していく予定だから。

「あ～、悪い。そうか、そうだよな。あんな組織を潰す事が出来るんだから幼い子供には無理だな」

私はいったいどんな表情をしているのか、ギルマスさんが私を見て慌てている。ごめんなさい、ちょっと過敏になっているだけです。

「ごめんな」

ドルイドさんが、ちょっと困惑しながら謝ってくる。

「いえ、大丈夫です」

成長期はこれからだから。背を伸ばすのは、やっぱりお肉かな？

「あの～」

救援に来た冒険者の二人が、緊張の面持ちでギルマスさんに声を掛けた。どうやら仕事が終わったようだ。被害状況の確認作業は、大変だろうな。

それにしても、どうしてそんなに緊張しているのだろう？

「おぅ。ご苦労」

ギルマスさんの声に二人は頭を下げて、紙を渡す。紙の内容をさっと目を通して、何度か頷いた。

「問題ないな。遺体の回収も終わったか？」

「はい。出来る範囲ですが」

酷い者もいたからな。

「馬車は？」

「馬を用意して取りに来る手筈になります」

「よし、他は」

「えっと……」

見ていると、随分と悩んでいる。やはり、上位冒険者ではない。どうしてだろう？　セイゼルクさんは救援は上位冒険者が、基本行うと言っていた。それは持ち込まれた情報が正しいと判断出来ない為、また駆けつける場所に、まだ問題が起こっている可能性がある為だという。

「自警団への報告です」

「あ〜、まぁいいだろう、ご苦労様。帰るか」

「はい！」

ギルマスさんの言葉に、冒険者二人の顔から緊張が取れた。その様子にギルマスさんとドルイドさんが苦笑い。……なんとも言えない雰囲気だな。もしかして、何かの試験だったのだろうか？

帰る用意をし出した冒険者たちに指示を飛ばすギルマスさん。ドルイドさんの歩き方を見て、少し眉間に皺が寄る。

「後処理があるから戻るが」

「心配するな、ゆっくり歩いて帰る」

「あ〜、誰か呼ぶか？　馬車でもいいが」

「いや、大丈夫だ。慣れる為にも歩いて帰るよ。ここからだと六時間ぐらいだろう」

六時間？　半日ぐらい掛かると思ったけど、地図を読み間違えたのかもしれない、気を付けよう。

ギルマスさんはドルイドさんを気にしながらも、仕事の為に帰っていった。ギルマスさんも大変だ。

「ドルイドさん、町まで一緒にいいですか？」

「あぁ、俺は問題ないが、いいのか？　気にしなくて大丈夫だぞ。あいつらもいるし」

ドルイドさんが視線を向ける先には、三人の冒険者たち。救援隊のあとに来た冒険者たちだ。

ギルマスさんが心配だと、ドルイドさんと帰ってくるように指示を出していた。

「ギルマスさんのペースは、私には速過ぎると思って」

てくれた。

「なるほど。だったら宜しく」

ドルイドさんと一緒に、冒険者たちのほうへ向かう。彼らも気が付いたようで、こちらに近寄っ

「先輩、その……」

「気にするな。しかし休みの日なのに駆り出されたんだな」

ドルイドさんの後輩にあたる冒険者だったのか。

ドルイドさんのこの言葉に、一人の冒険者が堰を切ったように話し出す。

「そうなんですよ！　ようやくとった休みだったのに。人数が少なくなった為どうしようもないと

ギルマスが！　でも、本当にようやくとれた休みだったんです」

なんだかオール町にも色々と事情があるようです。巻き込まれませんように！　……あっ、幸香。

もしかして既に巻き込まれている様な……。

「いや、まだきっと大丈夫な筈。たぶん」

138話　増えてる！

「すまない。時間が掛かってしまったな」

ドルイドさんが申し訳なさそうに謝罪する。もうすぐオール町へ着くが、彼がゆっくりとしか歩

けなかった為、思ったより到着に時間が掛かったのだ。

「大丈夫ですって、なっ！」

後輩さんたちとドルイドさんは、後輩さんたちが冒険者になりたての時に出会ったそうだ。冒険者に必要な事を基礎から教えてもらった事もあり、かなり尊敬している様子。今までずっとお世話になってきたと、道中ドルイドさんの活躍ぶりを話してくれた。ドルイドさんは止めていたが、話し好きが一人。エリドという人で、ずっと話している。周りは慣れている様子なので、いつもの事なのだろう。私は初めてなので、正直驚いている。主にドルイドさんの話が多いが、自分の活躍話に失敗談と次から次へ。よく、ここまで色々と話題が尽きないモノだ。

「エリド、そろそろ町だ」

声を掛けたのは、三人の中でリーダー的存在のドロさん。

「ん？　あぁ、だな」

そう言うと、バッグから何かごそごそと取り出して……。ごそごそとバッグの中を漁っている。

「エリド？」

「いや、大丈夫。入れたのは覚えているから」

立ち止まってバッグの中を探しているエリドさん。ドロさんは、大きな溜め息をついている。

「どうしたんですか？」

「冒険者の許可証だと思う。エリドはよく物を落とす子だから」

「そうですか」

町に拠点を構える冒険者は、冒険者ギルドから専用の許可証がもらえる。おそらくそれだろう。まだ、探してる。それにしても、どうして落とし物をよくするエリドさんが持っていたんだろう？あっ、ドロさんがバッグを奪った。

「はぁ、あの時はかなり慌てていたからな。エリドが持った時に止めなかった俺が悪いが、まさか、また落とすとは」

「落としてない！　絶対ある！」

ドロさんがバッグの中を一つ一つ確認しているようだが、出てこない。ん？　この場所からは既にオール町の門が見えているのだが、門の所で両手を振っている人がいる。誰かを呼んでいるのかな？

「あの、呼ばれているのでは？」

「えっ？」

全員が門に視線を向けると、振られていた手が激しくなる。やはり正解のようだ。

「とりあえず、行くか」

ドルイドさんの声に、ドロさんはバッグの中を探しながら歩き出す。ただ、もう諦めているように見える。確か、もう一度許可証をもらう時はお金がいるって聞いたな。

「また、落としたな」

「ハハハ、しかたないな」

ドルイドさんが苦笑いしている。ドロさんたちの様子から、二回目という事もなさそうだ。

「ドルイド、大丈夫か？」

門から一人の男性が近づいて来る。熊みたい。えっ何？　くま？　黒くて大きな動物みたいだけど、本で見た事がない。これは、前の知識だな。はぁ、声に出さなくて良かった。もう一度しっかりと男性を見る。体のがっしりした髭を蓄えた、一見かなりの強面だ。……いや、ずっと見ていても強面だ。小さい鋭い目を怖がる人はいるだろうな。

「あぁ、大丈夫だ。それよりどうしたんだ？」

「これだ」

そう言って、一枚の緑のカードをドロさんたちに見せる。その瞬間、ドロさんがちょっと安心した表情を見せた。もしかして、許可証？

「ありがとうございます。今、探していたんです」

ドロさんが手を出すと、男性はそれを手渡す。

「門を出たすぐの場所に落ちていたよ。今年これで何度目だ？」

男性の呆れた声に、全員が苦笑いだ。エリドさんだけが、ちょっとばつが悪そうだ。まぁ、そうなるだろうね。それにしても綺麗なカードだな。

「おっ、この子か？」

この子？　おそらく私の事だろうな。で、ギルマスさんが何か言ったのかな？

「初めまして」

挨拶をすると、にこりと笑って挨拶を返してくれる。ちょっと驚いた。笑うと印象が変わる。随分と可愛い……は言い過ぎだが、ちょっと可愛くなる。

「ギルマスから聞いているよ。すぐに許可証を出すからこっちへ来てくれ」

やっぱりか。ギルマスさんが何を言ったのか気になるな。聞いて大丈夫かな？

「ギルマスは何を言ったんだ？」

一緒に来てくれているドルイドさんが聞いてくれた。ありがとうございます。

「ん？　ドルイドの事を助けた子が来るから、怖がらせるなって」

怖がらせるな？

「あぁ、なるほど。でもアイビーはお前を見ても怖がっていなかったぞ」

「そうなんだよな。驚いた」

ん？　熊さんみたいな人を怖がる？　あっ、やばい。無意識に出るな、気を付けないと。

「お前、小さい子にいつも泣かれるもんな。まぁ、見た目がな」

小さい子。私が少し落ち込んでいると、ドルイドさんと目が合う。

「あっ、悪い。えっと」

「いえ、大丈夫です」

ドルイドさんが慌てて謝る姿に、男性が不思議そうな顔をして振り返る。

「なんだ、どうした？」

「いえ、大丈夫です」

「そうか？　こっちだ、ギルマスからは言われているが確認だけはさせてくれ」

「はい」

男性のあとを追うと、門の近くにある部屋に入って行く。続いて入ると、テーブルに棚という簡素な部屋はオトルワ町と似ている。まぁ、荷物や少し話を聞く程度なので何処も似た様な感じになるのだろう。紙が一枚手渡される。【名前・出身の町・目的】が書き込める紙だ。オトルワ町と同じでいいのかな？　名前を書き込み、目的欄も埋める。ただし、出身の町は書かずに口座の白いプレートを取り出す。それを見た男性は少し驚いた表情をしたが、棚から石を取り出してきた。石にプレートを近づける。

「よし、問題ないな。ん？　保証人の欄すごいな」

保証人の欄？　口座の中身は見られないと聞いたけど、保証人は見られるようになっているのかな？　確かめておくのを忘れたな。

「えっと、ラトメ村のオグト隊長ですよね？」

「ん？　それだけじゃないぞ。オトルワ町のギルマス『ログリフ』に、自警団団長の『バークスビー』の名前が載っているが？」

……何をしてくれているんですか！　目立つ事はしたくないって言っておいたのに。

「すごい人たちの名前が……」

一緒に来てくれていたドルイドさんが驚いている。

「よし、これが許可証だ。なくさないように、この町を発つ時には返してくれ」

「はい。ありがとうございます」

お礼を言うと、頭を撫でられた。完全に小さい子に対する態度だ。でも、熊さんだとなんとなく怒る気にならない。なんでだろう。見た目？　許可証を受け取り、ドルイドさんと部屋を出る。部屋の外には三人の後輩さんたち。ドルイドさんを待ってたのかな。

「なんだ、まだいたのか？　町に戻って来たんだもういいぞ」

「本当に大丈夫ですか？　生活とか」

「大丈夫だ。まぁ、少し生活は変わるだろうが問題ない。それよりこれで仕事は終わりだろう？　しっかり休めよ」

「はぁ。何かあったら言ってください。協力しますから」

「その時は頼むよ」

三人は気になるのか、ちらちらとドルイドさんを見ながら離れて行った。本当に慕われているんだな。ソラが助けたのがこの人で良かった。

139話　魔物の変化？

町の中へ入ると、どことなく慌ただしい。不思議に思い、周りを見回していると。

「俺たちが襲われたという情報が、流れたんだよ」

ドルイドさんが、周りの状況を教えてくれた。

「それで……」

町の近くで誰かが襲われると、色々な噂が一気に広がる。襲ったモノが町に来ないかという心配だったり、仕事で門の外にいる家族の心配だったり、襲ったモノは何々だなどと様々だ。噂だけならいいのだが、疑心暗鬼が混乱を生んでしまう事がある為注意が必要となる。

「そういえば、すごい人たちと知り合いなんだな。あっ、でもあの組織を潰した関係なのかな？」

「えっと、それもありますね」

やっぱり目立つよね。それにしても、どうして何も言わずに保証人になっているのだろう？

「もしかして王都か周辺の町に行くのか？」

「はい、一応王都の隣町に行く予定です。なぜわかったのですか？」

何処へ向かう等の話はしていない。何か気付かせる様な事でも、言ったかな？

「保証人だよ」

「えっ？」

保証人。勝手に増えていたあれですか？

「王都とその周辺は、町に入る時に入念に調べられるんだが。当たる人によっては、まぁ色々あるんだよ」

色々とは何？

「だが、それだけの人物が保証しているなら問題ないな。すぐに通れるよ」

色々、もしかして言いがかり……とか？　門番がそんな事を？

「不思議そうな表情しているけど、王都に近づけば近づくほど問題のある門番に出会えると思うよ」

「……それは、嫌です」

「ハハハ、アイビーは大丈夫だよ」

私は大丈夫？　あっ、保証人か。

「オグト隊長は冒険者の中でも伝説みたいな人だし」

そこまですごい人なのか。

「バークスビー団長は、組織を壊滅させた事で王族関係者といい関係を築けたようだしな」

そうなんだ。あっ、そういえば装飾が派手な手紙を見て、ものすごく嫌そうに溜め息をついていたな。いい関係？　……まぁ、団長さんなら大丈夫だろう。

「ギルマスのログリフさんも冒険者の時から活躍していて、憧れている冒険者も多いからな」

そうなんだ。奥さんの事で照れまくっていたギルマスさんもすごい人なんだ。

「三人にケンカを売る様な馬鹿はいないよ。まぁ、担当した門番の頭が狂っていなければ、大丈夫だよ」

狂うって、すごい説明だな。それにしても、その為に名前を載せてくれたのかな。それだったら、言ってくれたら……断るかもしれない。だって、申し訳ないし。ボロルダさんたちには性格を読まれていたけれど、ギルマスさんや団長さんにも読まれていたのかも。そうでなければ、内緒で保証人にはならないよね。今度会ったら、しっかりとお礼を言おう。

「大丈夫だよ？　まともな人も多いから」

考えにふけっていると、ドルイドさんが慌てている。心配そうな表情でもしていたのかな？

「大丈夫です。それよりドルイドさんは今から何処に？」

「あっ……ギルドに行って事情を話さないと駄目だったな」

ギルド？　さっきとおり過ぎた様な気がするけど。

「なんとなく、アイビーについて来てしまった」

「えっ……お疲れなんですよ。きっと」

「ハハハ、そういう事にしておいてくれ。アイビーは広場かな？」

「はい、その予定です。場所を取ってから森へ戻ります」

「森にか……大丈夫だと思うが気を付けてくれ。グルバルがまだ近くにいる可能性もある」

そうだ、グルバル！

「あの、どんな魔物なんですか？」

「知らないのか？」

「はい、本で見た事もありません」

「そうか。奴はここ一、二年で強くなって性格が凶暴化したからな、知らない冒険者も多いから」

そんな事があるんだ。新しい情報をどんどん得ていかないと駄目だな。覚えておこう。

「グルバルは鼻の先に大きな角があって足はそれほど速くはないんだが、力が強い。襲われた時は、いたる所から来られて逃げ場がなかったな」

鼻の頭に大きな角。いたる所からって事は群れで動いているのかな？　それとも幸香の匂いにつられて集まってきた？

「群れで行動するのですか？」

「それが生態系も少し変化していて、よくわかっていないんだ。以前は群れてはいなかったんだが」

「そうですか。ありがとうございます」

「いや、でもどちらにしてもあの子よりは弱いよ」

あの子ってシエルの事だな。といっても、数で来られたら危ないだろうし。今はソラを守ってもらっているから、自由に動けないかもしれない。

「わかりました。でも心配なので」

「そうか。あっ、これを」

ドルイドさんが持っているバッグから、何かが入っている小袋を三つ取り出し差し出した。とっさに受け取ってしまったが、なんだろう？

「激袋だけど、知っているか？」

「激袋なら知っています」

対象となる物の顔周辺にぶつけると、中から粉が舞うんだよね。その粉の種類によって効果が違う筈。袋の口に鼻を近づけてみる。

「あっ、止めたほうがいい。ちょっとでも吸い込むと鼻が痛むから」

ドルイドさんの言葉に小袋を持っていた手が止まる。良かった。あと少しで吸い込む所だった。痛むという事は唐辛子かな。

「顔にぶつけたら、逃げる時間が稼げるから。まぁ、数で来られたら逃げられないんだが」

「ありがとうございます。でも、いいのですか？」

「問題ない。すぐ作れる物だからな」

私も作って持っていたけど、切らしているな。今度しっかり数を作っておこう。

「では、いただきます」

「あぁ、ではまたな。気を付けて」

「はい、ありがとうございます」

ドルイドさんに一回頭を下げて、広場へ向かう。少し歩いてから振り返って、彼の様子を見る。随分と歩くのにも慣れたようだ。

「良かった」

右腕をなくしたので、利き腕だったらと思ったが彼の利き腕は左だった。なのでちょっとホッとした。利き腕だったら生活にかなり支障が出てしまう。ギルマスさんもその事には少しだけ安心していた。

「さて、広場に行って、場所取りしてから森だ」

ちょっとグルバルが怖いけど。シエルとソラ……そうだ、ソラの事もちゃんと調べないと。ソラにソラ？　……名前を変えていいか聞いてみよう。それにしても分裂したのか……分裂か。まさかずっと増え続けるとかあるのかな？　というか、新しい子も分裂して増える？　ハハハ、ソラたちの先の事を考えるのはやめよう。怖い怖い。

「あった」

少し先に広場を発見！　このオール町の広場も広い。出入り口が二ヶ所あるけど、何か意味があるのかな？

「どうした？」

広場の出入り口から中を見ていると、一人の男性に声を掛けられた。

「はい、出入り口が二ヶ所あるので何かあるのかと思いまして」

「こっちは、三人以上の冒険者チームが多い。あっちは一人か少人数の冒険者チームだな」

「そうなんですね。ありがとうございます」

「おぅ、といっても特にこっちでも問題ないから自由に選んでいいぞ」

「はい」

男性にお礼を言って、もう一つの広場へ向かう。人数の多い冒険者チームの近くは、騒々しい事も多い。特にお酒に酔って歌い出す人とかいるからな。広場に入って周りを見渡す。そういえば、オール町の広場には管理者はいないようだ。出入り口に誰もいない。あっ、でも小屋があるから自警団の人は見に来るのかな？　良かった。テントの件があったから、いてくれると安心出来る。広場を少し歩いて、テントの様子や人の様子を見て回る。テントの中ではソラを出してあげたい、もちろん新しい子も。なので、テントを張る場所には注意しないと。一人旅に見える女性と男性のテントの間に適度な広さがあったので、二人に声を掛けて許可をもらう。快く了承してもらえたので、テントを張る。

「よし、終了」

中に入って、必要な物だけを一つのバッグに入れていく。もらった激袋はすぐに取り出せる場所に入れる。グルバルに出会いませんように。

140話　巻き込もう！

森へ向かうと言うと、門番に止められた。町の近くにグルバルが出たのだから、しかたがないのだろう。危ないと感じたらすぐに逃げると約束して通してもらえたが、かなりしぶしぶだった。こういう時、シエルの事を話せたら安心してもらえるのだが無理だしね。周りの気配に気を配りながら、森の奥へと進む。しばらく歩いたがシエルの気配を感じない。いつもなら、迎えに来てくれる頃だと思うのだけど。

「何かあったのかな？」

周りの気配を注意深く探る。森の奥に気配は感じるのだが、遠過ぎてシエルなのか判断が出来ない。とはいえ、森の中で立ち止まっていてもしかたないので気配の方角へ進む。

「あっ、シエルだ」

近づいて行くと、シエルの気配だと判断出来た。それにホッと胸をなでおろす。何かあったのかなど色々と考えてしまった。急ぎ足でそちらへ向かう。

「シエルっ！　……ぅわ～」

死屍累々。シエルの周りを表現するならそれだろう。何か大きな動物の死骸が転がっている。見ると、鼻先に大きな角？　足を見るとそれほど長くない。そしてガッシリした体格。もしかしてグルバル？

「えっと、シエルは大丈夫……そうだね」

なんと言うか、綺麗な座り方で少しどや顔。『やってやったぞ』みたいな表情をしているように見える。

「ご苦労様。偉いね」

確か、猫のしつけ方にちゃんと褒めるっていう言葉があったよね。猫のしつけ方？　また前の知識かまったく……まぁ、いいか。シエルも怪我していないし、問題なし。

「それにしても何匹いるんだろう？」

倒れている死骸を数える。八頭。ただ、森の奥へ続いている足跡もあるので、逃げたグルバルもいるようだ。

「って、これはどうしたらいいんだろう」

放置というわけにはいかないよね。町の近くで暴れた、魔物や動物の情報は連絡するのが決まりだし。死骸を見たってだけで、別にシエルの事を言う必要はないよね。それともドルイドさんに協力を仰いだほうがいいかな？　でも、迷惑をかけたくないしな。

「あっ、それよりソラ！」

「にゃうん」

ん？　シエルを見ると、さっと立ち上がって木に登って行く。そしてふわっと木から飛び降りた。口にはソラ専用のバッグが咥えられている。安全な場所にいたのか。

「ありがとう」

バッグを受け取り、そっと中を確かめる。二匹のスライムが寄り添って寝ている。可愛い。

「えっと、とりあえず場所を移動しようか」

さすがにグルバルの死体の傍でゆっくりはできない。他の魔物や動物を呼び寄せるかもしれないし。

「にゃうん」

バッグを持って移動しようとすると、シエルが進行方向に立ちふさがる。

「えっ？　どうしたの？」

私の質問にシエルの視線が死んでいるグルバルに向かう。そして私を見る。なんだろう。グルバル？　死んでいる魔物、で私……あっ！

「もしかして解体して売れって？」

「にゃうん」

「えっと、シエルごめんね。さすがにグルバルを解体して売るのは無理があるかな」

あんな大きな魔物を解体した事はない。出来ない事はないだろうが、かなり大変だろう。……しかも八頭！　それに解体が出来たとしても、売れない。どうやってグルバルを討伐出来たのか、説明できないのだから。

「にゃっ」

かなり不服そうだ。う～、どうしよう。

「に～」

……そんな悲しそうな顔されたら、なんとかしたくなってしまう。

「シエル、ここで待っていて。ドルイドさんに協力してもらうから」

ここでの知り合いはドルイドさんとギルマスさん。シエルの事を知っているのはドルイドさんだけだ。かなり迷惑になる可能性があるけど、一度だけお願いしてみよう。

「にゃ」

シエルのあと押し？　を受けて急いで町へ戻る。確かギルドに用事があると言っていた。まだいてくれるかな？　居なかったら……諦めよう。急いで戻って来た為、門番さんにものすごく心配されてしまった。申し訳ないです。襲われたわけではないので大丈夫と言ったけど、信じてくれたかな？　ギルドの建物が見えてきた所で、建物からドルイドさんが出て来るのが見えた。彼も私に気が付いたようで驚いた表情をしている。

「えっと、すみません。お願いが」

「おぉ。出来る事だったら大丈夫だが」

「あの……シエルがグルバルを狩ってしまって」

「……まじ？」

「はい」

「…………とりあえず、見に行くか」

「すみません」

「いや、教えてもらえて良かったよ。町もグルバルの事で随分と騒がしいから」

ドルイドさんと森へ向かう。今度は彼も一緒だった為、門番さんに不思議そうな表情をされた。首を傾げる姿に苦笑してしまった。シエルのいる場所まで歩くのだが、さすが経験豊富な冒険者という事だろうか？　ドルイドさんの歩く速度が、町へ戻って来た時より速くなっている。さすがだな。

「あそこです」

「ぅわ～」

シエルの周りの状態を見て、立ち止まってしまうドルイドさん。私と同じ反応だ。そうなるよね、やっぱり。

「いったい何頭いるんだ？」

「八頭いました」

「そうか。これは人を呼んで片付けたほうがいいな」

「えっと説明をどうしましょう」

「問題はそれだな。……ギルマスを巻き込むか」

ギルマスさんか。さきほどの様子から悪い人ではないようだけど、大丈夫かな？

「ギルマスはちょっとそそっかしい人だけど、思いやりのある人で信用しても大丈夫だと思うよ」

……よし！

「そうですね。ギルマスさんを巻き込んでしまいましょう」

ここで悩んでいても解決策はおそらく出ない。だったら、ドルイドさんを信じよう。

「よし、町へ戻って……アイビーは大丈夫か？」

「問題ないですよ？　なぜですか？」

「いや、かなりの距離を歩いていると思って」

そうかな？　でも、今日はまだ九時間ぐらいしか歩いていないので問題ないけどな。

「大丈夫です。町へ戻りましょう」

「わかった」

シエルに、もう一度町へ戻って協力者を連れて来る事を伝える。いい返事をしてくれたので大丈夫だろう。少し早歩きで村へ向かって歩き出す。

「一日でどれくらい歩くんだ？」

「そうですね。朝、太陽が昇ってから沈むまでなので夏だと一四、五時間だと思います」

「すごいな。そんなに歩くのか？」

「すごいかな？　ん～、確かに最初は大変だったけど、もう慣れちゃいました」

最初の頃は、本当に大変だったな。六時間も歩くと体が限界を訴えてきて、それを誤魔化しながら歩き続けたっけ。最初の頃は、とにかく逃げる事で必死だったから、疲れた体を引きずってなんとか前へ前へって、ただ気持ちだけで歩き続けてたな。そんな毎日を送っていたからだろうな、気付いたら普通に一〇時間は歩けるようになってしまった。魔物の気配が濃い場所などでは、休憩を取ると危ないと思って二四時間歩き続けた事もあったな。そういえば、シエルと一緒に旅をするようになってからは二四時間歩き通しという事はなくなったな。

急いで町へ戻った私たちにまた首を傾げる門番さん。次はギルマスさんが一緒の可能性があるのだけど……。冒険者ギルドの建物の中は、冒険者で溢れかえっていた。しかもなんだか殺気立っている。少し怖いな。

「こっちだ」

「はい」

ドルイドさんのあとを追って階段を上がる。二階のギルマスさんの部屋？　に入ると、ギルマスさん以外にもう一人男性がいた。私たちの姿に少し驚いた様子だったが、すぐに椅子を勧めてくれた。

「すぐに動けるように」

「わかった。ドルイド、大変だったな」

男性とドルイドさんは知り合いのようだ。私をちらりと見たので、軽く頭を下げておく。

「ハハハ、まぁな。ギルマスちょっと話がしたい」

「待ってくれ。グルバルの件で――」

「それについてだ」

「話……ん？」

もしかしてグルバル討伐の為に、冒険者が集まっていたのかな？

「ギルマス、悪いが」

ギルマスさんはドルイドさんの様子を見て一つ頷くと、もう一人の男性に部屋を出るように指示を出す。

「冒険者どもに待機を言い渡してくれ」

「わかりました。失礼します」

礼儀正しい人だな。もしかしてギルマスさんの補佐の人かな？

「で？」

ギルマスさんの声に鋭さが宿る。さすがギルドのトップだけあって迫力がある。

「グルバルは既に討伐済みだ」

「……………………誰が？」

「シエルが。あぁ、シエルはアイビーがテイムしているアダンダラだ」

「……………………」

部屋に満ちる沈黙が怖いな。そっとギルマスさんを見ると、目を見開いて固まっていた。なんとなく申し訳なくなってくる。

「アダンダラと言ったのか？」

数分たつとギルマスさんが、おそるおそるドルイドさんに問いかける。それに対してドルイドさんは無言で一回頷く。

「そうか。アダンダラか……本当に？」

ギルマスさんがもう一度ドルイドさんに問う。それに対しても無言で頷くドルイドさん。なんとも居心地が悪い。

「見たほうが納得出来るだろう。行くぞ」

「あっ？　まぁ、そうだな。行くか」

ドルイドさんの勢いにギルマスさんが、戸惑いながら頷く。なんとなくギルマスさんが上手く乗せられた様な気もするけど、これはこれで話を先に進める為にはしかたないのかな？

141話　私の性格？

「……本物のアダンダラか……」

グルバルの死骸の横にちょこんと座っているシエル。その姿を呆然と見つめるギルマスさん。なんとも言えない光景に、ドルイドさんは苦笑いをしている。

「すごいな。本物か～」

やはりアダンダラという魔物は珍しいという事なんだろうな。しきりにシエルを見つめてすごいと言っているギルマスを見て思う。私にしたら、転がっているグルバルの死骸のほうがすごいのだが。

「あの、グルバルのほうは」

「おっ、あぁ、そうだったな」

もしかして、忘れてた？

「どうする？　アダンダラに狩られたって発表出来るか？」

「あ〜、無理だな。アダンダラは冒険者にとっては興味の対象だ。怖いが見てみたいってな」

「確かに、若い連中は森に探しにきそうだな」

「あぁ、探す事を禁止しても聞かない連中もいるからな。ちょっと待て、確かめる」

ギルマスさんがグルバルの体を調べ出す。何をしているのだろう？

「そうだな、『何かの魔物』でいいだろう。牙が食い込んだ痕と爪の傷痕があるぐらいで他に目立った損傷はない。これだったら何が襲ったかは特定出来ない筈だ」

「それで納得するか？」

「俺が目撃したと言えば、誰も何も言わないだろう」

そんな事でいいの？

「アイビー、ギルマスってそれなりに信頼されているから」

「ドルイド、お前それなりっていうのはないだろうが」

「ん？　あぁ、つい本音が出てしまった」

ドルイドさんって中位冒険者だと言っていたけど、ギルマスさんと随分と仲がいいな。というか、言葉に容赦がないというか。それだけ仲がいいという事か。ちょっと羨ましい。

「ほら見ろ、お前のせいでアイビーが俺を疑っている」

「えっ？」

疑う？　何を？

「たぶん違うぞ。考えていたのは俺たちの関係だろう？」

「はい」

「ギルマスと俺は、同じ人に基礎を叩き込まれたんだ。それもあって先輩として尊敬しているんだよ」

「……ドルイドの態度を見て、尊敬していると思う奴はまず一人もいないと思うがな」

確かに。からかって楽しんでいるようにしか見えない。

「ハハハ、それより方向が決まったんだから、戻ってこれの処理をしよう。町の連中も落ち着くだろう」

そうだった。グルバルをどうするか決めてほしいから、ギルマスさんを連れて来たんだった。どうもギルマスさんとドルイドさんが一緒にいると、話がずれていくな。

「そうだな。あとは任せておけ。あ〜グルバルの群れをアイビーが見つけてドルイドに伝えて、ドルイドが俺に伝えたって事にしておくから。で、俺たちが来たら既にこの有様って事でいいな？」

すごい、いい加減だ！　それで大丈夫なのかな？

「わかった。上手くやってくれよ。アイビーが目立たないように」

「目立たないように？」

「あぁ、アイビーは目立ちたくないようだ」

ドルイドさんの言葉に頷く。

「そうか。だが、その姿で一人旅だ、既に目立っていると思うが？」

そうなんだよね。私は気付いていなかったけど、ラットルアさんに言われた。私の……幼い姿で一人だと目立つって。言われてみれば、そのとおりで。気付かなかった自分にちょっと呆れたっけ。

「今回の事では、目立たないようにしてくれ」

「了解」

話が纏まったので、町へ戻る。その前に、シエルの傍に寄ってソラたちが入っているバッグを肩から掛ける。バタバタするので、シエルに守ってもらっていたのだ。ギルマスさんに聞こえないように、お礼を言ってグルバルの傍から離れるように言う。喉を「グルグル」と鳴らすと、颯爽と森の奥へと走っていった。

「かっこいいな～」

ギルマスさんの言葉に、ついつい何度も頷いてしまった。ギルドではギルマスさんがいなかった事で、少し混乱が起こっていた。だが、グルバルの群れの情報が入ったので確認していたとギルマスさんが話すと落ち着いたようだ。それに、疑問が浮かぶ。ギルマスさんが動くのってもっとあとだと思うのだけど、誰も疑問に思わないのかな？

「あのドルイドさん」

「どうした？」

「上位冒険者はいないのですか？　ギルマスさんが動く事に違和感を覚えて」

救援に来てくれたのも、上位冒険者ではなかった。なんだかおかしい気がする。

「アイビーは、ちゃんと周りを見ているんだな」

「えっ？」

「いや、なんでもない。オール町には少し前まで五チームの上位冒険者がいたんだが……」

なんだか歯切れが悪いな。

「言いにくい事でしたら……」

「いや、大丈夫。二チームの上位冒険者なんだけど、少し前に捕まった人身売買の犯罪組織に手を貸していた事が判明して奴隷落ちしたんだ」

またあの組織だ。本当に被害が大きい。

「そうだったのですか」

「あぁ。残った三チームの上位冒険者はグルバルの状況を確認する為に森の奥に調査に行ってて不在。だから、ギルマスが走り回っているというわけなんだ」

あっ、不在だからか。広場まで行く間に見た人々の表情がやたら怯えているように見えて不思議だったんだけど、この村に今、上位冒険者がいない事を知っているからなのか。こんな状況で、守ってくれる人たちがいないのは不安になってもしかたないよね。あれ？　もしかしてシエルがグルバルを狩ったのは、町の人たちにとって良かった事になるのかな？。

「話は、終わったみたいだな」

ドルイドさんの言葉にギルマスさんに視線を向ける。周りにいる人たちの表情が明るい。やはりシエルはいい事をしたみたいだ。

「そうだ。アイビーはギルドに登録しているか？　悪い。登録していたら、門の所でギルド証を提示している筈だな」

「大丈夫です。登録はしていません」

「そうか。あとでギルマスに謝礼金は特別枠でと言っておくよ」

謝礼金の特別枠？　というか、また謝礼金？

「えっと、何に対しての謝礼金でしょうか？　あと特別枠ってなんですか？」

「謝礼金はグルバルを見つけた事に対して、特別枠とは手数料は引かないようにしろよ、というお願いかな」

手数料？　もしかしてギルドに登録していないと、手数料が引かれるの？　でも、今までの謝礼金で手数料についての説明はなかったけどな。引かれているのかな？

「どうした？」

「いえ、なんでもないです」

もしかして今までも特別枠とか？　そういえば、ラットルアさんに謝礼金の金額を聞かれたな。ボロルダさんにも、セイゼルクさんにも。不思議に思ったんだけど、みんなももらっている謝礼金だから隠す事なく言ったけど。そういえば、尋ねて来た全員がうれしそうに頷いていたっけ。ラットルアさんに関しては、一緒だねって言われたな。あの時は意味がわからなかったけど、そうか手数料を引かれない特別枠になっているか確かめていたのか。なんだか、こっそり優遇されているな。

「気にしないようにな」

「えっ？」

「アイビーってなんと言うか、特別とか手助けされるのとか苦手そうだから」

そうかな？　でも確かに、同じ冒険者という思いはあるかもしれない。ずっと年下だし、駆け出しだけど。何かしてもらえるのはうれしいけど、なんだか悪いなって考えてしまう。

「あっ、そうだドルイドさん、今日のお礼に夕飯を食べに来ませんか？　場所は広場なんですが、どうでしょうか？」

今日のお礼がしたい。だったら作るより、奢ったほうが良かったかな？

「アイビー、言った傍から」

「えっ？」

「いや、アイビーの性格なんだろうな。今日はこの状態で慌ただしいから――」

私の性格？　あ～、そうか。対等でいたいという思いから、手助けされた事に対してお礼がしたいと考えるのか。面倒くさい性格かな？

「どうした？」

少し下を向いて考え込んでいると、心配そうな声が聞こえてきた。慌てて、顔をあげて首を横に振る。

「大丈夫です。夕飯ですが無理にとは言いませんので」

「無理ではないな。一人暮らしだから助かるし。近いうちにお願いするよ、ありがとう」

綺麗な笑顔で言われるとホッとする。

「苦手な食べ物ってありますか？　あと好きな物も」

「嫌いな物は野菜で、好きなのは肉だな」

「えっ！」

なんだかものすごく子供っぽい事を聞いた様な気がする。

「いやっ、冗談だぞ」

ドルイドさんは焦って否定しているが、おそらく本当の事だろうな。言っている時の雰囲気が本気だった。野菜が苦手……ソースにしてお肉に掛ければ、おいしく食べられる筈。それにしても野菜が苦手なのか。ドルイドさんの全身を見る。冒険者だけあって、がっしりとした体格だ。筋肉もしっかりとついているし、背も高い。野菜が苦手な人も立派に育つんだな。自分の体を見下ろす……何が駄目なんだろう？　いや、これからだよね。きっと。

142話　ソラの子供？

グルバルの件はギルマスさんにお願いして、ドルイドさんとギルドを出る。なんだかオトルワ町に入った時も慌ただしかったけど、オール町でもこんな事になるとは。そういえば、幸香について調べるチームが作られていたな。これ以上巻き込まれませんように。……何度も祈っているのに、どうして気が付いたら中心付近にいるんだろう。

「そういえばオール町での予定は？」

ドルイドさんに聞かれて思い出す。奴隷商に行かなければ。

「奴隷商に行く予定にしてます。」

「奴隷商？　あっ、旅のお供を探してるのか？」

「はい」

「そうか。オール町には大きい奴隷商があるからな。一つは潰れたが」

潰れた？　ドルイドさんと視線が合うと苦笑された。

「もしかして、犯罪組織に関わっていたのですか？」

ドルイドさんの雰囲気や、人身売買の犯罪組織だった事などから当たっている気がした。

「正解。すごかったぞ、居なくなった子供たちの親が押しかけて。団長とギルマスが間に立って、なんとか落ち着かせたが、奴隷落ちした奴らが村から消えるまでずっとぎすぎすしていたな」

それはそうだろう。大切な家族を奪ったのだから当たり前だ。あっ、潰れた奴隷商って何処だろう？　もしかして、私が行こうとしている所じゃないよね？

「あの、潰れたのはゴルギャ奴隷商ですか？」

紹介状を書いてもらったのに、潰れていたら……。

「いや、違う。マーラル奴隷商だ。ゴルギャのほうに用事があるのか？」

「知り合いの冒険者の方に紹介状を書いてもらったので」

「そうか。今から行くなら案内するが」

それはうれしいが、今日はなんだか疲れてしまった。

「いえ、明日行きます。今日はちょっと疲れてしまって」

ドルイドさんだって疲れている筈なんだけど、元気だな。

「そうか。俺はなんだか疲れていないんだよな」

疲れていない？　大けがしたのに？

「あの子たちのおかげなのかな？」

ソラの事？　ソラが治療をしたら疲れも取れる？　私の時はどうだったかな？　襲われた衝撃と、傷が治った驚きでなんだか記憶があやふやなんだよね。ん～、そういえば大けがを負ったあとにしては、すぐに動けたかもしれないな。だとしても、怪我をした事に変わりはない。

「今日はゆっくり過ごしてくださいね。もしかしたら気付いていないだけで、疲れているかもしれないので。……グルバルの事を持ち込んだ私が言うのもあれですが」

「ハハハ、大丈夫。でもそうだな、今からは家でのんびりと過ごすよ」

「そうしてください」

ドルイドさんと別れて、広場に戻る前に市場を見て回る。野菜や木の実、果物などの売値を調べる為だ。マジックバッグに入れてきた物を売る為の下調べなのだが、ギルドの印が張ってある店ばかりだな。これはギルドで保証された木の実や果実を扱っているという意味。つまり持ち込みは、相当珍しい物でないと難しい。困ったな。

「それになんだか、全体的に値段が高い」

市場の野菜や果物の値段は、どれも少しオトルワ町より高めだ。これってグルバルの影響かな。

ギルマスさんが、森へ出るのは危険みたいな事を言っていた。門番さんも、かなり渋っていたからな。並べられている商品と店主の様子を見ながら、お店を回る。歩いていると、グルバルの事とそれを倒した魔物についての話ばかりが耳に入ってくる。相当噂になっているな。でも、グルバルを倒した魔物の大きさがどうして三メートルもあるという事になっているのだろう。そんな情報は、ギルマスさん言ってなかったと思うのだけど。ん？　牙が巨大で？　立ち上がる？　話を聞いていると、どんどんシエルのイメージからかけ離れていく。噂ってすごいな。明日にはどんな魔物が出来上がるのかちょっと楽しみかも。ある程度のお店を見てから、広場へ足を向ける。値段は少し高かったが品物はどれも新鮮だった。おそらくギルドが品質をしっかり管理しているのだ。そうなると個人で売るには、買い叩かれる可能性があるし、そもそも売れる店がない。いい店主と出会えれば、もしかしたら買ってくれる可能性もあるけど、どうしたものかな。広場に戻りテントの中に入って入り口をしっかりと閉める。外の様子を窺うが、特に問題はなさそうだ。さて。肩から掛けているバッグをそっとテントの真ん中に下ろす。蓋を開けると、二匹はまだ寝ていた。青いスライム、ソラをそっと抱き上げる。

「ソラ、おはよう」

「ぷ～」

「ここは広場の中だから静かにね」

ソラは返事の代わりなのか、腕の中でプルプルと揺れている。バッグの隣の場所へそっと下ろす。次の赤いスライムは、先ほどより慎重に抱きあげる。ソラの触り心地より柔らかい。そーっとそーっと、振動に気を付けながら毛布の上へ置く。ソラと出会った頃を思い出すな。

「えっと、おはよう。声は出さないでね」

ふっと目を覚まして周りを見ている新しい子。ソラもじっと見つめている。そういえば、この子たちの記憶ってどうなっているんだろう？

「ソラ？」

とりあえず、二匹に向かってソラと呼んでみる。青いスライムが1回伸びてからプルプルと揺れる。だが、赤いスライムはただじっとしているだけ。ソラの記憶はない？　でも、森の中ではソラという呼び名に反応していた気がするのだが。そういえば、ソラと同じ場所にテイムの印があるな。テイム関係は、ソラから受け継がれたという事だろうか？

まぁ、それはさておき最初が肝心だよね。

「初めまして、アイビーと言います。名前を決めて良いですか？」

あれ？　名前を呼ばないとテイム出来ないって言われているよね？　もう一度、赤い子のテイムの印を見る。間違いなく、ソラと同じ印。つながっているという事も、なんとなくわかる。

「まぁいいか、考えてもわからないし。えっと名前か～」

そういえばソラもシエルも、前の私の記憶の中から浮かんだ言葉なんだよね。えっと新しい子の名前は、赤いスライムだから……とまと？　なんだろう、頭に浮かんだけどなんだかソラやシエルの時と違ってパッとしない。とまとね～。他には、フレム？　新しい子を見る、フレムか。私がじっと見ていると、見つめ返してくる。

「フレム、君の名前はフレムだよ」

プルプルと揺れるフレム。その姿に、ドキリとする。出会った時のソラぐらいだと、危ない可能性がある。

「フレム、あまり激しくすると消えちゃうよ」

私の言葉に、揺れるのを止めて私を見つめるフレム。良かった、止まってくれた。あっ、という事は言葉も理解出来るのか。そうなるとソラの最初の頃とは少し違うな。ソラは言葉をまったく理解していなかったからね。あれ？　テイムの印がさっきと違う。少し変わっている。

「テイムの印って、一人一個の筈だよね？」

ソラを見る。あっ、ソラに表れている印も少し変化をしている。テイムする数で印って変わっていくのかな？　……そんな話は聞いた事ないけど。明日シエルに会いに行って、印が変わった事を伝えないとな。ピョンとソラが飛び跳ねる。そして一つのバッグのもとへ。それはソラのご飯用ポーションが入っているバッグだ。

「ごめん、いつもより遅くなったね」

ソラの前にポーションを並べていく。青のポーションと赤のポーションだ。あっ、そういえばフレムは何を食べるんだろう。しゅわ～、しゅわ～、しゅわ～。ポーションを消化する時にする微かな音が二重に聞こえる。見るとソラが青いポーションを、フレムが赤いポーションを食べている。良かった、フレムは赤いポーションを食べるのか。フレムの前に赤いポーションを並べる。今度から赤いポーションを多めに確保しないといけないな。しばらく様子を見ていると、ソラが赤いポーションを食べていない事に気が付く。

「食べないの？」

ソラに聞くが、赤いポーションには目もくれない。おかしいな。もしかして、食べていたのはフレムの為とか？　そんな事あるのかな？　そういえば、体に赤い部分が出る時期と赤いポーションを食べ始めた時期って一緒ぐらいだったかもしれない。育てる為に赤のポーションを食べていたって事なのかな？

「そう考えると。やっぱりフレムはソラの子供という事になるのかな？」

スライムって子供を産むの？　これって、誰かに聞いていい質問かな？

「やめておこう。なんとなく駄目な様な気がする」

二匹は食事が終わると、寄り添ってまた寝始めた。見ていると可愛い。ただ、フレム……もしかしてよだれ？　なんとなく、ソラよりちょっと残念な印象が。それにしても青いポーションを食べる青いスライムのソラ。赤いポーションを食べる赤いスライムのフレム。……ポーションはあと二種類。緑と紫。

「疲れている時に考え事って良くないな。今日はもう寝よう」

色々あり過ぎた。詰め込み過ぎは良くない！

143話　ソラ……と剣？

朝から森へ行こうとすると、昨日とは違う門番さんにものすごく止められた。何度、大丈夫と言っても『子供が一人で』と渋られてしまう。おかしな気配を感じたらすぐ逃げる事と危ない事はしないと約束をして、なんとか森へ出る事が許された。そんなにこの姿は危なっかしく見えるのだろうか。それにしても、オール町の門番さんは過保護な人が多い。危険なグルバルが暴れているせいなのだが、森へ行く度に毎回これだろうか。それは、疲れるな。はぁ、とりあえず、捨て場へ向かう。ソラとフレムの食料確保だ～！　二匹に増えたので、ポーションが大量に必要かと不安だったのだがその心配は不要だった。ソラの食べる量が、半分ほどに減った。そして、その半分をフレムが食べている。つまり、今までとほとんど消費量が変わらないのだ。今までソラは、フレムの分も食べていたという事なんだろうな。なんとも不思議だ。

「あった。やっぱり広いな～」

目の前には広大な捨て場。パッと見ただけでも、多種多様なゴミがある。折れた剣も抜身の状態で捨てられているのが見えた。足を怪我しないように気を付けないと。捨て場の周辺を見て、風が吹いても影響が少ない場所を探す。この行動も、なんだか懐かしいな。一本の木の根元の、ちょっと窪んだ場所にフレムが入っているバッグをそっと置く。そしてバッグの蓋を開けてフレムを優しく抱き上げると、風の影響が少ない場所に下ろす。

「ポーションの確保に行ってくるから、ここで待っていてね。風で飛ばされないように気を付けて」

ソラは風で転がされる事が多かったけど、フレムはどうだろう。風が強く吹いたら気を付けないと、何処までも転がされてしまうから。

「行ってきます」

今日はソラとフレムのポーションだけだ。他のポーションは、正規のマジックバッグに入れた事で劣化がゆっくりになった。なので、まだ余裕で使える状態だ。捨て場に入ると、隣をぴょんとソラが飛び跳ねてゴミの中に突進して行く。なんだか今日はいつもより元気だな。

「ソラ、怪我をしないように気を付けてね」

さて、あまり遠くに行くと戻るのが大変だからこの辺りでいいよね。それにしても、大量に捨ててあるな。あ～でも、ポーションの質はちょっと悪いかな。

「ぷっぷぷ～」

随分とソラはご機嫌だな。何かいい事でもあった？　ソラの声がした方角を見ると、ソラに剣が刺さっていた。

「えっ！　ぇえ～！　ちょっとソラ、大丈夫？」

慌ててソラのもとへ走り寄る。そして刺さっている剣に……ん？

きゅしゅわ～、きゅしゅわわ～、きゅしゅわ～、きゅしゅわわ～。

ソラの口元からなんとも言えない音が微かに響き、剣がどんどん小さくなっていく。もしかして食事中？　その間にも音は続き、剣がどんどんと口の中に収まって今は握りの部分が入ろうとしている。間違いなく食べている。えっと、ソラって最初は青のポーションしか食べなかったよね。赤のポーションを食べたら赤のスライムが増えた。剣を食べたら何を産むの？　って、違う！　今の心配はそこではなくて。あれ？　ソラの食べている風景を見つめる。

きゅしゅわ～、きゅしゅわわ～、きゅしゅわ～、きゅしゅわわ～。

ものすごい勢いで二本目の剣が小さくなっていく。以前、剣を食べるスライムを見せてもらったけれど、一本を食べ切るのに半日か一日掛かるって言っていた様な。

きゅしゅわ～、きゅしゅわわ～、きゅしゅわ～、きゅしゅわわ～。

既に、二本目も握りの部分が口の中に入ろうとしている。なんとなく満足そうな雰囲気なので、問題はないのだろうが。消化速度がソラ仕様って感じかな。もうそれでいいか。うん、そうだ、そういう事にしておこう。昨日から考える事を放棄しているな～。

「ハハハ、理解出来る許容範囲を超えていますって」

誰に言い訳をしているのか。はぁ、ポーションを探そう。あっ、ソラが剣を食べるという事は、フレムもポーション以外の物を食べたりするのかな？　とりあえずポーションを確保してから、様子を見てみよう。それにしてもゴミが多い。

「あっ、剣も拾って行く必要があるのかな？」

ソラを見る。ものすごく満足そうに揺れている。いったいどれだけの剣を食べたのだろう？　ソラの周りにあった剣が、いつの間にかすべてなくなっている。……マジックバッグがもらえて良か

った。そうでなければ大変な事になっていた。

「よし、終了」

バッグ一杯にポーションを詰め込み、新しいマジックバッグを取り出して剣を詰め込んだ。持って来ておいて良かった。フレムが待っている場所に戻ると、やはりと言うかなんと言うか転がった姿のフレム。やはりフレムも風に飛ばされたようだ。今日はそれほど強い風でもないのだが。

「フレム、大丈夫？」

「てりゅ～」

この鳴き方ってもう少しなんとかならないのかな？　ソラ以上に残念感が……。

「ぷ～！」

ちょっとどうかなって思っただけなのに、不満そうにソラが私を見て鳴く。なんでばれたんだろう？

「フレム、赤いポーション以外に食べたいモノはある？」

「てりゅ～」

……わかりません！　しかたない、フレムの前に並べて様子を見よう。捨て場に戻り、色々な物を集めてくる。そして、フレムの前に並べる。木綿の服、竹のカゴ、木のカゴ、剣、盾。それに弓矢。あとは、壺に食器各種。お鍋類にビン。

「よし。フレム、何が食べたい？」

…………無反応は悲しい、何か反応を返してくれるといいな。。そしてソラ。フレムの為に持ってきた剣を食べないでほしい。さっき一杯食べていたよね？

「いらない？」

動かないって事は、いらないって事かな？　まぁ、ソラも仲間になった最初の頃はポーションだけだったしな。

「とりあえず、今はいらないって事でいいか」

「てりゅ～」

返事という事で、納得しておこう。さて、並べた物を捨て場に戻さないとな。

「さて、戻す物は戻したし、シエルに会いに行こうか」

「ぷっぷぷ～」

「てりゅ～」

……力が抜けるな～。フレムは、まだ自力で移動する事が出来ない。なのでバッグに戻すのだが力を入れ過ぎると消えてしまいそうでドキドキする。そーっとそーっと優しく優しく。単純な動作なのだが、久々にすると疲れる。

「フレム、移動するから振動は許してね」

捨て場から森の奥を目指す。魔物や動物、人の気配を探るがこちらに向かって来ている物はない。しばらくすると、風にのってシエルの気配を感じた。その場に止まって、上を見る。やっぱり。木の上にいるシエルと目があった。

「シエル、おはよう。ちょっと遅くなってごめんね」

「にゃうん」

ふわっと木から降りるシエル。そのままごろごろと喉を鳴らして、甘えてくる。昨日はバタバタしてしまったから、ちゃんとお礼も言っていなかったな。

「シエル、昨日はソラたちを守ってくれてありがとう。あとグルバルを狩ってくれてありがとう」

「にゃうん」

「今、オール町には上位冒険者がいないから町の人たちが不安がっていたんだよ。でもシエルがグルバルを狩ってくれたから少し安心できたみたい。本当にありがとう」

「グルグル、グルグル、グルグル」

あたまをゆっくりと撫でる。気持ち良さそうに目を細めて喉を鳴らすシエルは最高に可愛い。

「ぷっぷぷ～」

ソラも機嫌よく周りをピョンピョンと跳ねている。そういえば昨日から、一度もソラの機嫌が悪くなっていない。このまま落ち着いてくれたらいいのだけど。

「あっ、そうだ！　シエル、テイムの印が少し変わったの。ソラ、ちょっとこっちに来てくれる？」

「ぷっぷ～」

ピョンと大きく跳ねて腕に飛び込んで来るソラ。やるかもっと考えていたので、すぐに対処が出来た。ふ～、良かった。

「ぷっぷぷ～ぷ」

「はぁ～、言ってもこれだけは無駄だね。シエル、印はこれになったんだ」

ソラの印をシエルに見せる。じっと見つめるシエル。そして、シエルの額にある印が消えてすぐに新しい印が現れる。うん。何度見ても、常識を覆す行為だよね。そっと印の場所を撫でる。いつか本当にテイムしたいな。

144話　奴隷商は疲れる

「はぁ、奴隷商か。ちょっと緊張する」

シエルと戯(たわむ)れて、新しい子にフレムという名を付けた事などをシエルに話して今は町へ戻る途中。

「にゃうん」

応援してくれているのかな？

「ありがとう、旅のお供にいい人を見つけるからね」

シエルやソラ、それにフレムの為にも絶対にいい人を見つけないとな。

「よし、とにかく行ってみてからだな」

ここで不安に思っていてもしかたない、とりあえずは行ってから考えよう。町へもう少し歩けば着くという場所で、一度立ち止まる。

「シエル、送ってくれてありがとう。また明日」

「にゃうん」

シエルは一つ鳴いて、ソラをひと舐めしてから颯爽と森の奥へと消える。あれ？　ソラを舐めるなんて今までした事なかったのに。ソラを見る。驚いているのか、ピクリとも動かず森の奥を見つめている。やっぱり初めての事なんだ。まぁ、悪い事ではないのでいいか。

「ソラ、戻ろうか」

私の言葉に視線を向けるソラ。そして、ものすごい速さで縦運動を始めた。えっと、これは喜んでいるのか、怒っているのか……。とりあえず、落ち着くまで待とうかな。

「落ち着いた？」

「ぷっぷ～」

良かった。いつものソラだ。ソラをバッグに戻して町へ戻る。シエルの行為の感想を聞こうかと考えたが、やめておいた。また、興奮？　されても困る。そっとしておこう。門番さんが私の姿を見て、ものすごく安心した表情を見せた。そんなに心配をかけていたのか。なんとなく申し訳なく思う。早くお供が見つかれば良いな。町の大通りから少し離れた場所に、奴隷商が三軒並んでいる。ただ、昨日聞いたとおり一軒は潰れている為か扉が閉まっている。残りの二軒のうちの一軒、ゴルギャ奴隷商の前に来る。小さく深呼吸してからお店に入る。入ると、普通だった。特に何か想像したわけではないが、本当に普通。ただ、商品が棚にないぐらいだろう。

「おや？　いらっしゃいませ。私は店主のゴルギャです。ご用件は？」

やはりここでも私の姿の為か戸惑った表情を一瞬見せた店主。でも、さすが店主。すぐにその表情は消えて今はにこやかに微笑んでいる。

「えっと、旅のお供……あっ、手紙じゃなくて紹介状を」

やはり緊張してしまって何を言っているのか。

「大丈夫ですよ。ゆっくり」

こちらの緊張が伝わっているようで、店主がゆっくりと話しかけてくれる。シファルさんが、紹介するだけの人だな。

「これです」

シファルさんとラットルアさんが書いてくれた紹介状と条件を書いた箇条書きを渡す。シファルさんは知り合いに手紙を書くと言っていたが、内容はどう見ても紹介状だった。店主さんは紹介状と箇条書きを確認して、少し目を見開いたがそれもすぐに元に戻る。

「ここに書かれていた条件の奴隷ですが、二人ほどいます。ただ、一人は女性なのですが」

女性の場合は駄目だと言われている。被害が倍になるだけだと。

「すみません、男性でお願いします」

「そうですよね。もう一人は四〇歳の男性ですね。話をしてみますか？」

「えっと、ちょっとだけ見られますか？」

「見る？　えぇ大丈夫ですよ。こちらです」

案内された部屋の中には数人の奴隷の人たち。共同生活をしているみたいな雰囲気だ。なんだか、想像とまったく違った。

「その子は？　新しい子？」

「えぇ〜、という事は買いに来た人！　えっ、本当に？」

かなり興奮している若い女性が一人、二〇代前半ぐらいだろう。他には二〇代後半ぐらいの男性と、四〇代ぐらいの女性と男性。おそらく、その男性が話していた人だろう。ちょっと物陰から見たかったんだけど、ばっちり目と目が合ってしまった。ん〜？　なんだか違和感を覚えるな。ソラとフレムの入っている鞄に、そっと触れる。この子たちと一緒にいる所が想像できない。

「どうでしょうか？」

店主がにこやかに話かけて来る。その様子から、条件にぴったり合うと自信があるのかも。どうしよう。この奴隷商では、この男性が条件に合う人なんだよね。でも、やっぱり違うと感じる。断ってもいいのかな？　ラットルアさんもシファルさんも「この人だ」と思う人を選ぶようにって言っていた。なんか不安を感じたり、違和感を覚えたらやめておくようにとも。

「すみません」

店主に向かって首を横に振る。

「そうですか？　他も見てみますか？」

「いえ、条件を変えるつもりはないので。ありがとうございました」

「わかりました。シファル殿のご紹介ですからね。無理は言えません」

「すみません」

「いえいえ、旅のお供という事ですからね。慎重に選ぶのは当然です」

はぁ、強く薦められたらどうしようかと思ったけど大丈夫そうだ。シファルさんに紹介状を書いてもらえて良かった。お礼と謝罪をもう一度して、奴隷商を出る。

「ふ～」

とりあえず、条件に合う人がいたら声を掛けてもらう事にした。それと、もう一軒の奴隷商に条件に合う人がいるか確かめてくれるらしい。思ったよりいい人だった。でも、精神的に疲れた。

……ちょっと甘い物がほしいな。

「屋台に行ってみようかな？　それとも何か作ろうか」

前の私の記憶を頼れば、きっと何か作れるだろう。ただ、今日は本当に精神的に疲れてしまった。人を買うという行為は、心がしんどい。

「屋台に行こう」

甘い物を食べて疲れを癒そう。何かあるかな？　屋台に近づくと、わくわくしてくる。楽しみだ。何を売っているのか確かめるように見て回る。グルバルのお肉で作った串焼きがある。なんだか逞しさを感じる。ん？　野ネズミの姿焼き……それはどうなんだろう。ちょっと見たくないかな。

「あれ？」

あるお店の前で立ち止まる。ドーナツという名前のお菓子らしい。……どういう事だろう。前の私の記憶に、一致するお菓子がある。見た目が少し違うけど、同じ様な揚げ菓子だ。偶然の一致？　気になるな。

「すみません。これをください」

「はい。いくつほしい？」

「五〇ダル分でお願いします」

「えっとそれだと、七個ぐらいになるよ」

「それでお願いします」

二口ぐらいで食べ切れる大きさの丸い揚げ菓子。砂糖が軽くまぶされている。

「はい、どうぞ」

「ありがとうございます」

五〇ダルを渡して、紙袋に入ったお菓子を受け取る。甘くていい香り。そういえば、近くに公園があったな。椅子が空いていたらそこで食べよう。

「あれ？　ドルイドさん？」

広場で椅子を探していると、広場から見える通りでドルイドさんと男性が話をしている姿が目に入った。その雰囲気が、どうもいい物ではない。ケンカではないようだが、ドルイドさんの顔が険しい。というより、悔しそうな表情だ。覗き見をしているようになってしまったが、彼の表情が気になる。ただ、見ているのも悪い気がする。迷っていると、男性がドルイドさんの肩を強く押したのが見えた。しかも腕を失ったほうだ。最悪、何あいつ。どんな事情があるか知らないけど、それは人として駄目でしょ！　怒りで頭に血が上る。とはいえ、人の事情に首を突っ込むのは駄目。気持ちを落ち着かせていると、男性はドルイドさんを馬鹿にした様な雰囲気で離れて行った。

「なんだかムカつく」

そうだ。広場から出てドルイドさんに近づく。彼は少し下を向いて、表情を消していた。

「おはようございます」

「えっ……アイビー。えっと」

「おはようございます。一緒に休憩しませんか？」

「……休憩？」

「朝から奴隷商に行ってきました。心が疲れたので、甘い物を食べて休憩する所だったのです。一緒にしましょう？」

緊張して言葉がちょっとおかしい様な。まぁ、気にしない気にしない。

「……ふっ、ククク。そうか休憩か。誘ってくれるのか？」

「はい。一人より二人のほうが楽しそうなので」

ドルイドさんの肩が笑いを抑えようとして震えている。その姿にホッとする。

「ただし、甘い物は各自持参です」

「アハハハ、そこは奢りじゃないのか。わかった。何か買ってくるよ。何かお薦めはある？」

「はい。ドーナツを買ったのですが、隣のお菓子がおいしそうでした」

ドルイドさんは、笑いながら頷いてくれた。少し一緒にいて思ったのだが、彼は人に頼られるのが好きだ。好きというより、頼られると落ち着く様なのだ。なので、甘えてしまう。そのほうが、沈んだ気分も上昇するだろう。……ただ、私が慣れてないので落ち着かないけど。

145話　休憩中

不思議な事に、ドーナツは想像通りの味だった。それに首を傾げるが、そんな事もあるのだろう……たぶん。それにしても、おいしい。ドルイドさんに買ってもらったのは、ドーナツに似ているが周りが飴でコーティングされている。アメッポというお菓子。こちらもおいしい。

「おいしいですね」

「久しぶりに食べたが、旨いな」

「甘い物は食べないのですか？」

「ん？　あぁ、最近参加して来たチームの奴らは食べなかったからな」

そうだった。ドルイドさんは仲間を失ったばかりだった。昨日も迷惑をかけてしまったのに。休憩に誘うなんて、ちょっと図々しかったかな。でも、今回は事情があったわけだし……。

「ん？　どうかしたか？」

困った表情でもしてしまったかな、ドルイドさんに心配されてしまった。

「いえ、大丈夫です」

あれ？『最近参加して来たチームの奴ら』と言ったけど、なんだか不自然な言い方だな。

「あの、参加して来たチームってなんですか？」

「あぁ、俺はチームに所属していないんだよ」

「えっ？　ん？　でもチーム？」

「悪い、説明不足だな。俺は依頼ごとに、色々なチームに参加させてもらっているんだ。だから独自のチームは持っていない」

「そうなんですか」

依頼のたびにチームに参加するなんて初めて聞いた。オール町では普通なのかな？

「あの、オール町ではそういう人は多いのですか？」

「俺みたいな奴か？」

「はい」

「いや、少ないよ。ちゃんとチームを組んでいたほうが、依頼の成功率も上がるからな」

こんなに面倒見がいいのに、独自のチームを持っていないなんて。きっといいリーダーになると思う。いや、リーダーの暴走を止める補佐役かな。チームを組まない理由が何かあるのかな？

……聞くべきではないだろうな。

「そうですか」

あっ、最後の一個。残り一つのドーナツを口に入れる。ほっこりとした甘さ。やっぱり何度食べても好きだな～。……あっ、前と今の記憶がごちゃごちゃになっている。今の私としては、初めて食べたのに！

「ハハハ、おいしそうに食べるな。おかわりを買ってこようか？」

「いえ、大丈夫です。それに、これから森へ行って、シエルに今日の報告です」

「シエルに報告するんだ？」

「はい。奴隷商の話をした時、少し心配そうにしたので」

「そうなんだ。そういえば、条件に合う人は見つかったのか？」

「いましたが、断りました」

「そうなのか？」

「はい。なんだか違和感を覚えてしまって」

「そうか。残念だったな」

「問題ないです。ゆっくり探します」

「そうか。あ～、あのさ、森へ行くなら俺も一緒に行っていいかな？」

ドルイドさんも？　なんだろう、期待する様な視線を感じるのだけど……もしかして。

「シエルですか？」

「うっ、ごめん。昨日は色々あってゆっくり見られなかったから……許されるなら撫でてみたいんだよね。駄目かな？」

おぉ～、ドルイドさんもやっぱり興味あるのか。最初の時は驚いていたけど、そのあとは普通だったから興味がないのかと思っていた。まぁ、大けがをしたすぐあとだもんね。そんな余裕ないか。

「一緒に行きましょう！　門番さんもそのほうが安心すると思いますし」

今朝の門番さんとのやり取り。門を通るたびに繰り返されるのかと思うと、心配してくれるのはうれしいがちょっと困る。なので、一緒に行ってくれるなら、こちらとしてもありがたい。

「門番か。ハハハ、あそこの連中はどうも『自分たちが町の子供たちを守る』という意識が強くて、気になったらなかなか通してくれないんだよ」

「そうなんですね。朝から大変でした」

「アハハハ、成人の一五歳を過ぎても心配される奴がいるからな」

「そうなんですか？」

「危なっかしい奴や、見た目が幼い奴、他にもそうだな、無謀な事をしそうな奴かな。一年に一回か二回、門番と子供たちが大ゲンカするのはこの町では有名だ。『森に行く！』『保護者と一緒だ！』ってな」

「すごいですね」

「そうなんだよ。でも、彼らのお蔭で冒険者になった子供たちの死亡率は下がったから」

この村の門番さんたちは本当にすごい人たちだったんだな。それにしても、私はよく森へ出る事を許されたな。ドルイドさんの話しでは絶対に反対されるだろう容貌なのに。あっ、もしかしてずっと一人で旅を続けてきた事を言ったからかな？　ありえそうだな。

「では、行きましょうか」

「あぁ、楽しみだ」

ドルイドさんは本当に楽しみなのか、ちょっとそわそわしている。私にとってシエルはいつでも会える仲間だから、その感覚がよくわからない。珍しい魔物だという事も忘れてしまう。広場を出て森へ向かう。門番さんもドルイドさんと一緒なので、許可がすぐに出た。やっぱりスッと通れっていいな。しばらく森の奥へ向かって歩いて行く。ドルイドさんを見ると、視線をあちらこちらへ走らせてシエルを探している様子。ただ、その探し方では見つからないだろう。

「あの」

「あぁ、ごめん。何？」

「すぐ傍に居ますよ」

「えっ？」

私の言葉に周りを見回す彼に、少し苦笑してしまう。

「あの、上です」

「上？」

「はい。シエル、降りて来て」

私の言葉に、足音を一切させずに木の上から降りて来るシエル。

「うわ。上にいたのか」

ドルイドさんはシエルが降りてきた木を見つめている。そんなに不思議な事なのかな？

「かっこいいな」

「はい」

あっ、返事に力がこもってしまった。でもシエルのかっこよさを、誰かに認めてほしかったんだもん。私が独占しているなんてもったいないと思うぐらい、自慢の仲間なのだから。

「あっ、ソラたちの事を忘れてた」

肩から提げたバッグの蓋を開けると、ソラと視線が合う。なんとなくふくれっ面の様な……。すっかり忘れてしまっていたので、言い訳出来ない。

「え～、ごめんなさい。外に出ますか？」

私が聞くと、勢いをつけてバッグから飛び出して来るソラ。とっさにバッグを押さえ、中を確かめる。良かったフレムは無事だ。見ているとスッと私を見るフレム。……ものすごく眠そうだな。

「フレム、まだ寝るの？」

少し揺れて、ゆっくりと目が閉じていく。寝た。出会った頃のソラより、よく寝ている。しかも、またよだれが。

「どうした？」

「いえ、フレムが寝てしまって」

「フレム？」

あっそういえば、会った事はあるけどあの時は私も混乱していたし。というか、そもそもあの時は名前がなかったな。

「もう一匹のスライムの事です」

「あぁ、フレムっていうのか。……よだれ？」

バッグの中を覗き込んだドルイドさんに、不思議そうに聞かれるが。

「よだれですね」

と答える以外にどう答えろと？　やっぱり気になるよね。寝ているスライムの口からよだれがタラーって……すごいよだれの量だよね、これ。ソラの時はこんな事はなかった。あっ、よく見たら、よだれのシミがバッグに付いてる！

「スライムの寝ている所を、初めて見たな」

それはシファルさんたちにも言われたな。やはりテイムしている人ぐらいしか見ないのか。

「にゃうん」

「あっごめん。シエル、旅のお供はまだ見つからなかったよ。今探してもらっているからね」

「にゃうん」

「ぷっぷぷ～、ぷっぷぷ～、ぷぷぷぷぷ～」

ドルイドさんがシエルの声に驚いて、ソラの声に目を見開いている。ソラはちょっとドヤ顔。

「ソラ、遊んじゃダメ」

ソラはどうも人の様子を見て、からかう時がある。

「すごい！　テイムされたスライムを見た事があるが、ソラの様な子は初めてだ」

ドルイドさんがいきなり興奮しだした。不意な事だったので、ちょっとビビって体が離れてしまった。それに気が付いたドルイドさんが、何度か咳を繰り返す。

「悪い。ちょっと興奮した」

「いえ。ソラは、そんなにすごいのですか？」

まぁ、瀕死の人の治療をしてしまうのだからすごい事は知っている。でも、今の言い方はそれとは違う感じだったんだけど。

「こんなに感情豊かなスライムを見たのは初めてだよ」

感情豊か？　ソラを見る。……ちょっと胸を張っている。確かに、珍しいね。

146話　ギルマスさん

「すまないな、朝早くから呼び出して」

「いえ。それで聞きたい事とはなんでしょうか？」

「それなんだが……」

ギルマスさんから『聞きたい事があるからギルドに来てほしい』と伝言が届いたのは早朝。朝食を食べて、少し休憩してからギルドに来たのだがギルマスさんの表情が疲れているように見える。

何か問題が起こったようだ。

「幸香を見つけたのはアイビーなんだよな？」

「はい、そうです。正確にはシエルですが」

「そうか」

特徴的なガラガラの声が、今日は随分と静かだ。それにしても、嫌な雰囲気だな。

「はぁ、すまない。今回の依頼人が、幸香など積んでいない。見つけた奴の仕業だと言い出してな」

「えっ！」

まさか、そんな事になっているなんて最悪。まったく予想していなかった事なので、どうしたらいいのか……。あっ、ちゃんと否定しておかないと。

「あの、私はしていません」

「ん？　悪い、不安にさせたな。アイビーが関わっていない事は、ドルイドに確認を取ってある。だから大丈夫だ。今のは、聞いて無関係だと確認を取りましたという建前だな。はぁ、俺はこういうのは苦手だ」

良かった。ドルイドさん、ありがとう。あとでお礼を言いに行こう。それにしても、ギルマスさんも大変だな。

「あの、私の仕業と言っている人は何が目的で私がそんな事をすると言っているんですか？」

「お金だと言っていたよ」

「お金？」

「あぁ」

「えっと？　どうやってお金が発生するのですか？」

私が幸香を仕掛けたとして、それがどうなればお金を稼ぐ事になるんだ？　魔物をおびき寄せて倒す？　シエルの事がばれているのかな？

「あの、シエルの事がばれているのですか？」

「それはない、というよりアイビーの姿も知らないだろう。あいつらが知っているのは随分と若い旅の冒険者という事だけだ。『その若造、幸香の事で脅しをかけて来る筈だ』と言っていたからな」

脅し？　えっと、それなら幸香の事を誰にも言わないほうがいいのでは？

「無茶苦茶だろう？」

「そうですね。脅すなら幸香の事は内緒にしないと駄目だと思うんです」

「そのとおり。予想以上に被害が出て、焦ったんだろうな。で、旅をする冒険者ならお金に困っている筈って考えたんだろう」

「なんだか……」

「愚かだろう？」

ギルマスさんと視線が合うと、二人で苦笑いしてしまった。町や村に所属している冒険者たちより、旅をしている冒険者たちのほうが稼ぎが多い。それは、稼げる場所に絶えず移動しているからだ。私のように稼げないのに旅をする冒険者は少ない。それにしてもお金か。確かにこれから冬に向かうので、いくらあっても問題はない。というか、正直お金はほしい。だが、それほど困っている状況ではない。懸賞金もあるが、私には仲間が見つけてくれた物がある。だから大丈夫なのだ。隣に置いてあるマジックバッグを見る。ソラたちが入っているバッグとは違い、木の実や果物が沢山入っている。それは、シエルが森の中で見つけてくれた物だ。そして、これが正規の値段で売れれば、結構な金額になる事に店を回って知った。なので、それほどお金に困っている状況ではない。困っているのは、売る店が少ない事だ。あれ？　これってお金に困っている事になるのかな？　ギルマスさんを見る。ちょっと助言をもらえないかな？　マジックバッグから二種類の果物を取り出す。それをテーブルの上に置くと、ギルマスさんがかなり驚いた表情を見せた。それはそうだろう。森の奥でしか育たないと言われている果物と、どの薬師もほしがる木の実らしいから。確か薬実と言われる一つで……効用は忘れてしまったけど。

「すごいモノを持っているな」

「シエルが見つけてくれるんです」

「あぁ、あの子が。すごいな」

「はい。だからお金には困っていません」

「ハハハ、大丈夫。疑っているわけではない。なぁ、これは売らないのか？」

「今は、冒険者ギルドを通さなくても買ってくれる人を探し中です。何処か知りませんか？」

「冒険者ギルド？　商業ギルドには売らないのか？」

「ん？　はい」

商業ギルド？　あれ？　商業ギルドでも売れるの？　あっ、商人さんが売るのかな？　そもそも商人じゃないからな。ギルマスさんはどうしてそんな事を聞いたんだろう？

「だったら、俺の紹介で冒険者ギルドに売らないか？」

「えっ？」

「これを売ったら、お金の問題は一切なしと言い張る事が出来る。問題解決だ」

えっと、私が持っている果物や木の実を冒険者ギルドに通してくれるって事だよね？　ギルマスさんの紹介なら登録は必要ないって事？

「その果物も薬実も間違いなく高額になる。通常時でも高いのに、今はグルバルの事があって少し値上がりしているしな」

私がお金をある程度稼げば、言いがかりをつけている人たちの言い分が間違いだと証明出来るって事かな？　それで問題が解決するなら、特に問題はない。というか、冒険者ギルドを通せるならそれが一番だ。

「あの、登録をする必要はないですか？」

「あぁ、わけありなのか？　って聞くべきではないな。悪い、忘れてくれ」

頭を下げるギルマスさんに、急いで首を横に振る。

「問題ないです。ちょっと私の個人的な事情で登録はしていません」

「ありがとう。登録しないなら今回だけ特別という事になるが。ん～、これから王都周辺を目指すんだったよな？」

「はい」

「旅の供に奴隷なんてどうだ？　その奴隷に冒険者ギルド登録してもらえばいい。それに王都周辺は人が多い。アイビーだと目立って狙われやすい。必要だったら紹介状を書いてもいい」

みんな、同じ意見になるな。

「ありがとうございます。紹介状は持っているので大丈夫です」

「ん？　奴隷商のか？」

「はい、オトルワ町の上位冒険者のシファルさんにもらいました」

「あぁ、奴か！　一緒に仕事をした事があるが、何度嫌味を言われた事か」

「嫌味？」

「あぁ、一言多いとか、それが駄目なんだとか色々と言われた」

まぁ、確かにギルマスさんは、普通に話していると口が軽い印象を受ける。でも、これって本当のギルマスさんなのかな？　だってギルマスさんと関われば関わるほど、違和感が強くなるんだよね。それにギルマスさんにまでなった人が口が軽いって……普通に考えてないよね。

「どうした？　あっ、アイビーも俺が口が軽いと思っているのか？」

「そう見えるけど、実際は違うのかなって思ってます」

「えっ？」

ちょっと知り合っただけの私の事も真剣に考えてくれるギルマスさんが、優し人だという事はわかる。でもなぜだろう、本質が見えにくい。そういえば、オトルワ町のギルマスさんも話してみると、最初の印象と少しずれがあったな。

「はぁ、アイビーはすごいな」

「すごいですか？」

「あぁ、普通は気付かないいんだけどな」

気付かない？　どういう意味かな？

「ギルマスになると色々あるからな」

色々あるから、ちょっと抜けてるギルマスさんを演じてるって事なのかな？　ギルマスさんをじっと見ると苦笑された。

「ギルマスという地位は、大変なんですね」

「ふっ。あぁ、そうだな。アイビーはいい子だな」

ん？　えっと、まったく関係ないよね？　どうしたら私がいい子という話になるの？

「それより、どうする？　売ってもらえるか？」

えっ？　話が変わった。さっきの話は終わりって事なのかな？　まぁ、それならそれでいいか。

「はい、お願いします。それより問題になったりしないですか？」

「大丈夫だ。薬実がほしいという依頼が結構きているんだが、上位の奴らが今はいないからその依頼を受けられなかったんだよ。薬実の生っている場所は森の奥だからな。下手な奴に依頼を任せると自滅だ。商品はそのバッグの中か？」

「はい」

「預かっても大丈夫か？」

「えっと、はい」

ギルマスさんは私の返答に、机の引き出しから紙を取り出してくる。

「バッグの中に何があるのか、すべて書き出してほしい」

「わかりました。この二種類以外にもあるのですが、お願い出来ますか？」

「あぁ、すべて冒険者ギルドを通して売るよ」

「ありがとうございます」

紙を受け取り確認する。私の名前を書く欄と、売る商品の項目欄と個数欄がある。すべて書き終えてギルマスさんに渡す。彼は書かれた内容を確認して『すごい』と言っていたが、この二つ以外にも何かあったかな？　ギルマスさんは、サインを記入して押印した。

「ありがとう。はい、これ預書。これで問題二つ解決だ」

幸香の問題と、薬実の依頼の事かな。役に立てたのなら良かった。でも、薬実の件は解決になるだろうけど。もう一つのほう、私が稼ぐだけで問題解決になるのかな？

「本当に大丈夫ですか？」

「おう。こう見えて俺はオール町のギルドマスターだからな。信頼はある」

ん～なぜだろう。作っている性格とわかっているのに、心配に感じるのは。

「アイビー、俺もこう見えてちゃんと仕事が出来るからな」

私の視線に気付いたのか、少し不服そうな表情で私の頭を小突く。

「わかってます」

でも、ちょっと心配なのは黙っていよう。

147話　自分で判断します！

ギルドから出て背伸びをする。

「どうしようかな」

今日は果物を売る店を探す予定にしていたので、予定がなくなってしまった。それにしても冒険者ギルドを通せる事になるとは、まったくの想定外だ。冒険者ギルドは持ち込まれた商品を、かなり厳しく検査する。そこに不安を感じるが、通れば間違いなく高値が付く。シエルがせっかく見つけてくれたので、なるべく多く許可が下りてほしいな。懸賞金などのお金はあるが、出来るなら貯めていきたい。これから何が起こるかわからないのだから。このオール町に来るまでにも色々あったしね。なんだか、問題が起こる事に慣れてきている様な気がする。……それは嫌だな。そういえば、商業ギルドでも、商品を売る事が出来るなんて初めて知ったな。商人たちのギルドだから、商品の登録は出来ても、売れるとは考えもしなかった。もうこうなったら商売人として登録しちゃう？　登録時にスキルは必要ないし、森で収穫した物も安全に取引出来るし。商売人にはどうなったらなれるんだろう？

「あっ、ドルイドさんが何処にいるか聞くの忘れた！」

今日のお礼をしたいから、帰りに聞こうと思っていたのに忘れてしまった。戻ってギルマスに聞く事は出来るだろうけど、仕事の邪魔になってしまう。何処にいるかな、飲み屋？　ん〜、朝から飲んでいる様な人には見えない。門番さんなら知っているかな？　この町で話をした事があるのはギルマスさん、ドルイドさん、そして門番さん。今、話を聞けるのは門番さんだろう。忙しそうだったら諦めて、町をグルグル回ってみよう。門番さんは……子供たちと言い合いの最中でした。どうも、子供たちだけで森へ行きたいと言っているようだが、反対しているみたいだ。そういえば、朝方町の近くにグルバルが来た痕跡があったとか冒険者たちが話していたな。

「グルバルが出たらどうするんだ？」

「戦う。グルバルなんて怖くない！」

そんな会話が聞こえてくる。子供たちを見ると、みんな剣を持っている。だが、その剣はどれも体に合っていないように見える。

「中位冒険者を惨殺したグルバルが怖くない？　そんな馬鹿な事を言っている者を森には出せない」

「なんだよ。俺たちはちゃんと冒険者だぞ！　チームだって組んでいる！」

へぇ、あの子たちはチームなんだ。すごいな。私より少し大きいぐらいかな？　成人はしていないように見えるから、一三歳か一四歳かな？

「チームを組んでいる、いないは関係ない。死にに行くのか？」

「なっ、そんなわけ――」

「ヒルス、お前俺の剣を勝手に持ち出したな！」

「って、ぅわあ、ばれた。逃げろ」

どうしたんだろう？　一番声を張り上げて文句を言っていた子供が、慌てて逃げ出した。そのあとを、似た雰囲気のこちらは成人した年齢ぐらいの子が追いかけて行く。……どうやら、お兄さんの剣を勝手に持ち出していたようだ。だから、あの子には少し大きかったのか。彼らが走り去って静かになった所で、門番さんに近づく。オール町に初めて来た時に対応してくれた人だ。

「すみません。少し聞きたい事があるのですが」

「ん？　おぉ、確かアイビーだったかな？」

「はい」

よく、覚えているな。覚えやすいのかな？

「どうした？」

「ドルイドさんを探しているのですが、何処にいるかご存知ですか？」

「ドルイドか？　今日――」

「あんな奴と一緒にいると死ぬぞ」

「って、おい！　何を言う！」

門番さんの言葉を不穏な言葉が遮った。驚いて声が聞こえたほうへ視線を向ける。あっ、この人。ドルイドさんの肩を押した人だ。あの時も雰囲気がすごく悪かったけど、近くで見るとわかる。ものすごく悪意に満ちた目をしている。この目は知っている。私も向けられた事がある。

「あの化け物、今度は仕事仲間を殺したそうじゃないか」

「おい、いい加減にしろ！　それに原因はドルイドじゃないだろうが」

「いいや、奴のせいだ。アレが悪い！」

酷いな。

「ドルガス！　やめろ！」

門番さんの雰囲気がガラリと変わる。それにビクリと体が震えてしまう。ドルガスという人物も一瞬で顔を青くした。

「いい加減にしろと言っているんだ」

「お前に何がわかる。俺が――」

「聞こえないのか？」

うわ～、門番さんが、本気で怒ってる。怖いな、これからは怒らせないように注意しよう。それにしてもこのド……なんだっけ？　さっき聞いたばかりなのに。えっとまぁこの人、勢いは良かったけど……もしかしてそれほど強くないのかな？

「聞こえているなら黙ってここから離れろ。お前には関係のない事だ」

「俺はその子が可哀想だから、説明――」

「気にしないでください」

「して……はっ？」

あっ、つい言葉が出てしまった。だって、知らない人の話を聞くほど暇ではないし。それにドルイドさんの事は自分で判断します。自分で判断した結果、何か問題が起きたとしてもそれは私が背負うモノ。たとえ後悔したとしてもだ。

「誰か知りませんが、心配してくださりありがとうございます。ですが見知らぬ人の意見を聞くほど愚かではありませんのでご心配なく」

あれ？　穏便に済ませようと思ったのに、棘（とげ）が含まれた様な……。そんなつもりはなかったのだけど……大丈夫だよね？　ド……なんだっけ？　目の前の男性を見ると、ぅわ～怖い。ものすごい目で睨み付けられてしまった。やだやだ、この人心が狭い。あっ、私もつられているかも、落ち着

こう。ふ〜と、小さく深呼吸をする。

「なっ！　お前！」

えっ？　どうして、さっきより怖い顔になっているのだろう。困ったので門番さんに助けを求める為に視線を向ける。視線が合うと苦笑いされてしまった。

「はっ、心配しただけ損だったな。お前も人を馬鹿にする様なクソガキか！」

ドなんとかさんは、わからない事を叫んで何処かへ行ってしまった。どうやら私は、火に油を注ぎまくったみたいだ。あ〜、厄介な事には首を突っ込まないように気を付けていたのに。もう、何をやっているんだ！

「大丈夫か？」

自分の行動を思い返して首を振っていると、門番さんにそっと声を掛けられた。心配されている。

「はい、大丈夫です。ちょっと自分の行動の反省を」

「あぁ、見事な返しだったな」

「……そんなつもりはなかったんです」

「ハハハ」

笑われた！

「しかし、悪かったな。あれはドルイドの兄になるんだが」

「あの、特に気にしていません。というか、私にはどうでもいい事です」

「えっ？　どうでもいい事？」

「はい。ドルイドさんの家庭環境に私は興味がありません。興味があるのは何処に行けばドルイドさんに会えるか、ただそれだけです」

「……そうか」

「そうです。私と彼の関係に家族は関係ありません。とりあえず、お礼が言いたいので、何処にいるかご存知ありませんか？」

そう。彼がどんな家庭環境で育っていようがどうでもいい事だ。そんな事を言えば、私も家族に捨てられた存在。確かに家庭環境が影響する部分はある、だがすべてではない。

「ハハハ、アイビーは色々と経験しているんだな」

「そうですね〜」

まだ九年しか生きていないのだけど、それは思う。神様に言いたい、星なしのこの人生、恨むぞって。門番さんは、かなりうれしそうに私を見る。もしかしたら、似た様な事が今までにもあったのかもしれない。そしてその時は、ドルイドさんから人が離れた。まぁ、想像だけど。

「あの、そろそろ居場所を」

なんだか質問を忘れ去られている様な気がするので、再度聞いてみる。

「あっ、そうだったな。森へは行っていないから自宅の可能性が高いな。あの腕では依頼を受けている可能性が少ないだろうしな」

そうだ。あの腕で狩りは出来るのだろうか？

「彼は冒険者を続けられそうですか？」

「ん〜、難しいと思うぞ。慣れるまで周りが助けられればいいが、ドルイドがそれを拒否するだろうからな」

確かに彼は人に何かされる事を嫌がりそうだ。

「家族に色々と言われて育ってきたからな、人を寄せ付けない性格になってしまってな」

家族に色々？　あの兄だけではないという事か。

「家の場所を教えるよ。いい事ではないが、アイビーなら良いだろう」

肩をすくめて門番さんが笑う。

「ありがとうございます」

門番さんといい関係？　を築いていて良かった。そうでなかったら、オール町をさまよう所だったな。

148話　ギルマスさんはちょっと残念

「あった」

町の中心からかなり離れた場所に、ドルイドさんの家はあった。周りを見る。家がぽつぽつとあるぐらいで、なんとなく寂しい印象を受ける。

「すみません。ドルイドさんいますか？」

名前を確認して扉を叩く。しばらく待ってみるが、反応がない。いないのだろうか？　ん〜、いない時の事を考えていなかった。まぁ、家もわかった事だし、お礼はまた今度でいいかな。

「アイビー？」

不意にすぐ傍で名前が呼ばれ、驚いてしまう。声が聞こえたほうを見ると、袋を持ったドルイドさんの姿。こんなに傍にいるのに気が付かないなんて……。衝撃を受けて項垂れてしまう。

「アイビー？」

「あっ、おはようございます。ってもう、こんにちはの時間ですね」

「ハハハ、確かに。こんにちは」

私の不審な行動に首を傾げているが、説明すると余計に凹みそうなので誤魔化しておこう。

「お礼が言いたくて」

「お礼？」

「はい。ギルマスさんに私は無関係だと話してくれたと聞いたので」

「そんな事いいのに。本当の事を言っただけだし」

「それでも、ドルイドさんのお蔭で私はまったく疑われていなかったので」

「ギルマスも見る目はあるよ」

「……そう感じさせないギルマスって、ある意味すごいですよね？」

「へっ？　……ぶっくくく」

「ドルイドさんの態度の理由がわかりました。なんとなくすべてが残念と言うか」

作った性格だとしても、もう少しまともな方向でも良かった筈なのに。

「あいつの為に言っておくが、あれが本当の性格ではないんだ」

「それは気付いてます。でも、わざわざ残念な印象を与える性格にしなくたって。人当たり良くは出来ると思うんですよね。そう考えると、あれもギルマスさんの性格なのではないかと思ってしまって」

「あははっは、ははは。ちょっとアイビー、お腹痛くなるから」

「で、実際はどうなんですか？」

「あ～、昔から少し残念な性格だったな。ギルマスになってから随分と変わったが……本質は変わってないという事だろうな。ぷっ、くくく、アハハハハ」

かなり受けたようで、お腹を押さえて笑うドルイドさん。やはりあの残念な印象は、ギルマスさんの性格の一つでもあるのか。

「あ～、笑った。お腹痛い」

「ドルイドさん、そんなに笑ったらギルマスさんに失礼だと思います」

「いやいや、一番はアイビーだからね」

「私は素直な感想を言っただけです」

ドルイドさんと視線が合うと、笑いをこらえきれず二人とも吹き出してしまう。

「あ～笑った。上がってお茶でも飲んでいくか？　と言ってもお茶以外は何もないが」

「いえ、お礼が言いたかっただけですから。あっ、そうだ。ご飯を作る約束はいつがいいですか？」

本当に色々とお世話になっているからな、しっかり時間をかけて作ろう。

「気にしなくていいのに」

「大丈夫です。というか、料理を作るの好きなんです」

「そうなの？」

「はい。でも一人分だと物足りなくて。だからドルイドさんが一杯食べてくれるなら作り甲斐があります」

「おぉ〜、ならその日は夜まで軽めで済ませておこうかな」

「ハハハ、そうだ！　好きな食べ物と嫌いな食べ物ってありますか？　以前聞いた時は野菜が嫌いで肉が好きって。でも冗談だとも言っていたので」

ちゃんと確かめておかないとな。

「ごめん。本当にあれは冗談だったんだが」

本当だと思ったけど、違ったのか。ドルイドさんは、人を騙すのが上手いな。って、この言い方は駄目だな。誤魔化すのが上手い？

「えっ、あっ〜そうだな。あまりそういうのを考えた事がないな。食べられない物はないが」

自分の好き嫌いを知らないって事あるんだ。誰にでもそれなりに好きや嫌いはあると思うのだけど。それに食べられない物はないって、嫌いな物でも食べられるって事だよね。

「えっと、今食べたいって思う食材ってありますか？」

「食材？　……クリロかな」

クリロって確か木の実だったな。湯がくとほくほくしておいしかった記憶がある。季節は少し外れているけど、クリロなら確か売っている筈だ。でも、あれを使って何を作ろう？

「あっ、それと食べてちょっと躊躇する味ってありますか？」

「それだったら苦味かな。あと酸味」

なるほど、刺激のある味付けが苦手なのかな。そうなると、優しい甘めの味付けが良いかな。香りのきついのも控えておこう。

「ごめん、ややこしい？」

「いいえ？　味の方向性が決まったので逆に楽になりました」

「すごいな。料理が苦手だから作れる人を尊敬するよ」

「へへ、えっと。明後日とか大丈夫ですか？　時間は夕方の六時頃で」

「あぁ、大丈夫。広場に行けばいいのかな？」

「はい。お願いします」

「了解。なんだか今から楽しみだ」

「えっと、期待をしてもらえるのはうれしいのですが、外したらごめんなさい」

「ハハハ」

ドルイドさんは、肩をすくめて楽しそうに笑う。今日会った時は、なんとなくふさぎ込んでいるように見えたが少しは気が紛れただろうか？

「では、明後日待ってます」

「あぁ、楽しみにしているよ」

「はい」

手を振って広場に引き返す。帰りにお店に寄って色々と見繕っていこう。少しだけドルイドさんの兄という人の事が気になった。でも、やはりどうでもいい事だと思い直した。家族の中で何かあっただろう事は、兄という人の態度を見ればわかる。でも、私には関係ない事だ。

「私にとってドルイドさんは、頼りになるお兄さんって感じかな」

まぁ、周りから見たら間違いなく親子なのだろうが。ん～クリロか。……ちょっと難しい食材だな。甘く煮るぐらいしか思いつかない。あとはおやつだ。栗きんとんに栗の渋皮煮……ん？　栗？　くり？　クリロだよね。えっと、記憶がちょっと混ざっているな。あれ？　もしかして私、クリロを食べた事がないのでは？　……そうだ、食べたのは前の私だ、しかも栗という物だ。今の私では、クリロを見た事はあるけど食べた事はない。は～、ドルイドさんにおかしな事言っていないよね。なんだか自分の記憶に騙された気分だ。

「自然に記憶が思い出されてしまうと、どっちの記憶かわからなくなっちゃうな」

まぁ、これもずっと付き合っていくモノだから慣れないとやっていけないよね。そうか、旅のお供にはこれも話す必要があるのかな？　……なんだか、お供に選ばれる人が可哀想になってきた。とりあえず気を取り直して、クリロの調理方法だ。栗として考えるなら、栗ご飯か。ご飯？　あれ、そういえばお米を見かけないな。ないのかな？　ここは黒パンが一般的には主食だからな。お金がある人だけは、ふわふわの白パン。ちょっと探してみよう。もしかしたらあるかもしれない。あったら栗ご飯だ！　食べた事はないけどおいしい事は知っている。そしてご飯を思い出したせいか、ものすごく食べたい。店を回って必要な物を買って行くが、お米が見あたらない。この世界にはないという事か。ちょっとショックだ。まぁ、他の収穫はあった。パスタに似た物があったのだ。パスタより太めで短いが、話を聞くかぎりパスタと似た使い方が出来そうだ。ただ、少し高め。なので特別な時だけかな。

「あ～、お米食べたい！」

前の私の感覚が強くなっているのか、お米が食べたいという欲求が強くなる。しかしどの店にも置いていない。ないとなると余計に食べたくなる。それからお店というお店を見て回るが、やはりない。

「何かお探しですか？」

数十件目。お店の商品を見て、溜め息をついたからかお店の人に話しかけられた。今までは、大丈夫と断っていたが聞いてみようかな。

「あの……白い粒の食材はありますか？」

危ない、お米と言いそうになった。ここでは米という名前ではないかもしれないのに。とりあえず、見た目でわかってもらえるかな？

「白い粒？」

「はい。えっとこれぐらいの大きさで、外は薄茶色の皮に包まれていて中は白っぽい粒が入っているんですが」

手で大きさを表現しながら、見た目の説明をする。これでわかってくれるかな？

「……あれは食材ではなくエサでしょう？」

「エサ？　あっ……」

お店の人の話を聞いた瞬間、前の私が『あるあるきた～！』と頭の中で叫んだ。良かった声に出さなくて。今、かなり危なかった。ここで叫んだら、頭のおかしな人だ。それにしても、この感覚久しぶりだな。それにしても『あるある』とはなんだろう。

「はい、家畜のエサです」

エサ……まぁ、見てみるまではわからないからな。

「何処に行けば見られますか？」

「麦を売っているお店にあると思いますよ」

「ありがとうございます。ちなみに商品の名前はなんでしょうか？」

「『らいす』です」

「えっ！　あっ、ありがとうございます」

ライス？　お米の事だと、前の私の知識が教えてくれる。そんな偶然あるのかな？　……そういえば、他にも同じ名前の物や似た様な名前の物があるな。私のように記憶を持った人の影響だったりして。

149話　らいす、こめ？

「……ライス？」

確かに名前を確認すると『らいす』と書かれている。だけど、どうも想像していた物と違う。私が想像したのは白いお米。目の前の物は、籾殻付きの小麦を真っ白にした様な物。私の説明が悪かったのだろうな。小麦と似た様な見た目と言ってしまったから。でもまさか白い小麦があるとは思わなかった。そしてもう一つ気になる物が隣にある。この棚には家畜のエサしかないので、おそらく気になる物もエサなのだろう。私が想像した白米とは違うが、籾殻付きの米がある。こちらは薄い茶色で、しかも名前が『こめ』だ。

「『らいす』に『こめ』」

なんだかものすごく気になる。誰が考えた名前なのか。

「どうかしたか？」

私があまりにもライスと米を凝視しているので不思議に思ったのだろう。少し離れて様子を見ていた店主と思われる人が、心配そうに聞いてきた。この胸の、もやもやしたものを話したくなるが、それは出来ない。

「いえ、なんでもないです」

「そうか？　若いのに、エサに興味があるのか？」

　えっと、どういう説明をすれば不審に思われないかな？　……無理だ、何も思い浮かばない。もう、いいや。変に思われても、どうしても米が食べたい！

「あの、この米って精米してもらえますか？」

「精米？　精麦の事か？　まぁ出来るとは思うが、エサにそんな手間かけてどうするんだ？」

「いえ、エサではなく……食べてみようかと思いまして」

「……食べる？」

　あ～、絶対に変な人だと思われるんだろうな。でも、ここは諦めよう。お米を手に入れる為だ！何を思われたって平気。とりあえず米が食べたい！

「はい」

「『むぎ』ではなくてか？」

「はい」

　あれ？『むぎ？』お店を見回して『むぎ』を探す。あった、大麦の事か指すのか、本当にややこしいな！　えっとこの棚は、食材だったよね？　あっ、隣に『こむぎ』がある。そういえばパスタに似た食材があったから、小麦があっても不思議ではないか。それにしても『こめ』に『らいす』に『むぎ』に『こむぎ』。間違いなく、私に似た前世持ちが影響しているよね？　まぁ、関わっていて、どうしてこんな小さな間違いがあるのかわからないけど……。それにしても、ややこし過ぎる。購入する時には気を付けないといけないな。

「まぁ、食べれない事はないとは思うが。ほんとうに『こめ』を食べるのか？」

「はい」

あっでも、こっちのライスという物も気になるな。両方はさすがに勇気がないな。よし、今日は『こめ』のほうに挑戦してみよう。次に『らいす』だ。

「どれくらい必要だ？」

「小袋一つで」

どれくらい入っているのかは不明だけど、大きさから考えて一人分を三回炊けるぐらいはあるだろう。失敗する事を考えると少し不安だけど、足りなければまた買いに来ればいい。

「ちょっと待っとれ、精麦……精米？　してくる」

「はい、お願いします」

なるほど、堂々とすれば結構通る物だな。まぁ、かなり奇怪な行動をとる子供だと思われているだろうけど。そういえば精米ってどうやるんだろう？　待っていたが気になるので、隣の部屋に移動した店主のあとを追いかける。見ていると籾のついた米を箱の様な物に入れて、左右に振っている。ん？　なんだろうあれ？

「ん？　どうした？」

「いえ、精米ってどうやるのかと思いまして」

「マジックアイテムの箱を使用しているよ。熱を発生させないから『むぎ』の旨味が逃げないって評判だ。……『こめ』に通用するかはわからないが」

私の想像している米なら、かなりうれしい精米方法だ。と前の私が言っている。なので、問題ないのだろう。

「待たせたな」

「ありがとうございます」

しまったな。値段を聞く前に購入してしまった。ものすごく高かったらどうしよう。

「二五ダルだ」

「えっ、あっはい。これで」

あまりの安さに驚いた。もしかして、ものすごく不味いって事なのかな？　ちょっと、怖くなってきた。

「あ～」

「はい？」

店主が何か言おうか迷っているようだ。口を開けたり閉じたりしている。しばらく待ったが。

「いや、なんでもない」

「そうですか？　ありがとうございます」

まずは挑戦してみないとね。これが食べられたら、ものすごくうれしい。食費も抑えられる。

……ものすごく不味かったら、まぁしかたない。諦めて、ライスに挑戦だ。広場に戻り、明後日の為の夕飯作りを始める。買って来たお肉はグルバルの塊肉。これをじっくりと煮込むつもりだ。一緒に煮込む野菜を切ってお鍋に入れていく。水を入れて火を付ける。沸騰するまでにお肉の表面を焼いていく。少しだけ、お肉を削ってお肉の味を確かめる。お店の人が言っていたように、少し歯ごたえがあるな。味は、グルバルの見た目に反して繊細な味だ。旨味もあるし、これはかなり期待できそう。お肉の塊をお鍋に入れてと、お～、四人用のお鍋は使い勝手がいいな。あとはじっくりと煮込むだけ。味付けはまずは塩だけで軽く。野菜の旨味とお肉の旨味が出てから最終的に味を調えよう。楽しみ～！

「さて、米だ」

えっと、前の記憶だと洗って、水に漬けて、炊く？

強火で炊いて、弱火にして……蒸らす？ ……なんだかものすごい挑戦になりそうだな。とりあえず米を洗って水に漬けておこうかな。どれくらいの時間漬けるんだろう？ とりあえず1時間漬けてみたけど、大丈夫かな？ で次に炊くんだよね。えっと最初は強火……蓋はしていいのかな？ 水の量は、米がしっかり浸かるぐらいの量でいいか。まぁ、なんとかなるでしょう。炊いている間に今日のご飯を作ろう。あっ、吹きこぼれそう、弱火にしたらいいのかな？ 蓋は……このままでいいか。ご飯があるから、グルバルのお肉の切れ端と野菜を炒めるぐらいでいいかな。

「……うん、失敗だね」

お鍋の中にはかなり柔らかく炊かれた米。水の量が多過ぎたみたいだ。それとも漬ける時間が長かった？ とりあえず、味はわかるからいいか。おいしく炊く方法はこれから。何回かやればコツを掴めるだろう。

「いただきます」

ちょっとドキドキする。だって、ものすごく安かったんだもん。ひと口。……あれ？　普通においしいかも、ただし見た目以上に柔らかかったけど。これは水の入れ過ぎだな。それにしても、記憶の中の味に似ている。これは、いいかも。あ～、おにぎり食べたい。丼物もいいな～。うっ、頭の中で次々と画像が……。前の私が米の味に触発されて暴走しているみたいだ。初めての事にちょっと怖いけど、落ち着くまで待つしかないよね。

「ふ～、落ち着いた。良かった」

それにしても前の私は、随分米が好きなんだな。まぁ、おいしいけど。

「ごちそうさまでした」

それにしても、米いいな。浮かんだ画像の中のおにぎり？　あれだとお昼にも良いかもしれない。

「まぁその前に、おいしく炊けるようにならないと駄目だよね」

食べてわかったけど、炊く時の水分量が結構重要だよね。今まで料理を作る時に、水の量に気を付けた事はないからちょっと驚きだ。米って繊細だな～。水の量か、専用のコップを作ったほうがわかりやすいかな。米の量に対して水の量。これは繰り返して、加減を知るしかないな。おいしく炊けるようになるまで、ちょっと大変かも。あのお店の常連客になりそうだ。

「そういえば『こめ』『らいす』『むぎ』『こむぎ』か。探したらもっと記憶と一致する名前があったりして」

考えてみれば、私の様な存在が過去にいてもおかしくはない。だって、占い師は特に驚く事なく『内緒にしていたほうがいい』と教えてくれたのだから。それに、いたとしても私には関係ない。

名前がここまで浸透しているという事は、いたのは随分と過去の事だろう。今でない以上、問題なし。さてと、明日は森に罠を仕掛けに行こう。グルバルに壊される可能性が高いけど、やっぱりシエルに頼りきりっていうのも駄目だからね。……獲物が罠に入るように、追い込みをしてしまうのだけど……まぁ、それはそれだな。

150話　グルバルなんて嫌いだ！

「シエル、おはよう」

今日も無事に森に来る事が出来た。まぁ、相変わらず門の所で少し時間が掛かるけど。何度も何度も同じ説明に、ちょっとうんざりする事もあるけど。全部グルバルが悪い！　昨日の夜、グルバルの群れが門から見える場所で目撃されたのだ。ただグルバルたちは何かに怯えて、すぐに森の奥へ逃げていったらしい。いったい何に怯えたのだろう？　門番たちは、グルバルより強い魔物が近くにいる可能性があるから危ないと言っていた。シエルは大丈夫かな？　と心配しながら森の奥を目指したのだが、シエルと無事に合流。良かった。

「シエル、この辺りにグルバルより強い魔物がいるかもしれないって、気を付けてね」

「……にゃうん」

ん？　答えるまでにちょっと間があった様な気がするけど、気のせいかな？

「大丈夫？」

「にゃうん」

シエルが大丈夫と言うのだから大丈夫だろう。でも、さっきの間はなんだったんだろう？　まぁ、気にしてもしかたないか。

「よし！　がんばって罠を仕掛けようかな。あっシエル、獲物を追い込まないようにね」

「にゃ！」

……相変わらず、これに関しては迷いなく反対するね。少しは技術が向上していると思うのだけど、シエルから見るとまだまだ甘いという事なのかな。いったいいつになったら、任せてもらえるようになるのやら。

「気を取り直して、仕掛ける場所を探そうかな」

森の中を、小動物の痕跡を探して歩き回る。ただ、やはりグルバルが森を動き回っているようで仕掛ける場所を見つけるのが難しい。

「ここかな？」

小動物の痕跡が他の場所より多いので、いつもだったら迷わず選ぶのだがグルバルの歩き回った跡もある。ただ、グルバルはかなり活発に動き回っている様で、何処にでも痕跡が残されている。今回は罠を仕掛けても、グルバルに壊されるかもしれないな。

「小動物も隠れているのか、痕跡が少ないな」

まだ痕跡があるこの場所のほうが、成功する可能性はある。罠は全部で一〇個。それぞれ少し離れた場所に仕掛けて行く。いつもなら三ヶ所ぐらいに仕掛けるのだが、今日は一ヶ所にすべて仕掛ける事にする。まぁ、仕掛ける場所を見つけられなかったからなのだが。

「よし、終わった」

屈めていた腰を、反らして伸ばす。う～、気持ちがいい。ずっと前かがみだと、腰が痛む。

「ぷぷ～ぷっぷ～」

「てゅりゅっりゅ～」

あっ、フレムの鳴き方が増えた。でも、その前に。

「その鳴き方はそのままなのかな?」

私に視線を向けるソラとフレム。ちょっと無理難題を言ってしまったのかも。

「ごめん、なんでもないよ」

私が謝ると、ソラがピョンピョンと跳ねて私の周りをくるくる。フレムもその場でプルプルと少し揺れている。怒ったのかな?

「てゅちゅっちゅ～」

「ぷっぴゅっぷ～」

フレムの鳴き方が少し変わった。ただなんというか、前のほうがいいとか今のほうがいいとか選べないレベル。そしてなぜソラまで挑戦したのか。

「無理しなくていいよ。元通りで」

うん、何事も無理は駄目。自然体が一番。

「ぷうしゅ～、ぷりゅりゅ～」

「ソラ、元に戻そうか。そのほうがかっこいいから」

「……ぷっぷぷ～」

「うん。それが一番」

本当にその鳴き方が一番いいと思う。シエルとソラとフレムで、少し森の中を散策。シエルと食べられる実を探す競争をする。って、私が一方的に勝負を挑んでいるだけだけど。ちなみに完敗中。

「ソラ、フレム、そろそろ町へ戻ろうか。シエル森は危険だから充分に気を付けてね」

「にゃうん」

「怖い魔物がいたらすぐに逃げるんだよ」

「にゃうん」

頭をそっと撫でる。気持ち良さそうに目を細めるシエルは本当に可愛い。

「また、明日」

「にゃ～ん」

シエルはまたソラと今度はフレムもひと舐めして走り去った。ソラはまだちょっと緊張するようで、ピキンと固まるがフレムはプルプルとうれしそうだ。

「さて、帰ろうか。明日は朝方に仕掛けを見て、午後からは夕飯の仕上げだね」

ドルイドさんが冗談で言った野菜が苦手。あれって、本当に冗談だったのか今でも少し疑問があるんだよね。もしかしたら、無意識に本音を言っている可能性もある。もしくはわかっていて、気を使わせないようにした可能性も。どちらにしても、少し野菜が苦手なのではないかと思っている。なので固まり肉を煮込む時、野菜を多めにしておいた。栄養面だけでなく、コクも出るので一石二鳥だ。ただし付けあわせの野菜をどうするかだ。葉野菜か根野菜か。お肉がガッツリなので葉野菜がいいのだけど、青くさくて苦手だと言っている人を見た事がある。根野菜のサラダのほうが食べやすいかな？　あっ、潰した芋にサッパリ系のソースを混ぜたら軽く食べられるかも。あとは、食後に果物を出したらいいかな。よし、なんとなく形になったな。明日が楽しみだ。

「おはようシエル。えっと、どうしたの？」

シエルの様子が何やらおかしい。

「にゃん」

「えっと、体調悪い？」

「に～」

違うのかな？

「元気？」

「にゃうん」

元気は元気なのか。あっ、落ち込んでるのかな？　でも、何に？　とりあえず、仕掛けを見に行こうかな。時間も今日は限られているし。

「えっと、罠を見に行こうか」

「に～」

えっ！　なんか、すごい声が出てるけど……。なるほど、シエルが落ち込んでいる理由はこれか。線の先には、踏み潰された罠。おそらく足跡からグルバルだろう。

「シエル、大丈夫だよ。これも覚悟のうえで罠を仕掛けたから」

「に～」

「えっと、そんなに落ち込まないで」

あ～、ものすごく落ち込んでいる。もう、グルバルなんて大嫌いだ！

「次！　シエル、次は守ってね」

守ってなんていったら張り切ってしまうかもしれないけれど、これ以外になんて言っていいのかわからない。

「にゃうん！」

あぁ～、ものすごくやる気になってしまった。でも、今日は罠を仕掛ける予定はないし、というか仕掛ける物がない。

「明日、罠を持って来るから。よろしくね、シエル」

「にゃうん！」

今日中に何個か罠を作らないといけないな。ただ、今日の夜はドルイドさんにお礼をする日だ。

「……今日はちょっと忙しいから、無理だったらごめんね」

シエルが首を傾げる。その周りをソラがピョンピョンと飛び跳ねている。そしてフレムがいつの間にか、座っているシエルの足の間に入り込んで揺れている。自由過ぎる……ソラの性格の一部を確実に受け継いでいるフレム。もし、もしまた増えるなら、少しだけ常識がある子がいい。

「ぷっぷぷ～」

「てゅりゅっりゅりゅ～」

「はぁ～」

「にゃうん」

シエルにがんばれって言われた気がするのは、気のせいかな？　壊れた罠を回収する。それにしても見事に踏み潰されているな。やっぱり、体が大きい魔物が暴れている時に罠を仕掛けるのは無謀かな。でも、グルバルがいつ落ち着くかわからないしな。そういえば、そろそろ上位冒険者たちが戻って来る予定だと言っていたな。何かいい報告があるといいけれど。

「シエル、今日はごめんね。早いけど戻るね」

「にゃうん」

「ありがとう～」

シエルと別れて町へ向かう。フレムはまだ自力で移動できないので、抱き上げてバッグへ入れる。ソラは私の周りを元気に跳ね回りながらついて来る。本当に元気だよね。木々の間から太陽の位置を確かめる。少し予定より遅れているけど、あとは温めてお皿に入れるだけだから間に合うだろう。それにしても、シエルがあんなに落ち込むなんて。これからは気を付けないとな。門が近くなったのでソラをバッグに入れる。

「大人しくしててね」

門番さんに挨拶をして、少し急ぎ足で広場を目指す。テントの近くに戻ると、微かにいい香りが漂ってくる。朝からとろ火でお肉を温めておいたのだ。お鍋を確かめる。これで焦げていたら悲しいが、問題なし。あとはサラダを完成させないとな。テントに戻りソラとフレムをバッグから出す。

「今日はテントに戻って来るのが遅くなると思うから、ポーションは出しておくね。お腹が空いたら食べてね」

ポーションをバッグから出して、テントの中央に並べる。少し転がれば食べられる位置に、フレムを移動させる。

「よし。またあとで様子を見に来るから、良い子にしておいてね」

ソラは激しく、フレムは優しくプルプルと揺れている。おそらく大丈夫だろう。よし、完成させよう！

151話　暇人？

あっ、やばいすっかり忘れていた。周りを見るが、用意していないのだからあるわけがない。

「どうしよう～」

料理もほぼ完成したので、お皿に盛ってテーブルに並べようと思ったのだが……テーブルがない。

通常は料理を作ってテントの中で食べる。一人の冒険者はこれで済む。だから、テーブルなど持っていない。持っていたとしても一人用の小さいテーブルで、私が持っている物もそれだ。完全にテーブルの事を失念していた。

「どうかしたのか？」

男性の声が聞こえたので視線を向けると、お隣の冒険者さん。ドルイドさんより一〇歳ほど若い男の人だ。その冒険者さんは、私の様子を見て気が付いたようだ。

「テーブルか？　貸そうか？」

「いいんですか？　えっと二人分なんですが」

「二人？　えっと、いったい何人前作ったんだ？」

料理を作ったお鍋を見る。そしてサラダやスープも……あっ、どう見ても二人前ではないな。前の感覚で作ってしまった。

「えっと、お礼に料理なんていかがでしょう」

「くっくく、ありがとう。昨日からいい香りがしていたから気になっていたんだ。テーブルはテントの前でいいか？」

「はい。ありがとうございます」

助かった。男性はマジックバッグから折りたたみ式のテーブルと椅子を出して、テントの前に並べてくれた。

「マジックアイテムのテーブルではないから、少しガタガタするが」

「いえ、大丈夫です。ありがとうございます」

テーブルに料理を並べる。次に男性の分の料理をお皿に入れて渡す。

「うわ、まじでおいしそう。ありがとう」

「いえ、私も助かります」

男性は料理を持ってテントの中に入って行く。ふ～、焦ったけど隣の人がいい人で本当に良かった。一人用のテントの中で、食べてもらう事になる所だった。テーブルを見る。料理も並べたし、ご飯は諦めてパンを買って来た。ちょっと奮発して白パン。お礼なので、がんばった。

「ここに居たのか」

「えっ？」

近づいて来る気配は感じていたが、ドルイドさんの気配ではなかった。その為、あまり気にしていなかったのだがどうやら私に用事がある人らしい。後ろを向くと……ドルイドさんのお兄さんがいた。ド……ドなんとかさんだ。実は今日の朝、門番さんに絡まれていないかと心配された。その時に名前を聞いたのだが、また忘れてしまったようだ。おかしいな、こんなに物覚えが悪かったかな？

「何も知らない子供を騙しているとは、あいつらしい」

それにしても、いつ見ても不機嫌そうだな。このまま年を取ったら、すごい顔になりそう。

「あいつと一緒にいると人生を無茶苦茶にされるからな、可哀想だから教えてやるよ」

聞いてないのによくしゃべるよね。話好きではあるのかな？　迷惑だけど。

「あいつは人の人生を潰すのを楽しんでいるんだ！」

まぁ、とりあえず騙されてはいないかな。何か問題を抱えている事は、この人が騒ぐからわかっている事だし。この人に託けて、ドルイドさんに事情を聞く事はいつでも出来た。でも、聞かないと判断したのは私だ。なので、けっしてドルイドさんが騙しているわけではない。私が、必要ないと判断したのだ。人生を無茶苦茶か。それは大変だな。でも、この人の人生を無茶苦茶にしているのは本人ではないだろうか？　ドルイドさんは確かに何かきっかけを作ったのかもしれない。でも、そのあとどうするかは本人次第だ。人の人生を潰す？　それって、そのままあなたの事では？　それにしても、この人暇なのかな？　暇だよね。わざわざ私を探して広場まで来たんだから。ものすっごく暇だよね！

「おい、聞いているのか！」

「いえ、聞いていません」

ずっと何か話していたが、重要な事はなさそうだったので流していた。

「ぶっ」

微かに隣のテントから、噴き出す音が聞こえた。

他にもテント周辺にいた人たちが、口を押えて肩を震わせている。そんなに笑える様な事を言った覚えはないのだけど。

「なっ、お前、俺が親切に！」

親切？　この人の中の親切と、私が知っている親切はきっと異なる意味を持っている筈だ。それにしてもこの人、怒りっぽいな。なんだっけ、えっと……カルシウム！　そうだ、カルシウムが足りないんだろうか？　カルシウムと言えば魚？　……そういえば、この世界で魚を見かけた事がないな。

「貴様っ！」

あっ、しまった。無視をしてしまった。

「いいか、よく聞けよ。俺は奴のせいで星を失った！　お前も同じ目に遭うからな！」

星を失った？　それってスキルの星の事かな？

「わかったか、俺が親切だと」

「いえ、まったく」

「ぶっ」

隣の男性はきっと笑い上戸だ。さっきから噴き出してばかりだ。あれ？

周りの人たちも、なんだか肩の震えが大きくなっている様な……。

「なっ、人生を潰されても――」

「兄さん！」

「お前に呼ばれる筋合いはない！」

ドルイドさんの声が聞こえたので、慌てて視線を向けると唖然とした表情のドルイドさんがいた。

顔色が悪い。

「今度はこの子供の人生を潰しに来たのか？　最悪だな」

人生を潰しに？　意味がわからないな。それにしても、周りの雰囲気が悪い。ドルイドさんも顔を伏せてしまった。どうしよう。……私は、私らしくでいいか。いちいち、文句を言って絡んでくる人の対応をするのって面倒くさいし、信頼があるのはドルイドさんで、この人じゃないし。

「こんばんは、ドルイドさん。天気が良くて良かったですよね？」

「「「えっ！」」」

ん？　なんだか随分と声が重なっていた気がするけど……。まぁいいか。

「今日は来てくれてありがとうございます。ちょうど並べ終えた所だったので、良かったです」

「アイビー、やっぱり――」

「ドルイドさん」

「……はい」

ドルイドさんの表情が強張っている。彼に、そんな顔は似合わない。

「料理が腐ります」

「「「……はっ？」」」

いや、だから声が多過ぎるでしょ？　盗みは聞き駄目ですよ。

「えっと、アイビー？」

「ドルイドさんがお腹を空かせて来てくれるって言ったので、沢山作りました。ドルイドさんが食べてくれないと料理が腐ります。私のがんばりも無駄になります。もったいないと思いませんか？」

「え～、ん？　何か違う様な」

「違いません！　これはドルイドさんの為に作った料理ですから。ドルイドさんが食べないと無駄になります」

他の人に食べてもらう事も出来るが、それは私が嫌だ。だって、本当にこの料理はドルイドさんを思って心を込めて作ったのだ。彼が食べないのなら、すべてが無駄だ。

「おいっ！」

「さっきからずっと1人で叫んでいますが、大丈夫ですか？」

「何？」

「だから大丈夫ですか？」

主に頭が、とは言いませんが。

「人が親切に教えてやっているのに、人生を――」

「赤の他人の人生を、わざわざ心配してくださりありがとうございます。でも、余計なお世話です。私の人生。私が自分で選びとります」

「それが出来なくなるって言っているんだよ！　星を奪われるんだぞ」

奪われる星がないから問題なし！　まぁ、これは言えないけど。それを別にしても、あなたのしている事は。

「大きなお世話です」

あっ、言っちゃった。

「貴様っ」

ドなんとかさんが、ぐっと前に来ようとした時。

「何をしている！　ってまた、ドルガスか」

おぉ～そうだ！　ドルガスさんだ。ドルガスさんは止めに入った男性を見て、渋い表情をした。

「いい加減にしろ！」

「ちっ、いい気になるなよ」

ドルイドさんに言葉をぶつけて、広場から出て行くド……ドルドルさん？　あれ？　さっき聞いたばかりなのに……少し違う様な気がする。まぁ、いいか。それにしても周りを見るとさっと視線を反らす周りの冒険者たち。みんな、聞き耳立て過ぎ！　まぁ、騒いでいたら気になるよね。申し訳ない。それよりご飯！

「えっと、ありがとうございました。料理が冷めてしまうから心配していたんです」

「ククク」

隣のテントから聞こえるくぐもった笑い声。絶対隣の人は笑い上戸だ。

「いや、大丈夫か？　ドルイドも気にするな」

「えっと、あぁ」

なんだかドルイドさんが唖然とした表情で私を見ている。

「大丈夫ですか？」

私の言葉に、微かに頷くドルイドさん。大丈夫に見えないが。とりあえず。

「ご飯にしましょうか？」

「…………そうだな」

「はい。お腹が空きました」

私の言葉に戸惑った笑みを浮かべるドルイドさん。良かった。食べていってくれるみたいだ。周りの人たちは、自警団の人が来た事で離れて行った。

「ありがとうございます」

自警団の人に頭を下げる。ドルイドさんも慌てて頭を下げている。さっきから少し呆然としているけど、本当に大丈夫なのかな？

「いや、何かあったら言ってくれ」

「はい」

自警団の人を見送ってから、ドルイドさんに椅子を勧める。今日の料理は自分でも自信がある。ドルイドさんが、おいしいと笑ってくれたらうれしいな。

152話　大満足！

おいしい～。自分で作った料理を自分で褒めるのはどうかと思うが、おいしい。

「旨いな」

「ありがとうございます。自分でもそう思います」

グルバルの肉は煮込み料理に合う！　これ決定！　じっくり煮込んだので、弾力を残しながらも柔らかい。なんとも絶妙な歯応えだ。時間をかけただけはある。ドルイドさんは私の様子を窺っていたが、まったく気にしていない私を見て体から力が抜けたようだ。今は、少し情けない笑みを見せている。それにしても……作り過ぎだ。食べても、食べてもお鍋の中のお肉が減らない。いったい、私はどれだけ作ったんだ。しかたない、明日もドルイドさんに手伝ってもらおうかな。

「アイビー、ちょっと作り過ぎじゃないかな？」

「やっぱりそう思いますよね？　ドルイドさん、明日も協力よろしくお願いします」

私のお願いに、少し驚いた表情をしたドルイドさん。

「やっぱり作り過ぎたのか。鍋一杯に作ってあるから、不思議だったんだ」

「へへ、ちょっとだけ作り過ぎちゃったみたいです」

「ちょっと？」

お鍋を指してドルイドさんが聞いて来る。お鍋を見ると、二人分以上が残っているのがわかる。

「えっと……」

「アハハハ、了解。がんばってお手伝いしましょう。俺の為の料理だもんな？」

あっ、いつものドルイドさんだ。やっぱり彼にはこの笑顔が似合う。ゆっくり夕飯を食べて、食後の果物とお茶を出す。

「あっ、忘れる所だった。これ」

ドルイドさんがバッグから、箱を取り出す。それをテーブルに乗せて、私のほうへ寄せる。受け取って中を開けると焼き菓子が入っている。

「差し入れ」

「おいしそう、ありがとうございます。今――」

「無理、無理。これ以上食べたら動けなくなる」

「ですよね」

食べ過ぎて、二人とも動きたくない状態だ。さすがに作り過ぎた。そしてがんばって食べ過ぎた。

今度からちゃんと加減しよう。

「明日、いただきます」

「あぁ……アイビー、明日の予定は？」

「明日は森に仕掛けをしに行きます」

「仕掛け？　もしかして罠を仕掛けるのか？」

「はい」

「珍しいな、罠で狩りをするなんて。あっ、でも今は仕掛けても難しいんじゃないか？」

「はい。以前の仕掛けは、見事にグルバルに踏み潰されました。食べたらおいしいのに残念です」

「いや、それ関係ないよな」

「おいしいのは重要ですよ」

私が真剣に言うと、噴き出すドルイドさん。そして後ろからも笑い声が。

「ん？　あっ、今日はありがとうございました」

後ろにいたのはテーブルを貸してくれた冒険者さん。使用したお皿を返しに来てくれたみたいだ。

「いえいえ。楽しかったからいいよ」

楽しかった？　何かあったのかな？

「いや、そんな不思議そうな顔をされても困るんだが」

あっ、ドル……？　ドなんとかさんとの事か！　それにしてもあの人の名前が覚えられない。拒絶反応かな？

「そうだ！　笑い過ぎですよ！　全部聞こえてましたからね！」

「……がんばって抑えたんだが、無理だった。お久しぶりです、ドルイドさん」

あれ？　知り合い？

「確か、マシューラだったかな？」

「はい。覚えてくれていたんですね。うれしいです」

「ハハハ、そんな大げさな。アイビーとは仲がいいのか？」

「いえ、今日親しくなりました」

「テーブルを借りたんです。すっかり失念していて」

座っている椅子を指してドルイドさんに説明する。

「そうだったのか」

「はい、そのお蔭で旨い物にありつけましたから、かなり幸運です」

綺麗に洗ってあるお皿を、じっと見つめているマシューラさん。

「口に合いましたか？」

「あぁ、本気で旨かった。また、何か足りない時は言ってくれ。だいたいの物は揃っているから。お礼は料理で、お願いします！」

気に入ってくれたのか、料理という言葉に力がこもっている。

「あれ？　そういえば」

ドルイドさんが、マシューラさんの周りを見て不思議そうに声を掛ける。

「確か四人チームを組んでいたよね？　今は一人？」

「はい、一人は結婚で、もう一人はやりたい事が出来たと言って抜けたんです。残りの一人は、今求婚しに行っています。結果次第では俺も冒険者を引退しようかと思っているんですよ」

「そうなのか？」

ドルイドさんが驚いた表情をしている。それはそうだろう、マシューラさんはまだ若い。冒険者を引退するには早い様な気がする。

「はい。お金も貯まったので、生まれた村に戻ろうかと」

生まれた村にか。帰りたいと思わせるいい村なんだろうな。

「そうか。どちらにしても後悔しないようにな」

「はい。一緒に仕事した時に、しっかりと未来を考えるようにって言ってくださったのが今につながっています。ありがとうございました」

やっぱりドルイドさんは面倒見がいいよね。ちょっとした事なんだけど、重要な事はしっかりと伝えている。マシューラさんからお皿を受け取って、テーブルを返す場所を聞いてみる。

「テントの前に畳んでおいてくれたらいいから。お休み」

「はい。お休みなさい」

「お休み」

見送ってしばらくゆっくりと腹休憩。

「さてと、そろそろ帰るよ。今日はありがとう」

「いえ、ついでに明日もよろしくお願いします」

頭を下げると、笑われたがしかたがない。どう見てもお鍋の中の残り具合から協力をしてもらわねば。ついでにマシューラさんも巻き込もう。きっと大丈夫の筈。

「わかった。……また明日」

なんだろう、ちょっと何か言いたそうにしたけど。まぁ、明日も会うし大丈夫かな？

「はい、また明日」

ドルイドさんを見送って、テーブルを片付ける。教えてもらった場所にテーブルを置いて、お湯を持ってテントに戻る。ソラとフレムは既に寝ているようだ。ポーションはなくなっているので食べたのだろう。お湯で体を拭いて新しい服を着る。それにしてもおいしかったな。グルバルの煮込み料理は、違う味でもう一回挑戦したいかも。そうだ、残りのお肉の味付けを少し変えようかな。二日続けて同じ味は飽きるよね。どうしようかな。……駄目だ、何も思いつかない。

「よし、今日はもう寝よう。ソラ、フレムお休み」

あれ？　何か忘れている様な…………………あっ！　罠を作らなくちゃ！　シエルと約束したんだった。材料はあるから、とりあえず三個！


「おはようございます」

「おぉ、おはよう。今日はドルイドも一緒みたいだな」

「えっ？」

門番さんと、今日もバトルするぞっと思っていたらおかしな言葉を聞いた。ドルイドさんと一緒？

「おはよう」

「……あっ、おはようございます。一緒？」

門番さんの休憩室として使われている部屋から、ドルイドさんが出て来る。あれ？　昨日約束したかな？

「驚かせて悪い。俺も一緒に行っていいか？」

良かった。昨日の約束を忘れてしまったのかと思った。

「もちろん、大丈夫です」

「なんだ、約束していたわけではないのか？」

門番さんが不思議そうな表情で見てくる。

「約束したなんて言っていないぞ。アイビーを待っていると言っただけだ」

「そうだが。あぁ、西に痕跡があったらしいから気を付けてくれ」

今日は町から西の辺りにグルバルの痕跡があったのか。罠を仕掛けようと思っている場所からは少し離れているな。今度こそ成功してほしいな。

「わかりました。行ってきます」

「おぅ、気を付けて」

門番さんと挨拶を交わして門を通る。

「悪いな、急に」

「問題ないです。ドルイドさんがいてくれると門を円滑に通れますから」

「ハハハ、そうか。役に立っているようで良かった」

ドルイドさんは笑顔を見せるが、少し元気がない様な気がする。またあの騒がしい人が何か言って来たのかな。ややこしい話は苦手だけど、一度ドルイドさんと話し合ったほうがいいかもしれないな。今日は丁度いい機会かも。

153話　倒したのはいいけれど……

「すごいな、ここにも痕跡がある」

ドルイドさんが、グルバルが残した痕跡を調べながら険しい顔をしている。

「何がすごいんですか？」

この森は、私が知っているかぎりずっとこんな状況だ。何がすごいのかわからない。森に入ってシエルと合流し、罠を仕掛ける場所を目指しているのだが。ドルイドさんは、周りを見回しながらしきりに首を捻っている。三〇分ほど森の奥に向かって歩くと大木があったのだが、そこにも痕跡を見つけとうとう大きな溜め息をついてしまった。

「グルバルは、縄張り意識が強く慣れた場所からあまり出ない。こんなに広範囲を歩き回っているなんて考えてもいなかった」

「そうなのですか？　でもここだけではなく、この森のいたる所にグルバルの痕跡が残ってましたけど」

「ここだけじゃないのか？」

「はい。ちょうど町を挟んだ反対側にも痕跡はありました」

「グルバルの行動範囲を以前調べたが、その時はこんな傾向はなかったんだが」

私の言葉に、ドルイドさんの眉間がすごい事になってしまった。

「そういえば、知り合いが周辺調査の依頼が入ったと言っていたな」

「ぷっぷぷ～」

「あっ！」

周りを飛び跳ねていたソラが、鳴きながら大きく飛躍。

「んっ？」

そのまま考え込んでしまったドルイドさんの頭に着地。

「「…………」」

あまりの事に二人で視線を見合わせる。

「すみません」

「いや、考え込んでしまった俺を怒っているのかもな。罠を仕掛けに来たんだろうって」

「ぷ～！」

まるで『そう、そのとおり』と、言っている様なソラの鳴き声。

「悪いなソラ。仕掛ける場所を探そうか」

「ぷぷっぷぷ～」

「その前に、ソラ。ドルイドさんの頭から降りようか」

「ぷ～！　ぷ～！」

あっ、これは拒否をしているな。どうやって降ろそうかな、無理に降ろしてもすぐに飛び乗るだろうし。

「ソラはここがいいって事かな？」

「すみません。すぐに降ろしますから」

「ぷ～！」

完全な文句になっている様な気がするな。というか、人の頭の上で縦運動しない！

「大丈夫だよ。ソラは重たくないし」

「ぷっぷぷ〜」

あっ、ドルイドさんその言葉は駄目だ。完全に居座る体勢になってしまった。

「首が痛くなったらすぐに降ろして下さいね」

これはある程度、ドルイドさんにがんばってもらわないと降りないな。すみません。

「了解。ソラ、落ちないように気を付けろよ」

「ぷぷ〜！」

かなり機嫌がいいみたいだな。そういえば、ここ数日機嫌が悪くなっていない。もう、問題ないという事だろうか？

「さて、場所を探そうか」

「はい。でもグルバルの痕跡がない場所を探すのが難しくて」

「ここまで歩き回られたら、そうだろうな。どんな場所を探しているんだ？」

「にゃうん」

「ん？　どうした？」

ドルイドさんがシエルの頭を優しく撫でる。そうだ、今日の罠の仕掛けはシエルとの約束だったな。シエルが守りやすい場所を探したほうがいいかもしれないな。

「あの、シエルが罠を守ってくれるので、シエルにとって居心地がいい場所を」

「ん？　どういう事だ」

今までの経緯を話すと、ものすごく感心した表情でシエルを見つめているドルイドさん。

「賢いとは思っていたけど、それほどとは」

「にゃうん」

自慢げに鳴くシエル。なぜか頭の上でソラも胸を張っている。あ～、ドルイドさんがものすごくマヌケに見える……。

「アイビー、その生暖かい視線はやめようか。俺も自分の姿を想像してちょっと挫けそうだから」

頭の上でソラが胸を張っているのはわからないだろうが、頭にスライム。これだけでも、人にはあまり見られたくないだろうな。子供なら、まぁ許されるだろうけど。四〇代ぐらいの男性の頭……ふふっ、くくく。

「アイビー、肩が揺れているけど何を想像したのかな？」

「いえいえ、場所を探しましょう！」

シエルが待機しやすい場所を探しながら、森を移動する。しばらくすると太い枝が左右に広がっている大木を見つけた。

「これなんてどうでしょうか？　グルバルの痕跡はありますが、小動物の痕跡もありますし」

「いいな。グルバルの痕跡は、もう諦めたほうが良さそうだ」

確かに、少ない場所を探すのも大変なほどあちこちに痕跡がある。そういえば、昨日よりこの周辺の痕跡が増えている気がする。

「にゃっ！」

シエルが力強く鳴く。

「おっ！　シエル、やる気だな」

確かに罠を仕掛ける約束をした時から、かなりやる気だ。がんばり過ぎて怪我などしなければいいけれど。

「シエル、集団で来られたら逃げるんだよ？」

「……に～」

ものすごく不服そうな声で鳴かれてしまった。

「大丈夫だよ、アイビー。アダンダラがグルバルなんかに負けるわけないから」

私より色々な事に詳しいドルイドさんが言ってくれるので大丈夫なのだろう。でも、大切な仲間なので心配だ。罠を仕掛けるとシエルに確認してもらう。全部で五ヶ所。シエルはなんだかうれしそうだ。

「休憩しようか」

「はい」

少し森の奥になるが、湖がある。その場所までシエルを先頭に歩き出す。

「そういえば、もう一匹は？」

「もう一匹？　フレムの事ですか？」

「そう」

「まだ弱いのでバッグの中です」

「弱い？　あっ、そうか！　崩れスライムって言っていたっけ」

平気だし。

「ソラを見ていると、まったく『崩れ部分』を想像出来ないから忘れていた」

ドルイドさんの言葉にソラを見る。確かに、しっかりした体になったよね。今ではぶつかっても、平気だし。

「おっ、あそこだ」

視線の先には太陽の光を反射する湖…………と、グルバルの大群。すぐに近くの大木に身を隠す。

シエルはなぜか駆け出そうとしたが、なんとか止める事に成功した。

「気が付かなかったな」

「はい」

木の陰からそっとグルバルの大群を確認する。あれ？

「おかしいです」

「おかしい？」

「はい、グルバルの気配がすごく薄いんです」

森の中では、絶えず気配に気を配っている。それが、危険を回避するのに重要だからだ。確かに仲間がいる安心感から、少し精度は落ちていた可能性はある。でも、こんな傍に来るまで気配に気付かないなんてありえない。不思議に思いグルバルの様子を窺う。どうやら原因はグルバルのほうにあるようだ。

「悪い、俺は気配が読めないんだ。どれくらい薄い？」

「目の前にいるのに、何匹いるのか気配で掴めません」

「そうなのか？」

「生きているグルバルを初めて見たのですが、気配が薄い魔物なのですか？」

「聞いた事ないな」

二人で首を傾げる。これもグルバルの異変に何か関係があるのだろうか？

「にぃや～～！」

木の陰に身を潜めておそらく数分。いきなりシエルの鳴き声が湖周辺に響き渡る。

「「えっ！」」

慌てて木の陰から顔を出して、声が聞こえたほうを見る。

「あっ！」

「おぉ～、すごい！」

視界に入ったのは、シエルがグルバルに襲い掛かる姿。あっと思った時には、シエルは次のグルバルに飛び掛かっていた。そして数秒後にまた違うグルバルに飛び掛かる。

「やっぱり強いな～」

ドルイドさんは感心しているが、私はそれどころではない。初めて見るシエルの姿に呆然としてしまった。アダンダラは強いと何度も聞いたが、まさかこれほどとは。正確な数はわからないが、おそらく三〇頭以上いたグルバル。数頭逃げて行く姿があったが、ほとんどがシエルによって数分で倒された。シエルはかなり満足げだ。

「やっぱりすごいな。圧倒的な強さだ」

「そうですね。……ドルイドさん、ギルマスさんはまた協力してくれるでしょうか？」

確かにシエルは強かった。ただ、倒したグルバルの数が多過ぎた。ドルイドさんと私が協力したとしても一頭だろう。シエルの周辺を見る。二十頭以上のグルバルが倒されている。

「あ～、こんなにいるのか……どうしたらいいかな？」

「はい。どうしましょうね」

154話　問題はギルマスに

あ～、ギルマスさんの顔が引きつっている。ドルイドさんは絶対に気が付いている筈なのに、無視しているし。……この場所から逃げ出したいよ。グルバルの事はギルマスさんに言う必要があるという事で、ギルドにお邪魔したのだが。ギルマスさんの表情を見ると、申し訳ない気持ちになる。とはいえ、グルバル関係は頼れる人がギルマスさんしかいないのでこれからもお願いする事になりそうだけど。

「報告は感謝する。だがな～、討伐した数が問題だ！」

「大丈夫だ」

「何が！」

「前と一緒でいいだろう」

ドルイドさんが軽～く言うと、ギルマスさんの目元が吊り上がる。鬼の形相？

「鬼の形相？　ってなんだっけ？」

「ん？　アイビーどうしたんだ？　心配しなくても大丈夫だぞ。グルバルを討伐して問題になる事はない」

あぶない。言葉が口から零れていたみたいだ。

「はい。えっと、ギルマスさん、すみませんがお願いします」

「……はぁ～、まぁ確かに町周辺を動き回っているグルバルを討伐してくれた事には、本当に感謝なんだが……誰が討伐したのかと絶対聞かれるからな、そこだけが問題だ」

ややこしい問題ばかりを持ってきて申し訳ないです。

「前のグルバルについても、まだ処理が終わっていないのに……」

前のグルバル？　ドルイドさんと出会った時のあれかな。そういえば、謝礼金が出るって話があったな。

「こうなったら極秘の存在に依頼した事にでもするか～」

「なんだそれは？」

「いや、今思いついた。あっ、隣町から冒険者を呼んだから」

「……ギルマス、一つ一つ話を終わらせてから次へ行ってくれ。で、冒険者を呼んだ理由は？」

「決まっているだろう。人手不足だ。どう考えても、この町の上位冒険者だけでは対処不可能だ」

「まぁ、そうだな。で、誰が来るんだ？」

「知らん」

「……聞かなかったのか？」

「あぁ、あっちのギルマスはグルバルの事を知っているからな、しっかりした奴らを寄越してくれるさ」

ギルマスさんの話にドルイドさんが溜め息をついた。

「まぁ、それについてはギルマスの判断に任せる。で、グルバルはどうするんだ？」

「……あ～、忘れようと思っていたのに！」

「いや、駄目だろう」

ギルマスさんが力なく項垂れた。

「極秘の依頼って事に『さすがに無理があるからな』……無理か」

話し合いの結果、前回と同じ原因にする事が決まった。グルバルより強い魔物に襲われたんだろうと。ただ、今回は前回と違って目撃情報はなし。ドルイドさんが、体を慣らす為に森を歩いていて発見したという事になった。

「すみません」

話し合いが終わったので、深く頭を下げる。ぺしっ！

「いっ！」

ん？　今、何かおかしな音がした様な？　頭をあげると。

「アイビーが謝る事はない。町周辺に出没しているグルバルの問題は早急に対処する案件だったからな。少しでも数が減ったとわかれば、町の住民も安心する」

なぜかギルマスさんが、かなり慌てて言葉を紡ぐ。それを不思議に思うが、ドルイドさんが何も言わないので問題ないのかな?

「役に立てるならうれしいです」

二日前、町のすぐ傍での目撃情報が出てからは不安感は増している。それがほんの少しでも和らぐのなら、私もうれしい。一時間後に湖に冒険者を向かわせる事を約束して、ギルドをあとにする。

「ドルイドさんにも、ギルマスさんにも、お世話になりっぱなしですね」

森へ向かいながら少し溜め息をつく。ギルドに登録すれば……ってダメか。シエルの事を話すわけにはいかないからな。

「気にする事はないよ。悪い事をしているわけではないからな」

「そうですけど、ギルマスさんに面倒くさい事を押し付けているようで」

「ハハハ、それがギルマスの仕事だから」

「ちょっと違うと思うのですが」

「そうか? ギルマスって立場は町の厄介事の解決役だと思うけど」

……確かに、そういう面もある様な。大変な仕事だな、ギルドマスターという仕事は。湖まで戻ると、シエルとソラとフレムが寄り添って寝ている。太陽があたっている場所なので、気持ちよさそうだ。ちょっと視線をずらすと、倒れたグルバルが視界に入って来るがそれは無視。けっして、それらを気にしては、いけない。

「シエル、ありがとう。ギルマスさんが手配して少しあとに冒険者がここに来る事になったから」

寝ている所悪いが、これからの事を含めて説明する必要がある。なので、起こしてから予定を説明する。私の言葉に喉をグルグルと鳴らして、背を伸ばす。その動きにソラとフレムも目を覚ましたようだ。

「ぷっぷ～」

「てゅゆゆ～」

フレムはまだ半分寝ているのか、いつも以上に声が残念だ。

「ごめんね、起こしてしまって。ここに他の人が来る事になったから移動しようか」

ソラはピョンと飛び跳ねて、私たちの周りをくるくる、くるくる。少し前まですぐに機嫌が悪くなっていたけど、大丈夫みたいだ。確かフレムが生まれた辺りからかな？……もしかして、出産前の不安定な時期だったとか？　あれ？　ソラってメス？

「あのドルイドさん」

「どうしたんだ？」

「スライムって性別あるんですか？」

「性別？」

「はい。フレムを産んだ？　のはソラなので。ソラはメスなのかと」

「……スライムに性別があるとは聞いた事がないいな」

ないのかな？　それとも一般的には知られていない？

「そうですか」

フレム以外に何かあったかな？　あっ、もしかしたらドルイドさんの大けがを治した事で落ち着いたのかも。可能性としては、それもあるかもしれないな。ソラの調子が問題ないなら、気にしなくてもいいのかな？　でも、また同じ様な症状が出る時があるかもしれないし……。だからと言って、無理やりソラの機嫌を損ねる事をするのは間違っている。とりあえず、また同じ症状が出たら今回と似た条件を探すしかないか。今は情報が少な過ぎる。

「そろそろ移動しないと」

ドルイドさんの言葉に、ソラが勢いよく彼の頭に向かって行くのが見えた。止めても無駄なんだろうな。ドルイドさんも、なんだかうれしそうにしているし……いいかな放置で。

「行こうか」

頭にソラを乗せた状態で歩くドルイドさんのあとに続く。フレムは私の腕の中だ。あれ？

「あの、グルバルの傍にいなくていいのですか？」

「ん？　あっ！　……駄目だよな。俺、戻るわ」

やはりグルバルの目撃者として、ドルイドさんは冒険者さんたちを待つ必要があるようだ。頭の上のソラを受け取って、ドルイドさんと一時離れる。

「大丈夫かってシエルがいるから問題ないか。また、あとで」

「はい。捨て場周辺で待ってます」

「あぁ、シエル今日はもう狩りはおしまいな」

「にゃうん」

「いい子だな」

ドルイドさんは、シエルの頭を何度も撫でてから湖に戻っていった。ピョンとソラが腕から飛び降りて、ドルイドさんとは反対方向へと向かう。確かに方向は合っているけど、わかっているのかな？　ソラを先頭に捨て場に向かう。それにしてもシエルの強さはすごかったな。あれだけの数のグルバルを、あっという間に倒すんだもんな。隣を歩くシエルを見る。……かっこよかったな～。正直最初はちょっと怖かったけど。だって、シエルの体に返り血がどんどん増えていくんだもん。あんな光景見た事なかったからな。

「にゃ？」

視線に気が付いたのか、シエルが不思議そうに私を見る。

「かっこよかったな～って思って」

「にゃうん」

尻尾がクルクルと回っている。どうやら機嫌がかなりいいようだ。尻尾の動きに風が起こって葉っぱが舞い上がっている。

「シエル、ちょっとだけ落ち着こうか」

「にゃうん」

少し尻尾の動きが落ち着くと、舞い上がっていた葉っぱがふわふわと地面に落ちる。本当にシエルの尻尾は凶器だよね。そういえば、今日は牙だけで戦っていたな。あれだと、どんな魔物にやられたのか大きさぐらいしかわからないだろうな。もしかしてそれを狙って？　シエルの今までの行動を見ていると、ありえそうだな。頭がいいからな。

155話　ぷらす？　まいなす？

「お疲れ様です」

なんだか、すごく疲れた顔したドルイドさんがやってきた。何か問題でも起きたのだろうか？

「大丈夫ですか？」

「あぁ、見ていないって言っているのに、どんな魔物だったのかとしつこくてな」

うんざりした表情の彼に笑う。ギルマスさんが送り込んだ冒険者さんは、ちょっと問題があったようだ。

「お茶を入れますが、飲みますか？」

「あぁ、ありがとう」

ドルイドさんにお茶を入れながら、話を聞く。グルバルを回収に来たまでは問題なかった様なのだが、その数の多さに驚いて狩った魔物に興味が出たみたいだ。そこから何度も見ていないと説明しても、影ぐらいは、後ろ姿ぐらいはとしつこかったらしい。冒険者としては興味が出て当然かもしれないが、ドルイドさんからしたらいい迷惑だろうな。

「面倒事を押し付けてごめんなさい。ありがとうございます」

「謝る必要はまったくないから。あれだけのグルバルの大群を、今のオール町の冒険者が対処出来たかどうかわからない」

そんなにグルバルは強いのかな？　今日もシエルにあっけなく蹂躙(じゅうりん)されていたから、強さがわからない。ただ、意外に逃げ足が速かったのでアレがこちらに向かって来たら怖いだろうな。

「シエルにぼろぼろにされていたから、グルバルの強さがよくわかっていない？」

「はい、シエルの強さはわかりましたが。ただあの足の速さは驚きました。見た印象はあてになりませんね」

「人より速いからな。しかもあの巨体でぶつかって来るから、子供だったら一撃だ」

確かに、倒されていたグルバルはかなり大きかった。アレが激突して来るのか……私だったら間違いなく一瞬だな。

「怖いですね」

「シエルがいない時は気を付けないとな」

「はい」

ゆっくりとお茶を飲む。そういえば、予定が大幅に狂ったな。今日はドルイドさんに、色々と聞こうと思っていたんだった。ここで聞く？

「アイビー」

「はい」

丁度話しかけようかと迷っていた時に名前を呼ばれたので、ドキリと驚いてしまった。ドルイドさんを見ると、何かを決意した表情をしている。

「話があるんだ。すべてを聞いてから判断してほしい」

ドルイドさんの言葉に一度だけ頷く。

「まずは兄の事を謝らせてくれ。あんな風にしてしまったのは俺のせいなんだ。……俺には三個のスキルがある」

スキルが三個？　一般的には二個だから、すごいな。

「一個目は剣術、二個目は体術。問題なのは三個目なんだ。文字ではなく記号の様な物が現れた」

記号？

「調べてもらったが、今も意味はわかっていない」

意味のわからなかったスキル。そういえば、新たなスキルが発見される事があるって聞いた事がある。それかな？

「両親は新しいスキルだと喜んでいた。だが、俺の三個目のスキルが知らない間に兄たちの星を奪ってしまった」

星を奪う？　星が三つなら二つにするとか？

「あの……」

「何？」

ドルイドさんの声に緊張が混じっているのを感じる。

「スキルの表示は……えっと、どんな記号でしたか？」

「これだよ」

ドルイドさんが木の棒で土の上に何か書く。書き終わった物を見ると……。『＋／－』？

「……プラススラッシュマイナス？」

「えっ？　アイビーもしかしてこれを知っているのか？」

いいえ、私は知りません。前の私の記憶の中にある記号と一致はしたが。自然とプラススラッシュマイナスと言っていたので、そう呼ぶのだろう。頭に浮かんだ意味は『足すか引く』だ。

「アイビー？」

『－』は確かに星を奪ったのかもしれない。でも『＋』は真逆の意味だ。この記号だと、スキルの星を増やしたり減らしたりする事が出来る事になる。これって、かなりすごいスキルだよね。今まで、星が増えるとは聞いた事がない。生まれ持った星が一つなら一生一つだ。それが増える可能性があるのだから。でも、どうしてお兄さんの星を奪ったのだろう。先ほどの話からすると無意識にだ。聞きたいけど……やめておこう。さっきのドルイドさんの雰囲気から、気軽に聞いていい事じゃなさそうだし。そういえばドルイドさんは、兄たちって言ったよね？　お兄さんがあの人以外にもいるんだ。もしかして他のお兄さんもあんな感じなのかな？　もしそうならドルイドさん大変だっただろうな。

「アイビー？」

ドルイドさんの不安そうな声が耳に届く。しまった。考えに没頭してしまった。私の悪い癖だな。

「すみません。えっと、最初の記号がプラス、真ん中はスラッシュ。最後がマイナスです」

「ぷらすすらっしゅまいなす」

「意味は『プラスは足す』『マイナスは引く』。スラッシュは……『または？』です」

「または？」

『または』をどう説明したらいいかな？　えっと……ん？　なんだろう？　何か頭に浮かんだけど。

『or』？　不意に頭に浮かんだ記号に、首を傾げる。説明に必要だから思い浮かんだと思うのだが、

『or』の意味がわからない。あ～、余計にややこしい！　忘れよう。

「『足すか引く』……えっと、星を奪うだけでなく増やす事も出来るスキルだと思います」

「えっ！　増やす？」

「はい。記号から考えるとそうなります」

「増やす……兄の星は……」

先ほどのドルイドさんの説明には疑問があるな。スキルは意識しないと発動しない。テイムもしようと思って、初めてスキルは利用出来る。無意識にテイムしていたら大変だ。私の場合、魔力切れで死んでしまう。

「お兄さんの星は……まったく知らない間に？」

「あぁ、使い方もわからなかったし」

そうだよね。無意識に奪ったり、足したり……。そういえば、奪った星は何処に行ったのだろ

う？　奪ったという事はドルイドさんが持ってるのかな？

「あの奪うって言いましたよね」

「あぁ、成人の儀ではスキルが表示されるのだが、長男の星が減っているのをその時に知ったんだ。両親が慌てて二男と俺のスキルを調べたら、二男の星も消えていた。逆に俺の『ぷらすすらっしゅまいなす？』の後ろに括弧が表示されて中に四という数字が表示されていたんだ」

えっと、ドルイドさんの言い方だと。本当に星を『奪った』という事になるな。でも、「括弧の中に四」という表示のされ方の意味がわからない。

「星を奪ったあと、ドルイドさんの星に変化はありましたか？　増えたとか」

「いや、まったく変化はなかった」

そうなると。奪った星がドルイドさんの能力になったわけではないという事になるよね。ただ、星を移動しただけ。まぁ、星というか能力なんだけど。能力を奪われた側から考えると、すごく怒るかな。でもドルイドさんと少し過ごしたらわかる事だけど、彼はすごく優しい。そんな人が、無意識とはいえ星を奪う。何か事情がある様な気がするな。まぁ、少し知り合っただけの私が、聞いていいのかわからないから、聞かないけどね。そういえば、長男に次男と言っていたよね？　二人だけなのかな？　他にもいるのかな？

「お兄さんは何人いるんですか？」

「上に二人だよ。話し忘れていたな」

苦笑いしてお茶を飲むドルイドさん。この話をするのに、彼は相当勇気を振り絞ったんだろうな。

「兄たちはスキルを二個ずつ持っていて、それぞれ一つずつ星を奪ったんだ」

星か……。星を奪うドルイドさん。星がない私。こういうのって、巡り合わせって言うのかな？

「ぷっぷ～」

不意にソラの声が聞こえた。視線を向けると、木の根元でシエルのお腹の毛に埋もれて寝ているソラの姿が見えた。あっ、巡り合わせとは違う。これはソラが導いた出会いだ。

「ドルイドさん」

「はい」

その言葉に、違和感があって彼を見ると、表情が強張っていた。スキルの情報は、すぐに広まってしまう。心ない言葉を、一杯言われてきたのかもしれない。それだけではなく、離れていった人たちもいるのかもしれない。ドルイドさん自身も、怖かった筈だ。意味のわからないスキルが、知らない間に兄弟の星を奪っていたんだ。一緒にいるだけで星を奪ってしまうのではないかと……あぁ、だからチームを組んでいないんだ。一緒にいる事を一番怖がっているのはきっと彼だ。

「話してくださってありがとうございます」

「……いや、もっと早く話す必要があったんだ。アイビーの星を奪ってしまう可能性もあるんだから」

星を奪う？　もう一度、寝ているソラを見る。マイペースでちょっと意地悪でポーションを食べて、瀕死を癒す力を持つレアスライム。そして、私にいい出会いを持ってきてくれる大切な仲間。無意識に星を奪ってしまうドルイドさん。奪われる星がない私か……。最強のコンビだね、ソラ。

「私は大丈夫です。問題ありません」

「えっ？」

ドルイドさんが不思議そうな表情をする。さて、今度は私の番だ。……さすがに緊張してきたな。

でもすべてを話そう。そして旅に誘おう。一緒に来てくださいって。

156話　びっくり箱

一つ深呼吸。話すと決めてから、心臓がものすごい速さで動いているのがわかる。

「私も、ドルイドさんに聞いてほしい事があります」

口の中が異様に乾くので、残っていたお茶を一口飲む。

「あの私はテイマーです。でも星がありません」

「えっ！」

小さな驚いた声が聞こえた。

「だから崩れスライムであるソラを、テイム出来たのだと思います」

「あっ、そうか……あれ？」

「シエルはテイムしていません。私の魔力量では少な過ぎて出来ないんです」

星がないという事は、魔力が少ないという事だ。膨大な魔力を保持しているアダンダラをテイム出来るわけがない。ん？　どうしたんだろう。ドルイドさんがソラとシエルを見比べている。

「テイム出来ているだろう？　だって」

そう言いながら自分の額を触る彼。それを見て『テイムの印』を思い出す。あぁ、そういう事か。

「あれは、シエルが自分で作ってくれたんです。だからあの印からは私の魔力は感じないと思いますよ」

「えっ！　そんな事が？　あれ？　……アイビー」

「はい」

「あの印から、俺はアイビーの魔力を感じたんだけど」

「えっ？」

そんな筈はない。私はテイムしていないし、あの印はシエルが自分で作っている物だ。二人で首を傾げる。そして、寝ているシエルに近づいてそっと印を見てみる。

「……………」

どういう事だろう。

「確かにアイビーの魔力だよな？」

「はい、そうみたいです」

シエルの額にある印から、微かにだが私の魔力とまったく同じ物を感じる。魔力も人それぞれ少しずつ違うので、自分の魔力を間違うわけがない。えっと。あれ？

「にゃうん」

「あっ、ごめん寝ていたのに。起こしちゃったね」

「にゃうん」

邪魔をしたら悪いので、二人でそっとシエルたちから離れる。なんだっけ？　話をしていて。あれ？駄目だ、混乱してる。

「大丈夫か？」

今知った衝撃の事実にあたふたしていると、心配そうにドルイドさんが聞いて来る。正直、大丈夫ではない。頭の中は大混乱だ。とりあえず、ふ〜。

「はい。えっと話を続けますね」

「……まだあるの？」

「ん？　えっと、あぁ私は前世の記憶を持っています」

なんだか話がごちゃごちゃになってしまった。この事はまだ言っていなかったよね？　他に言い忘れはあるかな？

「前世の記憶？」

「はい」

あれ？　何を話して何を話していないのかわからなくなってきた。えっと、星なしという事と前世の記憶持ち……話す事はこれだけだよね。シエルの事は……ちょっとあとまわし。

「なんだかアイビーってすごいな」

ん？　すごい？

「そうですか？」

「あぁ、びっくり箱みたいだ」

……それはうれしくない。

「ドルイドさん」

「ハハハごめん。でもすごい覚悟をして来た事が馬鹿らしくなってしまって」

覚悟？　あぁ、星を奪った話か。

「昨日の夜、眠れなかったんだ。今日アイビーにちゃんと話してみようって思ったから」

昨日、帰る時ちょっと様子が違った。あの時には話そうと考えていたのかな。

「どうしてだろうな。ずっとしかたがないと諦めていたのに、アイビーに話そうと思った時はあの目をされるのが怖いと感じたよ」

あの目……きっと憎しみと恐怖が混じった目の事だ。あの目は私も怖い。

「すごく勇気を振り絞って話したのにな～。アイビーのほうがびっくり箱なんだから力が抜けたよ」

「絶対、私のせいではないです！」

私の断言にドルイドさんが噴き出す。つられて笑ってしまう。

「星を奪ったと言われた時、少し心当たりがあったんだ」

えっ！

「俺の家は商家なんだ。父はスキルがあまり良くなかったががんばって店を大きくした努力の人だ」

自慢の父親なんだろうな。ちょっと羨ましい。

「上の二人だが、スキルが良くて星も多かった。その為か父をないがしろにする奴らだった。子供の俺は何度も星がなくなれば、あいつらが父を大切にするのではないかと考えた」

なるほど。私が会ったドルイドさんのお兄さんは、昔から性格が残念だったという事か。まぁ、なんとなく、そんな気はしていたけど。

「だから星がないと騒いでいる二人を見た時、俺のせいだと思ったから恐かった。でもほんの少し、これで家族が仲良くなれるのではないかと期待した。まぁ、無理だったが」

すべてをドルイドさんのせいだと騒いでいるあの人では、無理だろうな。

「ドルイドさん」

「ん？」

「私は、一緒に旅をしてくれる人を探しています」

「奴隷を探していると言っていたな」

「はい。でも奴隷とは決めていません。私が信頼出来て、そして一緒に旅をしたいと思う人を探しているんです。奴隷を探している理由は、今話した事を内緒にしたいからです」

スキルやソラたちの事を、一緒に抱えてくれる人などすぐに見つかるわけがない。だから強制的に秘密を守ってくれる奴隷を考えただけの事。心から信頼出来ると思う人がいたら、そんな人と旅がしたい。

「なるほど。確かにアイビーのびっくり箱は内緒だな」

「はい、色々と内緒が多いです。でもドルイドさんだって、スキルの事がばれたら大変でしょ？」

「それは大丈夫だろう。だいたい俺のスキルが星を奪う事は村の冒険者だったら知っている。今さら隠す事でもないだろう」

悲しそうな表情のドルイドさん。確かに星を奪う事は村の冒険者たちに知られているだろう。隠してなかったみたいだし。でも、『+』のほう。問題になるのはこっちのスキルの方なんだけど、気付いてないのかな？

「そちらではなく、授けるほうです」

「ん？」

「今まで星が増えたという情報を聞いた事はありますか？」

「星は増えない……あっ！　俺のスキルは、星を増やす事が出来る筈なんだっけ……」

気が付いたみたいだ。ドルイドさんという常識を覆す事が出来る存在がいる事を、世間が知ったらどうなるか。

「ドルイドさん、私と一緒に旅をしてくれませんか？」

「えっ、俺が？」

「はい。このオール町にすごいこだわりがあるのなら諦めます。でも、そうでないなら私と一緒に旅をしてください」

なんだか、もっと慎重に話を進めてなんて考えていたけどグダグダだな。でも、私らしいという感じがする。

「アイビー、もし俺のスキルで星を増やす事が出来るとバレたら、色々な者たちから狙われる事になるだろう。平穏に旅をつづけたいアイビーにとって、俺は邪魔な存在だ」

確かにドルイドさんの言うとおり、バレたらすごい事になるんだろうな。狙われる数も多そう。でも、ソラたちと一緒に旅をしている以上、その危険はいつもついて回る。今更もう一つ二つ内緒にする事が増えた所でなんとも思わない。

「ドルイドさん、忘れていませんか？　ソラはスライムなのに、ポーションの処理だけではなく怪我の治療まで出来るんです。しかもフレムまで産みました。ドルイドさんのスキルと、ソラの力はいい勝負だと思うんですよね」

どちらがすごいかというと、よくわからないけど。ソラだって、世間に知られたらほっといてはくれなくなるだろう。そういえば王家が抱える魔術師長よりも優れた光スキルを持っていると、シファルさんが言っていた様な……。これはいいか、うん。知らなくてもいい事だよね。本当にそうだとは決まってないし。私の為にも忘れよう。

「あっ！　ソラもかなり特殊だったな。ははは、俺のスキルとソラの力か、すごいな」

「ソラだけじゃないですよ。シエルは魔物の中でもかなり上位のアダンダラです。それが、星なしのテイマーと一緒に旅をしているんですよ？　私にとっては日常なのですごい事ではないですが、他の人たちにとってはすごい事の一つになるんでしょ？」

「あ～、確かに、伝説とも言われる事があるアダンダラと一緒に旅か、バレたら間違いなくアイビーが、狙われるな。テイムまでしているんだしな」

それに関してはまだよくわかっていないんだけど。

「うれしくないですが、私一人でも内緒が一杯です。ドルイドさんの内緒が増えた所で問題ないですよ」

「そうなのか？」

「はい」

「そうか。ただ、俺のスキルよりアダンダラをテイムしたアイビーのほうが狙われると思うけどな。なんと言ってもテイマーの常識をひっくり返したんだ。魔力が多くなければ、強い魔物はテイム出来ないという常識を」

確かに、そうなるのか。でも私ではなく、シエルがすごい様な気がするな。印だって真似してたんだし。

「あっ！　もしかしたらシエルが私の魔力を真似て、印に付与したのかもしれないですよ」

「いや、アイビー。魔力は真似る事が出来ない筈だから、それは無理だろう」

「それはテイムの印も同じですよね」

「あぁ。そうか、ソラの印を見て真似ていたと言っていたか。印を作るにはきっと魔力が必要になる……もしかしたら俺が考えるより簡単に出来たりするのか？」

「はい？　どうしたんですか？」

何か話したけど小さい声だったから聞こえなかった。なんだろう？

「いや、シエルの力はすごいなって思って」

「そうですよね！」

私の周りはすごい力を持った仲間たちで一杯なんだよね。

「ふふっ、アイビーはみんなが大好きなんだな」

「はい！　私の大切な家族です」

「一緒に旅に出たら、俺もアイビーのびっくり箱……家族の仲間入りか」

「一緒に来てくれるのですか？」

私の言葉に、地面をじっと見て何かを考えるドルイドさん。

「………わからない」

迷ったあとに続いた言葉は、少し弱々しかった。きっと家族の事だろう。星を奪った罪悪感が、ドルイドさんをずっと縛っているみたいだ。

「ドルイドさん、どう生きるかは本人次第だと思います。たとえ途中で思いがけない事に遭遇して、色々な事を諦める事になったとしても、そこからどう生きるかは本人だけが決められるんです」

「アイビー」

私だって、星なしという事を誰かのせいにしたいと思ってきた。でも、現実は変えられない。ならいつまでもうじうじとしているのはもったいない。私は私らしく生きる。

「ドルイドさん自身がどうしたいのか、それが大切だと思います」

157話　最善の答え

人生思い通りになる人なんて少数だ。ほとんどの人が色々な事を諦めながら、それでもその時その時の最善を選んで生きている。ドルイドさんが星を奪った。それが無意識だったとしても、怒りを抱くだろうし恨むだろう。でも、それをいつまで引きずっていても、現実は変わらない。ならば、どんなに悔しくても恨んでも憎くても前に進むしかないのだ。私は昔、両親を恨んだ。でも今は違う。今は正直感謝している。産んでくれてありがとうと。そう思えるようになったのは、きっと色々な人に出会い支えられたからだ。ただ、両親に会いたいかと言われたら、絶対に会いたくはないが。

「離れる事で落ち着く事もあります。まぁ、激高する人もいるでしょうが」

ドルイドさんを恨んでいるあの人は、目の前に恨む存在があるから囚われている可能性もある。

「俺の存在が……」

「まぁ、それも本人次第です」

ドルイドさんは随分と迷っているようだ。答えは今すぐというわけではない。このオール町のグルバルの問題が解決しないとドルイドさんはここを離れられないだろうから。……そういえば、忘れていたけど幸香の問題もあったな。あれ、どうなったんだろう。

「ドルイドさん、ゆっくり考えて答えを出してください。いつでもいいので」

「アイビーはいつまでここに？」

「あ～、とりあえず幸香の問題がしっかりと解決するまでは、旅に出る事はありません。グルバルの事もありますしね。当分この村にいると思いますよ」

ギルマスさんは問題ないと言うだろうが、相手がそう思うとは限らない。特に私に問題を、押し付けようとしているようだからな。ここで旅立ったなんて事になったら、逃げたと騒がれそうだ。

……やっぱり、問題の中心部分にいつの間にか立ってるよね。それとグルバルの事も気になる。そもそも、グルバルの問題を解決しないと、森は危ないから旅は続けられないよね。

「あぁ、あれか。俺が仲間を殺して、魔物のせいにしていると騒いだ事もあるらしいぞ。確か今は、俺とアイビーが実は仲間だったとか言ってたかな」

「……はっははは……もう、なんて言っていいのか」

とっとと認めたほうが楽になれるのに。

「本当にな。アイビー。旅の話だが、少し待ってほしい」

「もちろんです。ドルイドさんにとって最善の答えを出してください」

「あぁ、ありがとう。あっ！　だからか」

ドルイドさんが、急に私を見て手をポンと叩いた。そしてじっと私を見つめてくる。

「えっと、なんですか？」

「いや、アイビーと話していると、不思議な感覚になるんだ。年下なのにまるで年上と話している様な。これってやっぱり前世の記憶があるからなのかな？」

「……おそらく」

やはり影響は大きいよね。知識は混じっているし、感情も時々同調していると感じる時があるし。

第三者から見ると不思議なもしくは不気味な存在なんだろうな。……不気味って、自分で考えた事だけど悲しいな。

「アイビー？」

「ぷっぷぷ～」

不意にソラの声が響いたと思ったら、ドルイドさんの頭の上にソラ。

「…………」

どうしてそこなの！

「すみません」

謝るしかありません。

「いや、大丈夫。話が終わったのがわかったのかな？」

ドルイドさんの言葉に確かにと思う。ソラは賢いからな。道案内以外でだが。

「ぷぷ～」

「てぃりゅ～」

フレムも起きたようだ。この子は本当によく寝る子だ。

「フレム、おはよう」

「グルルル」

「シエルも、おはよう」

「にゃうん」

シエルを見ると可愛く首を傾げて私を見ている。シエルの額に視線が行く。そこにはテイムされた時に刻まれる印があり、かすかに私の魔力を感じる。本当に不思議だよね。いつ、私はシエルをテイムしたんだろう？　だいたい私の魔力量では絶対に無理なのに。

「ドルイドさん。魔力が少ないテイマーが、上位魔物をテイムしたという話を聞いた事がありますか？」

「俺は聞いた事がないな。文献にもなかったと思う。だから驚いたんだよ。アイビーがシエルをテイムしていてさ」

「あははは。ドルイドさんだけじゃなく、私も驚きました」

なんかもう、笑うしかないよね。もう一度シエルを見る。やはり印から私の魔力を感じる。どうなっているんだろう。

「アイビー。もしかしてテイム出来ている事を知らなかったのか？」

ドルイドさんを見ると少し困惑した表情で、私を見ている。

「はい」

正直に話すしかないよね。本当に気付いてなかったんだし。

「そうか。だからさっきは態度が少しおかしかったのか。話をしていて少し不思議だったんだ。テイム出来ているのに、それを初めて知ったみたいな感じだったから」

そのとおりだったからね。

「そもそも魔力が少ないので、テイム出来るとは考えもしなかったです」

「そうか」

「だから、シエルの額にある印から私も魔力を感じて驚きました」

「それは、すごく驚くだろうな」

「はい」

私とドルイドさんがシエルを見ていると、視線に気付いたシエルが私たちを見る。そうだ！　わからないならシエルに聞けばわかるのでは？

「シエル、聞きたい事があるんだけどいいかな？」

「にゃうん」

良かった。答えてくれるみたい。

「印に私の魔力を感じるのだけど、シエルがした事なの？」

印を真似出来るぐらいだから、それに魔力を与える事ぐらい出来そうだよね。

「にっ！」

えっ！　違うの？

「そっか。シエルじゃないのか」

だったら、本当にテイムできたという事？　ん〜、どうやって？

「えっと、アイビー。今のはなんだ？」

シエルとのやり取りを見たドルイドさんが、不思議そうな表情で私とシエルを交互に見る。

「私の質問にシエルが答えてくれたんです。今の『にっ』という鳴き声は、おそらく違うという意味があると思います。つまりシエルが、テイムが出来ているように偽装したわけじゃないみたいです」

「へ～、鳴き方で区別しているのか。わかりやすいな」

「はい。わからない時もまだまだありますけど、今のはわかりました」

「すごいな」

すごい事なのかな？　意思の疎通は大切な事だと思うけど。それより私はシエルを本当にテイム出来たのだろうか？　あの印から感じる魔力は、確実に私のだ。シエルがやった事ではないなら、自然と印に魔力が宿ったとか？

「本当にテイム出来ているのかな？」

「出来ていると思うぞ。まぁ、テイム出来る条件からはかなりかけ離れているが、印からしっかりアイビーの魔力を感じるからな。それに、アイビーだからさ」

私だからで済ませないでほしい。それにしても、原因がわからないけどテイム出来たのは、とてもうれしい。

「シエル！　私、シエルをテイムしているんだって！　シエルは問題ない？　私でいいの？」

「にゃうん」

いいのか。本人がいいのならいいか。

「これからよろしくね」

「にゃうん！」

うれしいのかな、声のトーンが上がった。喜んでくれたのはうれしい。でも。

「被害が出る前に、尻尾の動きは抑えようか」

相変わらず尻尾が激しく動くと、風で枝や葉っぱが舞っている。

「びっくり箱の中身がどんどん増えていくな」

ドルイドさん、その表現はどうなんだろう。一緒に旅をすると、彼もその中身の一つに？　そういえば、さっきそんな内容の事を言っていたな。びっくり箱か……いや、集めていないから！

「集めていません！」

「勝手に集合してきているって感じかな？」

勝手に？　ん〜、最初は崩れスライムのソラで次にアダンダラのシエル。確かにソラの時は私が行く方向の村道で出会ったけど、シエルの時はソラが見つけたから、集まったわけではない。フレムはソラが産んだのだし。うん、違うな。でも、もし集まって来るとしたら、次はどんな子が来るのだろう。

「どうした？」

「いえ、集まって来るなら次の子はどんな子かなって？」

「レア中のレアだろ」

「あははは っ、普通の子がいい」

「ははっ。レアを嫌がるなんて、アイビーぐらいだろうな。さて、話も済んだしそろそろ町に戻るか」

「そうですね」

随分とここで話し込んでしまったな。

「このまま一緒に広場に行って、夕飯をご馳走になろうかな」

あっ、そういえば今日もよろしくお願いしますと言っていたな。忘れていた。

「はい。今日もよろしくお願いします」

「アイビー、ご馳走になるのはこっちだから。ってそろそろソラ、頭から降りようか」

あっ、頭にソラが乗っていたんだった。当たり前みたいに頭の上で寛いでいるから、気にならなくなっていたな。

「ぷ～？」

「ソラ、町へ戻るから頭から降りてね。さすがにソラを頭の上に乗せたまま町へは戻れないから」

そんな事をしたら、ドルイドさんの評判が。……おもしろいおじさんに、ふっ。

「アイビー、いったい何を想像したのかな？」

「いえいえ、別に」

やばい、表情に出てしまったかな。

「戻りましょう！」

ソラとフレムを専用のバッグに入れて、シエルとはここで別れるのだが。なぜかシエルは、とてもうれしそうに森の奥へ走り去っていった。

「なんだかシエルの機嫌が、かなり良くなかったか？」

「はい。あっ、罠の見張りが出来るからかな？」

なぜかすごい張り切ってやってくれるんだよね。

「そういえば、やる気だったな」

「無理はしないでほしいですけど」

強さはわかったが、やはり心配だ。

「大丈夫だよ、強さだけでなく頭もかなりいいみたいだからな」

確かにシエルはかなり頭がいい。私の言っている事をしっかりと理解してくれている。なんだか考えれば考えるほどすごい子をテイムしてしまったな。

158話　ドルイドとギルマス

SIDE：ドルイド視点

「よっ！　珍しいな、こんな時間にこんな所で会うなんて」

店で飲んでいると不意に背中を叩かれた。見ると、ギルマスがいた。時間を確かめると、日付が変わっている事に気付いた。随分長く飲んでいたみたいだ。

「別に何もないが」

「本当か～。　何か考え込んでいるように見えたが？」

……あぁ、心配しているのか。きっと、兄ドルガスがアイビーに絡んだ話を耳にしたのだろう。何気に心配性だからな。

「何もないよ」

二日前の夜、兄とアイビーが話している姿を見て隠し事は出来ないと思った。だからすべてを話して、判断をアイビーに任せるつもりだった。話したその結果、アイビーが離れていったとしてもそれはしかたのない事だと。だが、アイビーに話すと決めた時からずっとドキドキしていた。なぜかアイビーに拒否される事を、ものすごく恐れたのだ。あんな風に感じたのは随分と久しぶりだったな。昨日、覚悟を決めて話した。それがまさかスキルの意味を知る事につながり、さらにはアイビーの秘密を知る事になるとは考えてもみなかった。それにしても、アイビーが抱えている物の多さに驚いた。ソラやシエル、フレムの事は秘密だろうとは想像できた。かなりレアな存在だと気が付いたからだ。だがまさか、アイビー自身が星なしだとは想像すらしなかった。物語に登場する神に見捨てられた存在『忌み子』。まさかそんな存在が本当にいるとは。

「本当にどうしたんだ？」

「なんだ、まだいたのか」

しまったな、考えに没頭してしまった。コイツは野生の勘なのか変な所で鋭いからな。

「なぁ、アイビーとなんかあったのか？」

やはり兄の事を聞いたのだな。

「ふふっ、大丈夫だ」

昨日のなんとも言えない話し合い？　を思い出してしまった。

「なんだ？」

「なんでもないよ。アイビーとは本当に問題ない」

「そうか？」

ギルマスを見ると、少し首を捻っている。コイツは俺の性格を熟知しているからな。きっと兄がアイビーに絡んだと知れば、俺が自分の事をアイビーに話すと思ったんだろうな。そしてアイビーとの間に問題が起きた可能性を考えて、俺を探していたって所か？『こんな所で会うなんて』なんて白々しい。

「想像通りアイビーにはすべてを話した。その上で問題なしだ」

俺の言葉に少し驚いた表情をしたが、すぐににやにやと笑い出す。その表情はムカつくな。いつの間に注文したのか、酒が届く。

「ほれ、奢りだ」

「慰める予定だったお酒か？」

「ハハハ、必要なかったみたいだがな。それにしてもアイビーは見どころがある！」

ギルマスに言われても、アイビーは微妙な表情を浮かべそうだよな。なんせ『ちょっと残念なギルマスさん』という評価だったからな。

「そういえば、随分とアイビーには素が出ているみたいだな」

俺の言葉にギルマスが少し戸惑った表情を見せた。珍しいな、こいつのこんな顔。ギルマスになってから、アイビーが見たちょっと残念な所を上手く隠して、人を思うままに動かすようになっていたのに。最近では、俺にも『作ったほう』を見せる時があったな。ちらりとギルマスを窺うと、その視線に気付いたのか、苦笑を浮かべた。

「不思議な子だよな。するって懐に入って来るっていうか、どんな事を言っても受け止めてくれるようで。つい、甘えが出てしまう」

ギルマスの言うとおりだな。アイビーの懐はでか過ぎる。

「そういえば、アイビーは奴隷を見つけたと言っていたか？」

「はっ？　……いや、聞いていない。それに今は探していないと思うが」

おそらく俺が答えを出すまでは探さないだろう。旅か……どうしたらいいのだろうな。今までも、この町を離れようとした事はあった。だが、ドルウカやドルガスを見ると後ろめたさがあり出来なかった。

「本人次第か」

「なんの事だ？」

「いや、なんでもない」

「そうか？　しかし探していないのか」

ギルマスのちょっと残念そうな声に首を傾げる。

「どうしたんだ？」

「おぅ、知り合いが奴隷落ちしてな。まぁ紹介してやろうかと思ったんだが」

「誰だ？」

「二〇代の女性の冒険者だ」

「……紹介しても無理だと思うぞ。探しているのは四〇代前後の男性の冒険者だ」

「あっ！　そうだった」

「おい。アイビーだって忙しいんだ。無駄な時間を使わせるなよ」

って、なんで拗ねるんだ。口を尖らせるな。いい年した親父がしても、可愛くないというか気持ち悪い。

「何が気持ち悪いだ！」

「あれ？　口から出てた？」

おかしいな心の中で言った筈なのに。

「まったく、お前って奴は」

「ハハハ。なぁ、俺が……いや、なんでもない」

聞いてどうするんだ。馬鹿か俺は。自分で決める事だろうが。

「やりたい事をすればいいと思うぞ」

「えっ？」

「何を言いたいのかわからないが、ドルイドはやりたい事をしたらいい」

「……旅に誘われた」

細かい事は一切言わずに、それだけを伝える。

「そうか。寂しくなるな」

なぜかギルマスのなかでは、旅に出る前提になっている。

「まだ行くとは……」

「そうか？　本当の気持ちを素直に行動に移すのはいい事だぞ」

「えっ？」

「お前、旅に誘われたって言った時、うれしそうな表情になったぞ」

うれしそうな表情？　本当に？

「色々あって、ずっと自分を抑え込んで来ただろう？　いい加減に自分の道を歩け！」

そう言うと酒を一気に飲み干すギルマス。自分の道か。アイビーと似た事を言うのだな。

「さて、そろそろ帰るわ。奥さんが待っているし」

「はいはい。相変わらず仲がいいな」

「当然。ドルイド」

改まった声を出すギルマスに少しドキリとする。

「なんだ？」

「アイビーと一緒にいるお前を見ていると安心する。お前自然に笑っているんだよ、あの子の前だと」

そうなのか？　全然気が付かなかったが。帰って行くギルマスを見送る。奢ってもらった酒を飲む。……慰める予定の酒が、どうして俺の苦手な甘い酒なんだ！　嫌がらせか。

「まったく、ギルマスらしいな」

掌で軽く頬を叩く。自然に笑っている、か。……そういえばアイビーの前では意識した事がなかったな。そうか、俺は笑えるのか。店を出て家へ向かう。ゆっくり歩いていると、少し酔っている様で風が気持ちいい。もう少しで家という場所で立ち止まる。家の前に誰かいる。相手も俺に気が付いたようだ。俺の姿を見て手を挙げた。

「ドルウカ兄さん」

「久しぶりだな。元気だったか？」

「……あぁ、今日は何しに？」

立ち止まってしまった俺に兄が近づく。

「弟のドルガスが悪かったな」

思わず目を見開く。それほどに衝撃を受ける言葉だった。兄たちは俺を恨んでいる。だからそんな言葉が聞ける筈……。

「それと、今まで悪かった」

……本物のドルウカ兄さんか？　俺のあまりの驚きように、兄さんが微かに笑みを見せる。それにまた驚いてしまう。兄が俺に向かって笑ったのは、星が奪われたと知る前。随分と昔の事だ。

「昔の俺は随分と馬鹿だったよな」

苦笑を浮かべる兄に、ようやく体から力が抜けた。

159話　ドルイドとドルウカ

ＳＩＤＥ：ドルイド視点

「何かあったのか？」

前に会った時と違い過ぎる態度に、どう接したらいいのかわからない。前といっても数年前だが。

「子供の冒険者と一緒にいる所を見かけたよ。あの子かな、最近話題になっているアイビーという子は」

しまった。俺と一緒にいる事で、注目を浴びてしまっているのか。明日にでも、アイビーに話しておかないと。注目されるのを嫌がっているのに、どうして俺は……。グッと手を握り込む。

「ドルイド？」

「あぁ、悪い。そうだ」

「久しぶりに見た。ドルイドのあんな表情」

ギルマスにも言われたな、自然に笑っていると。そんなに違うのか？

「昔を思い出したよ。その事をシリーラに話したら『少し前まであなたは、人として屑だったわよね。あの笑顔を奪っていたのだから』と言われたよ」

……えっ？　シリーラさんってあの大人しそうな奥さんだよな。一度だけ挨拶に来てくれた事がある。

「ふっ、確かにドルイドのあの笑顔を奪ったんだから、屑と言われてもしかたないよな」

「兄さん」

どうしたんだ？　絶対に自分のミスを認める人ではなかったのに。本当に本物か？

「いつまでたっても店を任せてくれなくてな、父に直談判したんだ」

話が変わった？　店の話？　まぁ、父もいい年だもんな。店を次に任せてもいい頃合いか。

「父に言われたよ『一ヶ月やってみろ。お前も現実をしっかりと見ろ』と」

現実を見ろ？　どういう事だ？　店が危ないのか？　そんな話は聞いていないが。

「一ヶ月の間に父に認めさせて、店を継ごうと思ったんだ。だが、客というのは素直だよな」

「客？」

「あぁ、俺だけが店にいると客が少ないんだ。シリーラや母がいると普通に入って来るのに」

……それは、兄の性格のせいだ。無意識なのか、他人を見下す様な事を平気で口にしてしまうから。それでも、昔と比べたら随分と落ち着いたのだが。まぁ、言葉を出さないように気を付けても雰囲気から伝わるものはあるからな。

「なんとか俺もがんばったんだけど、全然成果が出なくて。苛立ってシリーラに当たり散らしてしまった」

うわ～、奥さん大変だったな。

「まぁ、シリーラには『わかっていた事でしょう』と言われたが」

どうやらシリーラさんは見た目で判断すると痛い目に遭いそうだな。そういえば、嫌われていると知っている俺に、わざわざ結婚する事になったと報告しに来てくれたんだよな。大人しいだけの人なら普通は来ないか。あの時は、兄にばれるとシリーラさんが怒られると思って、すぐに追い返してしまったが、悪い事をしたな。

「驚いた表情でもしたんだろうな『もしかして気付いてないの？　あなた商売人として、いえ人として他の人から見たら最低なのよ』って、笑顔で言われて。さすがに一瞬何を言われたのか理解できなかったよ」

……人として最低って、それはさすがに言い過ぎなのでは？

「ハハハ、意味が理解できても、どう言っていいのか。母はその話を聞いて擁護するどころかシリーラに『よくこんな息子の嫁に来たわよね～』なんてのんびり話すし」

…………それでいいのか？

「あまりの事に唖然としてしまったよ」

それはまぁ、そうなるだろな。でも、兄も成長しているのだな。昔は少しでも馬鹿にされたら、怒り狂っていたのに。

「次の日に店番をしていたら、相当ひどい表情をしていたのか常連のトキヒさんが俺を見て大きな溜め息をついたんだ」

トキヒさんか。俺も可愛がってもらった人だ。元気だろうか。

「『いつにもまして客が入りづらい店になっているな。店を潰す気か』だと。カッと頭に血が上ってな、前日の事もあって。思っている事をぶちまけてしまった」

兄さん、客になんて事を。

「俺はがんばっているのに認められないとか、こうなったのは星がなくなったせいだとか」

……あぁ、やはり許せるわけないか。スッと視線を足元に向ける。握りしめている手が視界に入る。気付かなかったが、随分と力を込めていたみたいだ。掌に爪が食い込んでいる。そういえば、兄たちと話す時はいつも手に傷が出来ていたな。

「色々、言ったと思う」

兄は何が言いたいのだろう。やはり、許せないと？

「『星がなくなって、少しは人として成長したと思っていたが……今もそんなくだらない事に拘っているとは情けない。ここの兄弟で町に必要なのは一番下の弟だけだな！』」

「えっ？」

「『星が消えたからこうなった？　違うだろう。お前と次男は人として屑だった。それをドルイドが人として成長出来る機会を与えたんだ。まぁ、周りから見たらお前はまだまだ最低な人間に見えるがな』……トキヒさんが俺に言った言葉だ」

そういえばトキヒさんは、溜め息をつきながらも兄たちに注意をしてくれる優しい人だったな。

「なんでだろうな。『屑』や『最低の人間』など何度も言われた記憶があるが、今までは『持てなかった者の僻み』だと片付けた。……でもこの時は……どう言えばいいのか。ショックを受けたんだ」

「兄さん」

「トキヒさんの言葉が気になって、父に聞いたんだ。『ドルイドが店を継ぐと言ったらどうする？』と。父は『すぐに任せるだろう。あの子は人を馬鹿にする様な子ではないからな』そう言われたよ」

そういえば、ここ数年父と話をしていないな。

「一ヶ月が終わって父が言ったんだ『お前には無理だと理解出来たか？　商売というのは物を売れば終わりではない。人とのつながりが重要になってくる。特に店主は、相談事を多く持ちかけられる。それを一つ一つ丁寧に聞いて、解決するだけではなく一緒に悩む事も重要になる。お前は昔に比べればましだが、まだまだ他人を自分より下に見る。そんな奴に店は任せられない。店はシリーラに任せる事にする』」

相談か。確かに色々な人が、父に相談を持ちかけていたな。それこそ商売とはまったく違う事まで相談されて、母と一緒に悩んでいた。

「衝撃だった。まさかシリーラに継がせるなんて。でも、母もシリーラも既に知っていたみたいなんだ。ドルイドは知っていたか？」

「今、初めて聞いた」

「そうか」

兄は、店を継ぐのは自分だと前から言っていた。父の判断は、驚愕だっただろうな。でもそうか、シリーラさんが継ぐのか。だったら安心だな。

「母に昔から言われ続けた言葉がある。『スキルや星はおまけだ。それを忘れてはいけない』」

俺も言われた事があるな。『確かにスキルで仕事がやりやすくなることはある。星が良ければ、人より少し上手にこなせるだろう。でも、努力をすれば補える。だからスキルや星はおまけぐらいで考えなさい』。父の努力を間近で見てきた母だから言える言葉だろうな。

「この一ヶ月、色々と考えさせられた。だからかな、トキヒさんの言葉や父や母の言葉をいつもとは違う気持ちで受け止められた。とはいえ、正直まだスキルや星に拘っている。でも、それだけでは駄目なんだと、ようやく気が付いたよ」

そうか。ようやく気が付けたのか。父と母の努力がようやく実ったんだな。良かった。

「シリーラに『星が消えたおかげであなたは少し人として成長できた。そして今、もう少しだけ成長できたのね。ずっとそのままなら離婚していたわ』だと」

……シリーラさん、人を見かけで判断してはいけないとは思うが。本当に見た感じは、大人しそうな令嬢なのに……。

「ドルイド、悪かった。星に拘り過ぎて随分と酷い事をしてきた。それが人として最低なんだと理解出来た」

「いや、原因を作ったのは――」

「俺たちだろう？」

「えっ？」

俺の言葉を遮った兄を見ると、少し苦しそうな表情をしていた。

「俺とドルガスの態度に、一番悲しんでいたのはドルイドだ。なんとかしたいと思ったんだろう。お前は嫌われ者の俺たちにも優しかったからな。それなのに俺たちは、星が消えた事でお前に随分と酷い事をしてきた」

そうじゃない。

「父の為だった。家族がバラバラになっていく様な気がして。だから兄さんたちの為とは言えない」

「覚えてないのか？」

「えっ？」

「俺に聞いただろう？『星が少なくなれば、人にやさしく出来る？』と。あの時、なんて答えたか覚えていないが。聞かれた事は覚えているよ」

……そんな事を聞いた事があったのか？　わからないが、兄が言うのならそうなのだろうか？

「今さらだと思う。だが悪かった」

頭を下げる兄を見ると、なんとも言えない気持ちになる。いつかは仲直りしたいと、ずっと願ってきた。だがその気持ちは既に過去のもので……。今の俺は、兄たちに何を望んでいるんだろう？

160話　決定！

「アイビー、おはよう」

「えっ！　あっ、おはようございます。どうしたんですか？」

森へ行こうと広場を出ると、ドルイドさんがいた。どうやら私が広場から出るのを待っていたようだ。何かあったのだろうか？　ん？　いつもと表情が違う気がする。何かあったのかな？

「何かあったんですか？」

「えっ！」

私の質問に驚いた表情のドルイドさんは視線を少しさ迷わせるが、首を横に振った。

「なんでもないんだ。うん、大丈夫。森へ行こうか」

歩き出したドルイドさんのあとを追うと、じっと彼を見つめる。その視線に気付いたのか、少し戸惑った表情をするドルイドさん。

「まぁ、色々あってな」

ドルイドさんが頭を掻きながら視線を反らす。何か問題でも起こったのかな？

「問題を解決する事は出来ないけど、話ぐらいなら聞けますよ」

ドルイドさんが何を抱えているのかは、わからない。でも、話す事で頭が整理出来たりするものだし。それぐらいの協力はしたい。

「ハハハ、大丈夫。ごめん」

私では力不足なのかな？　まだまだ子供だしね。

「いえ、それならいいんです」

「…………アイビー」

「はい？」

不意に立ち止まったドルイドさんは私を見つめる。それに首を傾げると、ゆっくり昨日の夜に長男であるドルウカさんに謝られたと話してくれた。

「許したほうがいいのはわかっていたのに、答えられなかった」

ドルイドさんは本当に優しい。だから謝って来たドルウカさんを許したいと思っているのだろう。でも、これまで苦しんできた気持ちが何処かでそれを拒否している。

「すぐに答える必要なんて、ないと思いますよ」

「えっ？」

これまでの二人の関係を考えるなら、すぐに許す必要なんてないと思うな。

「新しい関係を築いてからでもいいんじゃないですか？」

「新しい関係？」

「そうです。今までの関係を忘れるとかではなく、それを含めてこれから新しい関係を築いていくんです。そしていつか心から許せると思う日が来たら、伝えたらいいと思います」

謝罪は、受ける側がすぐに答えを返さなければいけないわけではないと思う。受ける側が、許せると思った時に答えを返す。これで、いいと思っている。謝罪したのだから、すぐに返事をしろなんて、そんなの謝罪じゃない。それは自己満足の為の心のこもっていない言葉に過ぎない。相手の事を思うなら、そのいつかが来るようにがんばればいい。それが傷つけた側がやるべき事だと思うから。

「……そうか、今じゃなくてもいいのか」

ドルイドさんには時間が必要だと思う。

「はい。せいぜい待たせてやればいいんですよ」

「アイビーは、怖い事を言うな」

「そうですか？　でも本気ですから！」

「あははは。アイビー、ありがとう」

いつものドルイドさんに戻ってる。役に立てる事があって良かった～。

「さて、森へ行こうか。昨日の結果が気になるしな」

昨日仕掛けた、罠の結果だよね。今の森の状態ではすごく不安だけど、仕掛けた罠さえ壊れてなければ、成功している可能性だってある。

「仕掛けた罠が、またグルバルに壊されてないか心配だけど……」

私の言葉にドルイドさんが何か考え込む。なんだろう。

「シエルが守っているから大丈夫だろう。ただ……」

ちょっと困った表情の彼に首を傾げる。

「また、グルバルが大量に転がっていたりして」

「……ハハハ、まさか」

ドルイドさんの言葉に少し想像してしまう。シエルならそれもあり得る事だ。というか、喜んでやりそうだ。

「グルバルは狩らないように言って来た？」

えっとどうだったかな。あの日は、シエルがグルバルを狩った騒動で慌ただしくなって。それで、そのあとはドルイドさんと私がそれぞれ話をして……。そのまま、一緒に広場に戻って……。

「忘れました」

「アハハハ。今日もギルマスのお世話になるのかな？」

「……否定できないです」

う〜、シエルお願い！　今ここで祈ってもしかたないのだけど、グルバルが転がっていませんように！　森へ入り、ソラとフレムをバッグから出す。ソラは定番になってしまった、ドルイドさんの頭の上。なんだか、見慣れてきている。ドルイドさんも、それでいいのだろうか？　フレムはまだ弱々しいので、私の腕の中だ。転げないように注意しないとな。しばらく森の状況を見ながら歩いていると、不意に隣から笑い声が聞こえた。

「えっ？」

「悪い。くくくくっ。昨日の事を思い出して……」

ドルイドさんを見ると、何を思い出したのか笑いを押えようとして失敗している。

「昨日、明け方まで飲んでいたんだが、家に帰ると兄さんがいてな」

明け方？　寝不足じゃないのかな？

「いきなり家の前にいた事にも驚いたんだけど、いきなり謝ってきて。あまりの衝撃に、兄さんが本物なのか疑ってしまったよ」

それは驚くだろうな。話を聞いているかぎりずっと憎まれていたようだし。

「昨日は必死で気付かなかったけど、今思い出すと兄も俺も視線がふらふらさ迷っていたし、会話は他人行儀でたどたどしいし。くくくっ。なんだか笑えてきた」

そう話しをするドルイドさんの表情は、今まで見た事もないほど穏やかで、私の顔にも笑みが浮かぶのがわかった。

「アイビーありがとう。こんな風に思い出せるとは思わなかった」

「いいえ、お役に立てて良かったです」

「アイビー」

「はい」

「俺は片腕を失った為、冒険者としてはもう働けない。アイビーに何かあった場合、助けられるかわからない。それでも一緒に旅をしたい。家の事、家族の事ずっと気にして身動きが出来なかった。でも、俺もいい加減前へ進む時だと思うから」

まっすぐ見つめて来る瞳は、綺麗な色をしていて迷いは見つけられない。

「ありがとうございます。うれしいです」

「でも、良いのか？　本当に役に立たないぞ」

「森の中の脅威はシエルと私がなんとかします。……いえ、シエルにお願いします！　それにドルイドさんだって黙っている人ではないでしょう？」

「まぁ、やれるだけの事はやるな。それにシエルがいたな」

「はい、シエルに頼り切るつもりはありませんが、後ろに大きな存在がいたらがんばれます」

「ハハハ、本当にアイビーはすごいよな」

何が？

「シエルにすべて任せてしまう事も出来るのに」

「それは駄目！　一緒に旅をする仲間なのだから出来る事は自分でする！　です」

「了解」

なぜかうれしそうなドルイドさん。

「色々と知識を教えてほしいです。特に人の良し悪し」

「人の良し悪し？」

「はい、ここまで来るのに本当に色々あったので。危険を回避する為にも必要だと思って」

本当にあり過ぎる。少しでも人を見る目を養って、危険を遠ざけたい。

「なるほど、わかった。俺を選んでくれてうれしいよ」

「私もうれしいです。よろしくおねがいします」

立ち止まってドルイドさんに頭を下げる。ドルイドさんも慌てて頭を下げた物だから、彼の頭から落ちたソラが二人の視界に入る。

「ぷ〜〜!!」

「わっ、ソラごめん！」

ドルイドさんが慌ててソラを抱き上げる。彼の腕の中で激しくプルプルと揺れるソラ。かなりご立腹のようだ。

「ソラ、ごめんね」

「ぷ～ぷ～」

なんだかドルイドさんと真剣に話し出すと、途中でおかしな事になるな。なんでだろう？

「ぷっ、ククク。なんだかアイビーとは真剣な話が続かないな」

どうやら彼も同じ事を思ったらしい。

「はい。不思議です」

「まぁ、これからよろしく。えっと、冒険者としてはもう働けないから、商業ギルドのほうに登録したほうがいいのかな？」

「えっと、問題がなければお願いしたいです。でも、商売人じゃないのに大丈夫なんですか？」

商業ギルドに登録してもらえるなら、森で収穫した物を安全に売る事が出来る。冒険者だったドルイドさんの収入には追いつけないだろうけど、少しは足しになるだろう。でも商売人じゃないのに登録は出来るものなの？

「一年間に、商業ギルドを三〇回以上利用出来る場合は、登録出来るようになったんだよ」

「えっ！　そうなんですか？」

そんな話は聞いた事がないけど……。

「あぁ、今年に入って登録条件が少し変わったんだ。俺たちの場合、森で収穫した物を商業ギルドで取引すれば、三〇回はすぐに超えられる筈だ」

「三〇回、利用出来なかった場合はどうなるんですか？」

「罰金になる。三年続けて三〇回を超えられなかった場合は、登録抹消だ」

罰金に三年無理だと登録抹消か。三〇回。ドルイドさんが言うとおり、森で収穫して来た種類や量を考えると、三〇回ぐらいの利用は出来ると思う。お願いしても、ドルイドさんに迷惑かける事はないかな？

「商業ギルドの登録にスキルは必要ないし、と言っても、俺のスキルは既に知られているから今更だけどな」

「ふふっ。ドルイドさん、登録をお願いしてもいいですか？　私は森での収穫をがんばりますね」

「アイビー、そこは『一緒にがんばりましょう』にしようか。仲間なのに、すべてを一人で背負い込まれると、寂しいから」

「ん？　一緒に？」

そうか。主人と奴隷ではなく、ドルイドさんとは仲間だから、一緒にがんばればいいのか。なんだか勝手に頬が緩んでしまうな。

「一緒にがんばろうな」

「はい。これからお願いします。あっ！　シエルが近くにいるみたいです」

「何処？　というか、やはりアイビーはしっかりシエルをテイムしていると思うぞ。つながっているから、近くに来ると自然とわかるんだと思う」

ドルイドさんの言葉にうれしいと思うがやはり少し戸惑ってしまう。せめてテイムした方法がわかればいいのにな。

「星なしにしか出来ない方法があったりしてな」

「えっ！」

それは考えた事がなかったな。シエルの気配が濃くなったので立ち止まる。

「おはよう、シエル」

私の言葉に木の上から姿を見せるシエル。

「にゃうん」

どうやらご機嫌らしい。うれしそうに尻尾が左右に揺れている。その姿に少しドキドキする。大量のグルバルが転がっていたらどうしよう。

「良かった～」

罠を仕掛けた場所に着いて、ホッと体から力が抜けた。目の前にグルバルは転がっていなかった。どうやらシエルは、追い返すだけに止めてくれたようだ。

「良かったな」

ドルイドさんも、ちょっと安心した表情を見せる。さすがに連日ギルマスさんに迷惑をかけるわけにもいかない。

「結果が楽しみですね」

「俺は、罠による狩りは初めてだからドキドキする」

確かに冒険者の人たちは剣や武道に長けている人が多い。罠を仕掛けるより、自分で狩ったほうが早い為、罠など使わない。

「ここですね。えっと……さすがシエル」

「お〜、すごい」

仕掛けた罠には、野兎が四匹。どうして一匹用の罠に四匹も入るのか。きっとシエルがこの場所に追い詰めたのだろう。

「にゃうん」

シエルの声に顔をあげると、誇らしげな表情のシエル。それを見たドルイドさんの肩が震えている。

「すごいねシエル。ありがとう」

「あぁっ、シエルすごいな」

「にゃうん」

シエルの声のトーンが少し上がる。そして顔は完全にどや顔だ。

「ぶっはははは。悪い」

「いえ」

どうやらドルイドさんのツボにはまったようだ。いきなり噴き出して笑い出してしまった。シエルは、不思議そうな表情で彼を見つめている。頭の上に戻っていたソラは……なぜか縦運動。なんだろう、このなんとも言えない場の雰囲気は。

161話　少しずつ役割分担

「……すごいな。いつもこんな感じなのか？」

ドルイドさんが、罠に掛かっていたすべての野兎を見て感心する。仕掛けた罠の数は五個。通常は、二匹か三匹。運が良ければ四匹ぐらいだろう。私たちの目の前には一五匹の野兎がいる。

「はい。いつもシエルが驚かせるのか追い込むのか、大猟です」

「すごいな〜シエル。偉いぞ」

「にゃうん」

「あっ！　ドルイドさん駄目！」

「えっ？　……もしかして失敗した？」

シエルを見ると、ドルイドさんの言葉がうれしかったのか尻尾が激しく揺れている。その為シエルの後ろで土埃が舞い上がって、ちょっとすごい事になっている。

「シエル〜、落ち着こう！　尻尾はとりあえずなんとか抑えて！」

「にゃ〜」

後ろを見て、ちょっと耳を寝かせるシエル。可哀想になるが、さすがにちょっといただけない。

「ごめん、アイビー。何が駄目だった？」

「ハハハ、助けてくれるのはうれしいのですが、罠の仕掛け方などの良し悪しがまったくわからなくなります」

ドルイドさんは罠を見る。そして積み上がった野兎を見て、納得したようだ。どんな罠を仕掛けても大量に狩れてしまうと、どれが一番いい罠なのかわからない。

「確かに、これではわからないな」

「はい。私の仕掛けでは不安なのか、いつも手伝ってくれます。手伝ってくれた結果は、目の前にありますね」

「シエルも、アイビーの事を思ってやっている事だろうしな」

「はい。だから止めづらくて」

とりあえず、水のある場所に移動する。狩りが終われば、解体して売りに行く。いつもの順番だ。途中でバナの木を見つけたので葉を収穫する。殺菌作用のある葉なので、肉を包むのに活躍してくれる。川の近くに来たので、周りを注意深く観察する。昨日のようにグルバルが大量にいたら大変だ。解体どころではなくなる。また、ギルマスさんのお世話になる事になる。さすがに連日は避けたい。

「今日はいないみたいだな」

「そうみたいですね」

「に〜」

シエルが少し不服そうに鳴く。狩りがしたいのかな？　……シエルに思う存分狩りをしてもらったほうがいいのかな？　ただ、積み上がるだろうグルバルを、どうしていいのかわからないが。解体を始めると、ドルイドさんが少し手伝ってくれた。ただ彼は、自分が思った以上に出来なかった事に衝撃を受け、少し落ち込んでいる。この場合、慰めるほうがいいのか、落ち着くまで待ったほうがいいのか……わからない！

「えっと、お待たせしました。町へ戻りましょうか」

「あぁ、そうだな。はぁ～、本当に役に立たないな。悪い」

少しではなく結構落ち込んでいるようだ。確かに、出来ていた事が出来なくなるのはつらいだろうな。……なんて言えばいいの？

「えっと……」

慰めるなんて高等な技術はないので。

「片手でも出来る方法か、もしくは出来る作業を探したら良いと思います」

わ～、なんだか偉そうな事を言っている気が……。

「確かにそうだよな。出来る事をゆっくり探すしかないよな。ありがとう」

「いえいえ」

肉をバナの葉で包む。

「シエル、ありがとう」

「にゃうん」

「ぷっぷ～」

「てりゅりゅ～」

返事が多過ぎます。

「こらっソラ。今日はお前、俺の頭の上でずっと寛いでいただけだろうが」

「ぷ～」

ちょっと不服そうにドルイドさんの頭の上で揺れるソラ。あっ、落ちそうになって焦ってる。

「ソラ、暴れると落ちるから！」

「ぷ～ぷ～」

スッと視線を動かして、シエルの足元にいるフレムを見る。フレムも縦に伸びる運動をしている。ただしソラと違い、かなりゆっくりの運動だ。フレムを見ていると、ソラよりかなり横着な所がある気がする。楽出来るならそっち！　みたいな所が窺える。スライムにも色々と性格があるんだな～。

「行こうか」

お肉の入ったバッグをドルイドさんが肩から提げる。手を貸そうかと迷ったが、手伝ってもらう事にする。私は解体したので、ドルイドさんは運搬係だ。

「シエル、今日はありがとう。グルバルを狩る必要はないからね。お願いね」

「にゃうん！」

……なんか非常に不安を覚えるのはどうしてだろう。それに、シエルの返事に力がこもっている気がする。えっと。

「本当に無理に狩ったりしたら駄目だよ」

「にゃうん」

ちょっと鳴き方の音が下がった。……大丈夫だと信じよう。

「シエル、また明日な」

ドルイドさんの言葉にスッと近づくと、彼の頭の上にいるソラをさっとひと舐めして、次にフレムを舐めてから、颯爽と去って行く。

「わぁっ、今の何?」

舐められたソラがちょっと激しく縦運動をしてしまったようだ。頭の上で。もちろん安定が悪いので、頭から落ちてしまった。ドルイドさんは慌てるが、落ちた衝撃より舐められた衝撃のほうが大きかったようだ。そのまま私たちの周りを飛び跳ね出した。

「ソラ?」

おかしいな、ソラも慣れてきていた筈なのに。

「どうしたんだ?」

「シエルに舐められた為です。でも、ここ数日は少しずつ慣れてきていたんですが」

ドルイドさんがソラを視線で追いかける。ぴょんぴょんと跳ねまわっている。少し方向を見誤って木にぶつかっているが、まぁソラの事だから気にしていない。

「俺の頭の上にいたから、舐められるとは思わなかったのかもな」

なるほど、不意に舐められて驚いたのか。ただ、そろそろ慣れてもいいと思うが。

「ソラ、帰るよ」

私の一言にピタリと動きを止めたと思ったら、大きくジャンプして定番の場所に戻る。

「俺の頭の上が定番になってきているな」

既に私の中では定番の場所なのだが……。

「そうですね。嫌だったらちゃんと言ってくださいね」

「大丈夫」

既に夢の中に旅立っているフレムをそっとバッグに入れる。この子はソラより寝る事が好きだ。体が求めているのか、性格なのか、今はまだわからないが。途中でソラもバッグに入ってもらって町へ戻る。ドルイドさんの知り合いに、肉屋をしている人がいるらしいので、紹介してもらう事にした。昔からお世話になっているトキヒさんという方のお店らしい。そういえば、ドルイドさんの家族が経営しているお店が、何を売っているのか聞いていないな。

「ドルイドさんのお父さんのお店では、何を売っているのですか？」

「あぁ、雑穀店だ。取り扱っている『むぎ』と『こむぎ』の評判が、かなり良くて繁盛してるよ。あと、エサも売っていたかな」

まさか、前に米を売ってもらったお店の店主さんが、ドルイドさんのお父さん？　ちょっと似ている気もする様な……。

「もしかして、屋台が集まっている場所の近くのお店ですか？　大通りから見ると左側なんですけど」

「あれ？　なんで知っているんだ？」

すごい。既にドルイドさんのお父さんと会ってる！

「ちょっとお米を買いに行って」

「エサの『こめ』？」

あぁ、そうか。ここではエサだった。そうだ、米がエサだと知らんぷりしてみよう。

「はい。おいしくいただきました」

「えっ？　いただく？　エサ……父は、ちゃんと説明しなかった？『こめ』はエサだよ、アイビー」

やばい。思ったより反応が大きかった。

「あの落ち着いてください」

「いや、まさか父がそんな商売――」

「違います！」

「ん？」

言わなきゃ良かった。こんなに怒るなんて思わなかった。

「ごめんなさい。ちゃんとエサだと聞いてます。でも、私の記憶の中で米は、立派な食料なんです。おいしいんですよ」

「……あっ、そういう事か」

「はい。すみません、そこまで怒るなんて思わなくて」

「いや、エサを知らない子供に売りつけたのかと……はぁ、父がそんな事をするわけないいな」

ちょっと苦笑いするドルイドさん。もう一度しっかり謝って、米の情報を話す。

「へ～、おもしろいな」

「はい……ただ、今だに成功していないのが問題です。水加減が難しくって」

四回、米を炊いたのだが上手くいっていない。火加減は記憶の中にあったのでたぶん合っている筈、あとは水加減なのだがこれが難しい。まだまだ研究中です。そうだ、帰りに米を買って帰ろう。

162話　少しずつ好転

ドルイドさんが、緊張した表情で肉屋に入って行く。

「お久しぶりです」

うわ～、緊張で声が硬くなってる。ちょっとおもしろい。

「お～ドルイドか。本当に久しぶりだな。腕の事は聞いたよ、大丈夫か？」

ドルイドさんのあとから店に入り、店主だろうトキヒさんを見る。今までの肉屋の店主はみんな、恰幅が良かったのだがトキヒさんは細身の男性だった。

「大丈夫です。ありがとうございます」

「冒険者が続けられないんだったら仕事は紹介出来るからな、安心しろ」

トキヒさんは、とてもいい人のようだ。

「大丈夫です。えっと、紹介しますね。アイビーこっち」

ドルイドさんが、少し慌てて私を呼ぶ。なんだか彼の顔が少し赤い。もしかして心配されたのが、恥ずかしかったのかな？

「おっ？　あぁ、その子か？」

その子？　なんだろう、私の事が知られている？　ドルイドさんを見ると、しまったという表情をしている。どうやら理由を知っているみたいだ。あとで確認しておこう。

「初めまして、アイビーといいます」

「お～、丁寧にどうも。肉屋のトキヒだ。よろしくな」

スッと差し出される手。珍しいと感じながらも、差し出された手を握って、

「こちらこそ、よろしくお願いいたします」

少し深めに頭を下げる。顔をあげると、驚いた表情をしたトキヒさん。……何か違ったかな？

「幼いのに随分しっかりした子なんだな」

……またか。ドルイドさん、ものすごくがんばって我慢しているみたいですが、肩が揺れてますから。あと、口元が引きつっています。

「あの、**九歳**のアイビーです。よろしくお願いいたします」

ちょっとだけ九歳の所に力を込めて言う。

「えっ！　……そうか。悪かったな、六歳か七歳ぐらいに見えたよ」

……正直な人なんだな、きっと。

「いえ、あの肉を売りたいのですが大丈夫でしょうか？」

「肉？」

「はい、野兎の肉です」

「森へ行って来たのか？　いくらドルイドがいても危ないだろう」

ちょっと声が大きくなって驚く。この町の人たちは心配性の人が多いのかな？

「大丈夫です。で、あの」

あっ、つられて私の声も少し大きくなってしまった。

「大丈夫ですよ。ちゃんと逃げる準備をしてから、森に入っているので」

ドルイドさんが笑いながら間に入ってくれる。所で逃げる準備とは？　あっ、もしかして激袋の事かな？

「そうか。しっかり準備していけよ。最近のグルバルはどうもおかしい」

「あぁ、それで肉なんだけど、大丈夫かな？」

あれ？　いつの間にかドルイドさんの緊張が解けたみたい。面白かったのにな。

「それは問題ないというか、ありがたいよ。こんな状態だからしかたないんだが、森でとれる肉が手に入らなくなっていてな」

「良かった。先ほど捌(さば)いたばかりです」

バッグから野兎を出す。売りに出すのは一三匹。二匹は夕飯で使う予定だ。今日は香草焼きにしよう。

「見せてもらうな」

トキヒさんは、真剣な表情でバナの葉に包まれた肉を見ていく。すべて見終わると、何度か無言で頷いた。

「いい状態だ。鮮度も問題なしだ」

「良かったな、アイビー」

「はい、ありがとうございます」

やはり狩ってすぐに捌くと、鮮度が違うな。

「金を用意するから待っててくれ」

トキヒさんは一度奥へ行くと、すぐにカゴを持って出てくる。

「一匹一三〇ダルで、全部で一六九〇ダルになるがいいか？」

「一三〇ダル！　高くないですか？」

ドルイドさんが驚いた声を出す。確かに私も驚いた。野兎は高くても一〇〇から一一〇ダルだ。

一三〇ダルって。

「言っただろう？　手に入らないって」

「それは聞いたが、そんなに？」

「グルバルのせいで、森へ行く冒険者が減っているんだ。冒険者が森へ行かないと、魔物の肉は手に入らないからな。棚が空っぽだろ？」

トキヒさんの言葉に、お店の棚を見ると確かに棚にはほとんど肉がなかった。

「空だな」

ドルイドさんのつぶやきに視線を向ける。そういえば、いつもは店に入ったらすぐに棚の商品を調べるのに、今日はドルイドさんの緊張した姿が面白くて忘れてたな。

「少な過ぎませんか？　畜産のほうはどうなっているのですか？」

「町全部の肉をまかなえるほど成長していない。少しずつ広めて数を増やしている所だからな」

なんの話をしているのかわからないな。

「知らなかった。既にある程度まかなえる物だと」

「魔物がいるからな。そうそう町に広めても警備に手が回らない。下手に広げると襲われて被害が出る」

「確かにそうですね」

「途中までは順調だったんだが、少し前に大量に隣の村から人が流れ込んで来ただろう？　アレが予定外だ」

えっと、この町の人たち全員分のお肉は畜産では用意出来ないという事かな？　まぁ、冒険者の肉を頼りにしている村も町も多いと聞いているから不思議な事ではないか。それにしても、人が大量に流れ込んだってなんだろう？

「それもありましたね。今はグルバルの事もあるし」

「町のトップ連中が大変そうだ。所で野兎の金額は問題ないか？」

「はい、問題ないって俺が決めて良い事ではなかったな。アイビー？」

「はいっ！　えっと、大丈夫です」

二人の話の内容を理解しようと奮闘している所だったので、ちょっと驚いてしまった。

「どうした？　大丈夫か？」

トキヒさんに心配されてしまった。

「大丈夫です。ちょっとボーっとしてしまっただけです」

「そうか。森へ行って、緊張して疲れているのかもな」

森へ行って緊張？　ん？

「はい。お金だ」

「あっ、ありがとうございます」

お金を受け取って、財布用の小さいマジックバッグに入れる。

「今日はこれからどうするんだ？」

「あぁ、これから広場に――」

「お米を買いに、ドルイドさんのお父さんのお店に行きます」

「えっ！」

あれ？　どうしてそんなにドルイドさんは驚いているんだろう。行くって言って……なかったかも！　ドルイドさんに言うのを忘れていたかもしれない。

「こめ？　また珍しい物を買いに行くんだな。まぁ、この時間なら親父さんがいるだろう。行って来い！」

トキヒさんの言葉に、ドルイドさんの眉間に皺が寄る。失敗したな。話していると思い込んで言葉に出してしまった。どうしよう。

「ドルイド、一度しっかり親父さんと話をしろよ」

トキヒさんの言葉に大きな溜め息をつくドルイドさん。

「えっと私の予定なので、無理なら」

私が勝手に組んだ予定だからな。ドルイドさんを巻き込むのは駄目だな。

「いや、行こうか」

「えっ、行くのですか？」

ドルイドさんの言葉に、ちょっと変な返答をしてしまった。まぁ、意味はわかるから大丈夫だろう。

「あぁ、いつまでも逃げていてもしかたないし。話したい事も出来たしな」

「本気か！」

トキヒさんがすごく驚いた声を出す。

「トキヒさんが薦めてきたんだろうが」

「いや、そうだが……行くとは思わなかった。そうか、何かあったのか？」

トキヒさんの言葉に苦笑いをするドルイドさん。その表情の中に少し照れが混じっている。トキヒさんも気が付いたのか、少し驚いた表情をしたあと、うれしそうに笑った。

「何があったかは知らんが、良かったな」

「トキヒさんのお蔭でもある。ありがとう」

「よくわからんが、気にするな」

本当に、トキヒさんは良い人だな。肉屋をあとにする時、ドルイドさんがトキヒさんに近いうちに話がしたいと言っていた。なんだかいい方向へ行っているみたいだ。

「ありがとう」

ドルイドさんが、次の店に行く途中でお礼を言う。

「何もしていませんよ」

私の言葉に少し笑って、頭をポンと撫でてくる。ドルイドさんのそんな行動は初めてだ。少し驚くが、その手がすごく優しくてうれしくなる。

「ふ～。さっきより緊張するな」

ドルイドさんの顔を見ると、噴き出しそうになってしまった。確かに先ほどより、緊張しているのがわかる表情をしている。おもしろい……いや、違う。がんばれ！

163話　お年は？

「いらっしゃい……あっ、ドルイド……」

店に入ると、店主さんがドルイドさんを見て驚いた表情を見せた。一方ドルイドさんは、店に入った瞬間なぜか固まってしまった。って、私はどうしたらいいのだろう？　店主さんとドルイドさんを見比べる、確かに似ているかな？

「えっと、元気か？　って大けがをしたのに元気というのもおかしいか」

戸惑った様子の店主さんだったが、ドルイドさんの状態を心配しているみたいだ。

「大丈夫、です。痛みなどは、感じないですから」

ドルイドさんが慌てて答えているが、途切れ途切れになっているし、かなり他人行儀だ。様子を見るかぎり、緊張がピークに達している。このまま待っていても、ドルイドさんは落ち着けない気がするな。

「こんにちは」

「ん？　あぁ君は」

「はい、米を精米してもらった者です。追加をお願いしたくてきました」

「……やはり食べたのか？　問題なかったか？」

「はい。大丈夫でしたよ。ただ、炊き方がまだ上手く出来なくて」

「炊く？　『こめ』は炊くのか？」

「はい、そうですけど。どうかしましたか？」

「あぁ、少し前に煮てみたんだが、ドロドロした物が出来てしまって味もいまいちだった」

煮る？　米を煮たらおかゆという食べ物になる筈。まぁ、今思い出された物を見るかぎり、確かにドロドロと言えなくもないか。でも、味がいまいち？

「少しの塩と卵を落とすとおいしいと思いますが」

食べた事はないが、素朴な味わいになるみたいだ。ちょっと気になるな、作ってみようかな。あっ、でもこの世界ってちょっと濃い味が基本なんだった。それから考えると。

「塩？　塩は入れたが……」

「かなり素朴な味になると思います。だから物足りないと感じるかもしれません」

店主さんが味を思い出しているのか、不思議そうに首を傾げる。

「確かに素朴といえば素朴か……ただ、『こめ』の味は無味じゃないか？」

ん～、米自体はほのかな甘さだからな。それを感じるのは難しいかもしれないな。料理にするならおかゆより、出汁をしっかり利かせた雑炊のほうがいいかな。

「あの、それで米はありますか？」

トキヒさんの話では、人が急激に増えたと言っていた。もしかしたら米もなくなっているかもしれない。

「あぁ、大丈夫だ。前の時と同じ量で大丈夫か？」

「はい。お願いします」

米まで買いあさっている人はいないようだ。もしくはエサという認識で、食べるという発想がないのかもしれないな。店主は米を持って、精米の為、奥の部屋へ行く。

「はぁ～」

店主の姿が部屋の奥に消えると、隣から大きな溜め息が聞こえた。相当緊張していたようだ。彼の顔に疲れが見える。

「大丈夫ですか？」

「……ハハハ、大丈夫に見えるか？」

「いえ、まったく」

「俺もまさか、ここまで緊張するとは思わなかった」

二人の間で何かあったのかな？　って、むやみに聞いていい話ではないな。

「どれくらい会っていなかったんですか？」

「あ〜、俺が家を出てからだから……二〇年以上だな」

二〇年以上！　同じ町にいて二〇年以上は長い。おそらく見かける事はあったんだろうけど……。

なるほど。だから、ドルイドさんだけでなく店主さんも何処かたどたどしかったのか。……あれ？

ドルイドさんって何歳か聞いた事ないな。予想では四〇歳前後なんだけど。四〇歳ぐらいですか？

と聞くのは、やめておこう。

「ドルイドさん……何歳の時に家を出たんですか？」

「一二歳だよ」

ん？　一二歳？　という事は、今は三二歳ぐらい？　えっ！　三二歳!!

「ドルイドさん、今三二歳ですか？」

「今は、三三歳だな」

三三歳！　ドルイドさんを、じっと見る。

「苦労したんですね〜」

「アイビー、それはどういう意味かな？　ちゃんとしっかりと話し合おうか？」

「あ〜、えっと……」

余計な事を言ってしまったみたいだ。あ〜、目が据わってる！　どうしよう。

「アハハハ」

えっ？　笑い声が聞こえたほうを見ると、店主さんが小袋を手にして笑っている。どうやら私たちの会話を耳にしていたみたいだ。

「良かったよ、ドルイドが元気そうで」

楽しそうに店主が、奥の部屋から戻って来る。

「久しぶりに見たな、お前のそんな所を」

「父さん」

おっ、なんだかいい感じ。ドルイドさんも落ち着いたみたいだ。……きっと年の事は忘れてくれる筈。

「お前も『こめ』を食べたのか？」

「いや、食べていないが」

「そうか。感想を聞きたかったんだが」

感想？　だったら。

「あの、お時間があれば食べに来ますか？　今日、広場でドルイドさんと一緒に食べるんで」

なぜか、店主さんは米に興味があるみたい。なら、失敗していても炊いた米を食べてもらったらどうだろう？　聞くより食べるほうがきっと理解出来る。

「「えっ！」」

ん？　どうして二人共、驚くの？　何かおかしい事でも言っただろうか？

「聞くより食べるほうがわかると思いますけど」

「あぁ、そうだな。そうだが……」

店主さんが戸惑った表情で、なぜかドルイドさんをじっと見る。あっ、もしかしたらドルイドさんは嫌だったかも。そうか、ちょっと無神経だったな。

「ドルイドさん、えっとごめんなさい」

「ハハハ、大丈夫だよ。父さんもどうだ？　アイビーの料理はちょっと変わっているがおいしい」

ドルイドさんの声から硬さが抜けている。もう大丈夫みたいだな。それにしても変わっているなんて……否定出来ないが。

「いいのか？」

「あぁ、もちろん。ただし『こめ』の料理がどんな物かは俺は一切知らないから、保証出来ないけど」

ドルイドさんが私を見て、にやりと笑う。あっ、これ年齢の仕返しだ。え〜、ワザとではないのに。……野バトをシエルにお願いしてゲットしてもらおう。野バトの出汁で雑炊作ってやる！　というか、絶対においしいと思う。野バトは、いい出汁が出るからな。……シエルにお願いするのは心苦しいけど、食べたい！

「アイビー？」

「あっ、すみません。何を作ろうか考えていました」

「ふっ『こめ』料理もアイビーだったら間違いなしだな」

ドルイドさんが、ちょっとだけ強く私の頭を撫でる。あ〜、髪の毛がぐしゃぐしゃだ。なんとなく、頭の上にある手をペシッと軽く叩く。

「ハハハ、ぐしゃぐしゃ」

「もぅ」

ドルイドさんが、笑いながら軽く髪を整えてくれる。

「ありがとうございます」

「いやいや、俺がやった事だから。まぁ、本当に味に関しては不安はない。ただ『こめ』という事だけが気に掛かる」

どうして米に対してそんなに拒否反応があるんだろう？　何か理由でもあるのかな？

「米ってそんなに駄目ですか？」

駄目って聞き方はおかしいな。でも、どう聞けばいいかな？

「駄目ではないが、エサという認識が強い。家畜が食べる物など食べられるかという考えだな」

店主の言葉に、なるほどと感じる。代々受け継がれた、思い込みだ。

「昔からエサは食べる物ではないという感覚だな」

ドルイドさんにもあるようだ。米が置かれている棚を見る。大袋に入っている物、小袋に入っている物、それに特大袋まである。家畜を増やしていると言っていたから、エサも大量にあるのだろうか？　それにしては、隣にあるライスという名前のエサはかなり少ない。家畜にも好き嫌いがあったりするのかな？

「あ～、父さん。どうするんだ？」

「そうだな。『こめ』も気になるし、お邪魔していいだろうか？」

今の言い方、米だけでなくドルイドさんも気になるって事かな。

「はい、大丈夫です。そうですね、味がしっかりとある丼物でも作ります」

頭の中に浮かんだ丼物。米が上手く炊けないとちょっとひどい事になる可能性もあるが……。自分を信じよう。あと少しで、おいしく炊ける所まで出来ていると思うのだ。

「丼物？」

お肉はどうしようかな。野兎はちょっと駄目だな。あっ、そういえば野バトの肉がマジックバッグに入っているな。オール町に来る前に、シエルが狩って持って来てくれたんだった。残念ながら骨は既に使ってしまったが。帰りに卵だけ買って帰ろう。あっ、でも醤油がない。……ないのかな？　米もライスもあった。もしかしたらあるかもしれないな。似た何かがないか、探してみよう。

「アイビー？」

「おいしいの作りますね」

「あっ、聞いてない」

えっ？　何を？　首を傾げてドルイドさんを見ると苦笑いされた。

「期待しているよ」

店主さんの言葉に大きく頷くが、醤油のあるなしでかなり変わるな〜。

164話　あった！　でも逆？

まさか本当にあるとは。しかも醬油だけではなくポン酢まであるとは、驚いた。ただし、ちょっと疑問が。記憶の中のポン酢は黒を薄めた印象なのだが、目の前のポン酢は黒い。そして、醬油のほうが少し色が薄い様な気がする。本当に醬油？　ポン酢？

「ものすごく不安だけど、買って試すしかないよね」

「えっと、アイビー？　大丈夫か？」

二本のビンを前に眉間に皺を寄せる私を、かなり不安そうに見ているドルイドさん。周りから見たら、ちょっとやばい子供に見えるだろうな。でも、私は真剣なのです。理由は、目の前の商品がかなり高いから。一・五リットルのビンなのだが、醬油もポン酢も三〇〇〇ダルもしている。失敗したら痛過ぎる。どうしようか。買いたい……でもこの大きさでもし醬油でない場合、使えるか。いや、なんとしても使って見せればいいだけか。三〇〇〇ダルもするのだから！

「がんばろう」

「えっ？」

ドルイドさんが首を傾げるが、今は決心が鈍らないうちに。

「いえ、なんでもないです。すみません、これ両方ともください」

「もういいのかい？　ずっと見ているから何かあるのかと心配したよ」

「ちょっと味がわからなくて」

やっぱりちょっと恥ずかしいな。

「だったら、味見をするかい？」

「えっ？　……いいのですか？」

「あぁ、味見用に置いてあるから」

店主さん、もっと早く教えてほしかった。いや、私が聞けば良かったんだけど……。あっ、ドルイドさんが笑いをこらえている。視線を向けると明後日の方向を見るが、全身がプルプルと震えている。彼の態度を見ていると、断りたいが……。

「お願いします」

「ぶっ、くくくく」

ドルイドさんが噴き出した。悔しい。今日は米だけの料理に決定！

「はい、『しょうゆ』と『ぽんず』」

「ありがとうございます」

小皿に入れてもらった醤油を、人差し指につけて舐めてみる。あれ？　想像と違う、酸味と柑橘系の香り……これってポン酢？　もう一つの小皿も同様に人差し指につけて舐める。……香ばしい香りの醤油だ。入れ物に書き込まれている名前を見る。『しょうゆ』がポン酢で『ぽんず』が醤油？

「あの、これ入れ替わっているって事はないですよね？」

まぁ、目の前で小皿に入れてもらったのでありえないのだが。

「ん？」

店主さんが、ポン酢味のする小皿に鼻を近づけて確かめる。

「大丈夫、間違いないよ『しょうゆ』だ」

やはり、記憶の中の物とは名前が逆だ。……ややこしい！

「で、どうするんだ？　買うのか？」

「はいっ。『しょうゆ』と『ぽんず』、両方ください」

「売っておいてなんだが、珍しい物を買って行くな。この調味料はあまり人気がないんだ」

珍しいか、確かにこの世界の基本はソースだ。ベースになるソースがあり、「基本のソース」として売られているらしい。村や町ではベースになっているソースに、特産品を追加したりして、新しいサラダソースや肉のソースを作るのが常識となっている。その為、ポン酢や醤油を買う人は少ないのかもしれないな。

「この味だったら、色々な料理に合うと思いますけどね」

「へ～。幼いのに料理が好きなんだな」

「……はい。料理は好きです」

もう、見た目は気にしない。

「アイビーは料理上手ですよ」

ドルイドさんが笑いを堪えながら、助け舟を出してくれる。笑っていなかったら、純粋に感謝出来るのにな～。

「すごいな。ほい」

二本のビンが渡される。

「あっ、お金」

お金が入っているマジックバッグから六〇〇〇ダルを出そうとすると。

「はい」

「どうも」

ん？　ドルイドさんと店主を見ると、既にお金がドルイドさんから払われている。

「えっ？　あの？」

「さっ、行こうか」

「えっ？　ってドルイドさん、お金」

「行くぞ～」

ドルイドさんがさっと『しょうゆ』と『ぽんず』が入った紙袋を持つと店から出て行く。

「また何か入用になったらよろしくな」

「はい、今日はありがとうございました」

店主が笑いながら手を振ってくれる。それに会釈(えしゃく)をして、急いでドルイドさんのあとを追う。

「ドルイドさん、お金」

「いいよ、これぐらい」

「でも……」

いいのだろうか？　ん～、いや、こんな感じでずるずると払ってもらうのは駄目だ。ちゃんと二人の間で決めていかないと。

「ドルイドさん、これからの事もあるので決まりを作りましょう」

「決まり？」

「はい。えっと、狩りや収穫の収入の分け方やお金の出し方などです」

「……アイビー、少しは甘えてもいいと思うけど」

甘える？

「私はドルイドさんに甘えていると思いますけど」

「えっ？　そうかな？」

「はい、気持ちの面でかなり」

何かあったら頼れる人がいる、それだけで心に余裕が出来る物だ。そして、その環境を何気に作ってくれたドルイドさんには本当に感謝している。

「そうか」

「はい。でも、それはお金を出してもらう事とは違います。お金のいざこざはあとあと関係を駄目にします。だからしっかりとした決まり事が大切なんです」

「………ギルマスに聞かせたい」

なぜここでギルマスさん？　首を傾げると、ギルマスさんがお金にだらしない性格だと話してくれた。ギルマスさんになる前には、賭け事に嵌まって借金を作った事で、当時恋人だった今の奥さんに町中追い掛け回された事があるらしい。

「すごいですね」

「あぁ、他にも……」

沢山お金を持っていると、気持ちが大きくなって周りに奢りまくって散財するとか。友人にお金を貸して、逃げられた経験があるとか。

「今は奥さんがギュッと引き締めているから、問題ないが。若いころはすごかったんだ」

確かにお金にいい加減というか、緩いというか。ただ、賭け事以外は自分以外の為なのがギルマスさんらしい。

「でも、確かに決まり事は必要かな。これからの長い旅の為にも」

「はい」

「ただ、俺に収入はないからな」

「何を言っているんですか？　ギルドに登録してもらうんですから二人の収入です」

「いや、それだけで収入を分けるのは駄目だろう」

「ドルイドさんには収穫した物を運んでもらう仕事があります。もちろん出来る範囲でですし、私も運びますが」

私の言葉に驚いた表情をするドルイドさん。なんだろう？

「……そうか。運ぶ仕事……」

「当然です。がんばってくださいね」

あっ、でも運ぶ仕事が嫌な場合もあるかな？　勝手に決めてしまったけど……。ん？　私も仕事という仕事はしていない様な……。だって、ほとんどシエルとソラの手柄だ。

「あぁ、任せておけ。体力はあるからな。一杯運べるぞ」

彼はふっとうれしそうに笑うと、二本のビンを持っている手を持ち上げる。

「そうか、仕事か～」

なんだろう。ものすごく機嫌が良くなった。運ぶのがうれしいのかな？　……わからない。

「えっと、よろしくお願いしますね」

私の仕事の事はあとで考えよう。

「おう。さて広場に行こうか。今日は手伝うよ、出来る範囲でだけどな」

「ありがとうございます」

あれ？　なんだか、決まりごとの話が一切出来ていないのに終わった雰囲気になっている。まぁ、まだ時間があるから今でなくてもいいのだけど。広場に戻り、店主さんが来るまでに用意を済ませる。まずは米だ。水加減を微調整して再挑戦。炊いている間に、野バトのお肉を野菜から取った出汁で煮て醤油と砂糖で味付け。味見をして……何これおいしい。ちょっと味が濃いけど、記憶の中では白ご飯にかけるからいいらしい。あとはご飯の上にかける前に卵でとじれば完成。

「……簡単に出来てしまった」

ご飯がまだ炊けていないし、店主さんもまだだ。親子丼？　ってかなり手軽に出来る料理だな。まぁ、成功するかは米の炊き具合にかかっているけど。今度こそ成功しますように！

165話　親子だな～

ドキドキする。これで失敗していたら、今日の夕飯はすべて失敗になる。成功してますように！

「……アイビー、さっきからお鍋に向かって拝んでいるけど必要な事なのか？」

ドルイドさんの、かなり戸惑った声が耳に届く。チラッと声のしたほうを見ると、ものすごく複雑な表情の彼と目が合った。……恥ずかしいな、これ。

「えっと、失敗続きなので神頼みというか、なんと言うか」

「なんだ、そういう事か」

ものすごく安心した表情をするドルイドさんに、不安を覚える。どう見られていたんですか？

「いや、昔の記憶が影響しているのかと思ってな」

昔の記憶？　あっ、前世の記憶の事か。なるほど昔といえば、周りに人がいても問題なく話す事が出来る。なるほど、さすがです。ん？　前世の記憶の影響？　それってご飯を炊くたびに、お鍋を拝んでいたのかっていう事？　……それは、ちょっと不気味では？

「ドルイドさん、それはさすがに……」

「そうなんだが、アイビーを見ているとちょっと不安になってな」

そんなお鍋を拝むなんて、あっ、でも、昨日も成功するように祈ったかも。……もしかして、昨日隣で調理していた人がびくびくしながら去って行ったのは私のせい？

「……ハハハ、さておいしく炊けたでしょうかね？」

過去は振り返らないぞ。昨日の人はきっと急ぐ用事があっただけの筈だ。けっして私が不気味で逃げたわけではない！　筈です。

「既に何かやらかしているな」

聞こえません！　首を横に振って、お鍋の蓋を開ける。上手く行っていますように。

「あっ！　今までで一番かも」

見た目はとても綺麗だ。びちゃびちゃした感じはなく、全体的にふっくらとした見た目だ。記憶の中の炊き立ての状態と似ている、これは成功したかも！　大き目のスプーンでご飯をかき混ぜる。見た目は完璧。小さいスプーンで、少しだけご飯を取る。さて、味は？　食感は？

「……やった、成功！　やっぱり水の量が大切なんだね。あとは毎回同じように炊けるかが問題だな」

「なんとも言えない見た目だな」

ドルイドさんがお鍋の中を見ながら、少し眉間に皺を寄せる。……見慣れていないとこうなるのかな。私は、記憶の中と一緒なので違和感を覚える事はないけれど。

「味見していいかな？」

「いいですよ」

スプーンに少しだけご飯を取って渡す。ドルイドさんにとって初のご飯。まぁ、結果は見えているけど。

「……味はないよね？」

やっぱり。

「ほのかに甘さがあるんですけど、難しいかもしれませんね」

「甘味？　ん～……、わからない……」

やはり濃い味に慣れているからなのか、食べ慣れていないからなのか米の甘さはわからないようだ。こうなると上にかける味に頼る事になるな。

「今日は丼物と言って、上にしっかりと味付けした物がのるので問題ないと思います」

おにぎりという物を作りたいけど、ドルイドさんには無理かな。塩味をきつくすると米の旨味が損なわれるみたいだし。

「そうか……そっちのお鍋？」

「はい」

あっ、広場の入り口辺りに店主さんの姿が見えた。

「ドルイドさん、いらっしゃったみたいです」

「ん？　あっ、本当だ」

……あれ？　迎えに行かないの？　場所、わからないと思うけど。動かないドルイドさんを不思議に思い様子を窺うと、なぜか緊張した面持ちで店主さんを見ている。

「……どうしてまた緊張しているんですか？」

「い、いや。なんとなく」

「がんばれ！　さっきは普通に対応出来たんですから」

「おす」

おす？　駄目だ、完全に緊張している。迎えには行ったけど、大丈夫かな？

「あっ、完成させないと」

米のお鍋を持ってテントに戻りテーブルに置く。その間に、上にのせる具を火にかけて温めておく。調理場所に戻り、温まった具の上に溶いた卵を一気に入れてお鍋をゆする。そして蓋をして火を止め、テントに移動。移動中に卵にいい感じに火が通っている筈だ。あれ、店主さんまで緊張している。……ふふふ、親子なんだな～。緊張の仕方が似てる。

「アイビー、待たせたって。なんだ？」

私が笑いを堪えているのに気が付いたようだ。

「いいえ、二人とも親子なんだな～って思いまして」

「「えっ！」」

「アハハハ、さっ、座ってください」

今日もお隣さんに椅子とテーブルをお借りした。なので、今日の夕飯の用意は四人分。米料理なので、明日にしようかと提案したが米を食べてみたいと言ってくれた。少し大き目の深皿にご飯をよそって、その上に卵でとじた具をのせる。卵がとろりとしていい状態になってくれたみたいだ。

四人分完成させて、一人分を隣のテントに持って行く。

「お待たせしました！　親子丼もどきです」

「待ってました！　いい匂いだな。この白いのが『こめ』？」

「はい、口に合うといいですけど」

「ありがとう。いただきます」

ドルイドさんと店主さんのもとに戻る。二人とも親子丼を凝視している。先ほども感じたけど、
この二人行動が似ている。離れていても親子なんだね。

「お待たせしました」

「いや、これが親子丼？」

「それっぽい物です」

「「いただきます」」

あ～、米に出汁がしみてておいしい。野バトの肉もちょっと歯応えがあるけどおいしいな。

「……これが『こめ』？　さっきとは随分と違うな、旨い」

ドルイドさんの口にも合ったようだ。出汁をしっかりと取ったのが正解だったな。

「出汁を濃い目に取ったので、旨味がギュッと詰まっているんです」

「すごいな。確かにおいしい」

店主さんの口にも合ったようだ。しきりに食べては頷いている。

「炊いた『こめ』だけはあるかな？」

店主の言葉に首を傾げる。なんだろう？

「ありますけど、味はつけていませんよ」

「食べてみたいんだが、いいだろうか？」

「えっと、ちょっと待っていてくださいね」

お鍋には、明日のおにぎり用が残してある。……しかたない。記憶にある作り方を真似て、おにぎりを作る。……簡単に作っているから大丈夫かと思ったけど、難しい。三角にならない！　歪な三角形のおにぎりが出来た。えっと、まぁしかたない。

「どうぞ、もう冷めていますけど」

「あぁ、ありがとう。これは？」

「……おにぎりです。のりを巻くんですが、今日はないので」

「のり？」

あれ？　この世界でのりは……見た事ないな。

「いえ、なんでもないです。塩味が付いていています」

誤魔化せるかな？　ドルイドさん、笑っていないで助けてください。ほら、笑い過ぎて気管にご飯が入ったんでしょう？　まったく。お茶を入れて彼の前に差し出す。

「ごめっごほっごほっ……ありがとう」

お茶を飲んで深呼吸している。店主はおにぎりを、一口食べて何か考え込んでいる。

「父さん、どうしたんだ？　米に関係した何かがあるんだろう？」

「ん？　まぁ、食料がな、足りなくなってきているんだ」

「それは肉屋で聞いた。もしかして穀物もか？」

「あぁ、グルバルの問題で隣町から物資が届いていない」

「そうなのか？」

「あぁ、どうやら村道で群れになったグルバルに襲われたらしい。その情報がきてからは物資が滞っている」

食料問題か。人が増えたと言っていたので、かなり深刻なのかもしれないな。

「『こめ』はほっといても大量に採れる穀物だ。だからおいしく食べればなんとかなるかと思ってな」

ほっといても大量に採れる？　あれ？　米って結構手間暇かけて育てる物だよね？

「米はほっといても育つんですか？」

「ん？　知らなかったのか？　『こめ』は畑を耕して種さえ蒔いておけば、勝手に育って収穫出来るんだ」

「そうなんですか」

記憶の中にある米とまったく違う。記憶の中では田んぼという場所で手間をかけて育てている。

この世界の米は楽でいいな。

「丼物なら使えるのでは？」

「あぁ、使えそうだ。ただ、もっと手軽に広められないかと思ったんだが、おにぎりは味がな

「……」

広めやすい事を考えたら、おにぎりはいいと思うけど味か。……あっ、おにぎりを焼いて醤油を塗っている焼きおにぎり？　があるみたい。醤油は高過ぎるからソースで代用出来ないかな。ちょっと甘めにして塗って焼く。

「あの、そのおにぎりに甘めのソースを塗って焼いて『焼きおにぎり』なんてどうでしょうか？」

「『やきおにぎり』？　焼く、あぁ『焼きおにぎり』か。ソースを塗って」

店主さんが、味を想像しているのか残っているおにぎりを凝視する。ちょっと異様な見た目だな。

「いいかもしれないな。臨時の食料だが、おいしければそのまま食料として売り出せる」

……さすが商売人。

「アイビー君。協力を頼めないだろうか？」

協力？

「おにぎりに塗るソースを作ってもらいたい」

ソースを作る？　まぁ、問題はないな。というか、楽しそうだ。

「はい。よろしくお願いします。あっ、ドルイドさんいいですか？」

色々と一緒に決めていこうと話をしていたのに、勝手に決めてしまった。

「大丈夫。俺も参加希望な」

「もちろんです！」

良かった。ソース作りか、楽しそう。

166話　弱い奴ほど……

「なんだかすごい話になってきたな？」

すごい話？　ソースを作る事が？

「そうですか？　でも、本当に良かったんですか？　勝手に決めてしまったので」

「問題ないよ。食料問題を、少しでも改善出来るなら協力は惜しまない」

夕飯が終わると、店主さんは準備があると慌ただしく帰って行った。どんな準備があるのかはわからないが、色々あるのだろう。それにしてもソース作りか。どんな味がいいだろう。

「今日の親子丼はどんな印象でしたか？」

「おいしかったけど、俺としてはもう少しお肉が欲しかったかな」

あぁ～、色々と使ったあとの残りだったから、少なかったんだよね。あれ？　そういえば卵があるなら鶏がいる筈。鶏肉が手に入ったのでは？

「ごめんなさい、親子丼の肉は本当は鶏なんです」

「にわとり？」

ドルイドさんが不思議そうに名前を繰り返す。あれ、何か違うの？　……もしかして、この知識はすべて前の私のモノ？

「えっと、卵を産む鳥の名前はなんでしょうか？」

「……卵を産む動物？」

首を傾げるドルイドさん。……もしかして根本的に間違っているのかな？　マジックバッグから卵を出す。【朝、収穫した新鮮六】と、売られていた。六個売りで五〇ダル。少し高めだったけど、親子丼には絶対に必要なので購入した。

「これはなんですか？」

「それは『六の実』だよね。えっと、六の木の実かな」

六の木の実？　えっ、卵って木になるの？　というか、卵ですらなかった。……六の実を見る。何処から見ても、記憶の中にある卵にそっくり。ラットルアさんたちと一緒の時も使っていたけれど、わざわざ『これは卵ですか？』なんて聞かないし。

「もしかして昔は『たまご』って呼んでたのか？」

ドルイドさんの「昔」は、「前世」の事を指すから。

「はい。売っている店の紹介文がおかしいとは思ったんですが、新鮮な六個売りだと思い込んでしまって」

「六に似ている物を産む動物なら、野バトがそうだな。あれは子玉を産む。あとは竜も産むな。他の魔物にもいた筈だけど」

えっと、動物が産む卵は子玉という名前なのか。……駄目だ混乱してきた。

「昔の記憶があると大変だな」

ドルイドさんに、眉間にできた皺を軽く押されてしまう。だが、本当に大変だ。

「聞いたのがドルイドさんで良かったです」

「ハハハ、確かに」

「あれ？　でも店主さんに卵と言った時、特に反応はしなかったんですが……」

「たぶん他の事が気に掛かっていたんだよ。父さんはあまり器用な人ではないから、1つの事に集中してしまったら他の事が目に入らなくなるんだ」

そういえば、米の味付けを気にしていたかな？　あっ！

「ドルイドさんも、卵に反応しませんでしたよね」

「えっ？　俺もいたの？」

「今日、お店で言ったんですけど」

「あぁ～、全然覚えてないな。なんと言うか、あの時は大混乱だったからな」

そうですね。おもしろい顔になっていました。その時のドルイドさんの表情を思い出して、噴き出しそうになる。なんとか抑えたが、肩が揺れる。

「はぁ～、笑ってくれていいよ。さすがにあれはないと俺も思うから」

「アハハハ、さっきもですよね」

「素直に笑われると、それはそれで複雑だ」

食器を洗い終えてテントに戻ると、テントの前にカゴが置いてある。中を確認すると、隣のマシューラさんから『ありがとう、食べて』とメモがついた差し入れと洗った食器だった。テーブルを借りているのに、差し入れまでもらってしまった。明日、しっかりとお礼を言わないと。

「さて、そろそろ戻るよ。明日はお店かな？」

「えっと、朝は森へ行くのでそれからになります。だから、少し遅くなります」

そろそろソラたちのポーションの確保も必要になる。明日は捨て場にも行こうかな。

「ん～、森へ行くなら一緒に行こうかな。門番もそのほうが安心だろうし」

「いいんですか？　手間ですよ？」

「問題なし。俺も会いたいからな」

ドルイドさんが帰るのを見送ってから、テントに戻る。ソラとフレムを見ると、気持ち良さそうに寝ている。ふ～、私も寝よう。あっ、お湯を忘れてしまった～！

「卵の事で、ちょっと混乱したから……」

自然に前の記憶と知識が、今の中に紛れ込んでしまう為に区別がつかなくなるんだよね。……はぁ～、しかたないお湯を用意するか。テントから出ると、お鍋を持って調理場所へ。鍋を振って水を出し、火にかける。空を見ると、月と星が綺麗に見える。記憶の中にも夜空はあるが、なぜか霞んでいる。文明は前の私の所のほうが進んでいるようだが、星空はこの世界のほうが綺麗だ。近づく足音が聞こえた。振り向くと、ドルイドさんのお兄さんがいた。……名前を忘れた……。お兄さんは、かなり険しい顔をしている。

「お前のせいでっ！」

視線をまっすぐ受け止める。

正直怖いと思うが、逃げるのは嫌だと思った。それに、広場に入って来るギルマスさんの姿を見つけた。きっとここに来てくれる。

「何がですか？」

静かに声を出す事が出来た。興奮させない為にも、私が冷静でいなければ。グッと掌を握り込む。

「ドルイドのせいで俺がどれだけ人生を狂わされたと思っていやがる。それを！」

「狂った人生も、がんばれば道が開けます」

「なんだとっ！」

がんばった人、全員の道が開けるとは言わない。でもこの人の親は店主さんだ。気にかけてくれるトキヒさんもいる。努力さえすれば、きっと色々な道を示してくれるだろう人たちだ。この人はわかっていない。手を貸してくれる人がいる、気にかけてくれる人がいる、それがどれだけ恵まれているのかを。

「お前に何がわかる。俺の人生は最高になる筈だった。なのに星が消えたせいで」

「星があっても、最高の人生になるかは本人次第だと思います。星はただ切っ掛けを与えてくれるだけです」

お兄さんのすぐ後ろにギルマスさんが到着する。すぐに声をかけようとしたようだが、なぜか躊躇している。なんだ？

「星があればなんでも出来る！」

「出来ません」

「きさまっ！」

興奮していくお兄さんを、じっと見る。なんだか馬鹿らしくなってくるな。どうしてそこまで星に固執するのか、星を持っていないからわからないな。

「星が消えた事で、誰かに何か言われましたか？」

不意にこぼれた私の言葉に、お兄さんが息をのむ。えっ？　言われたの？

「うるさい！　あいつが星を奪ったから、あんな低能な奴らに馬鹿にされたんだ！」

「いや、それってただ単にあなたが嫌われていたからでしょう？」

あっ、しまった。言う予定のない事が口から出てしまった。目の前の表情が一気に鬼のようになる。やってしまった。

「お前の様なガキに何がわかる！」

そのガキに絡んでいるあなたは、いったい何がしたいのでしょうかね。そしてギルマスさん、笑ってないで止めてください。

「いい加減にしろ、ドルガス。子供に絡むな」

そうだ、ドルガスさんだ。本当に彼の名前は覚えられないな。

「なっ、なんでここにいるんだ」

ドルガスさんは、背後からかかった声にビクついて顔を青くしている。……この人って、もしかして小心者？　あっ、なんかおもしろい言葉が浮かんだな。「弱い犬ほどよく吠える？」これも前の私の記憶かな？「犬」ってなんだろう？　人の事かな？　つまり。

「『弱い人ほどよく吠える』かな?」

前世の私はおもしろい言葉を知ってるな～。

「なっ！」

「アハハハハ」

「えっ?」

ドルガスさんの顔が真っ赤に染まり、ギルマスさんが大笑い。もしかして……声に出してしまったのかな？　なんだかちょっと、この人の前だと口が軽くなっちゃうな。気を付けないと……既に手遅れだけど。

167話　白パン！

目の前のドルガスさんの顔がどんどん真っ赤に染まっていく。怒りと羞恥からだろう。大丈夫かと問いかけたいが、原因に心配されるともっとひどい事になりそうだ。どうもドルガスさんと話しているとと突っ込みたくなる。なんでだろう?

「アハハハハ、アイビー最高だ！」

しかも先ほどからドルガスさんの怒りを煽る存在が隣にいる。あ～また、余計な事を言う。

「ギルマス！」

「どうしたドルガス。言い当てられて焦ったのか？　それとも怒ったのか？」

ギルマスさんの言葉に、ドルガスさんの体が怒りでだろう微かに震えている。

「なんなんだ、お前ら。俺は星を奪われた被害者だぞ」

被害者ね～。

「はぁ、ドルガス。お前、いつまで被害者でいるつもりだ？」

ドルガスさんが、驚いた表情を見せる。

「確かにドルイドが星を奪ったのかもしれないが、だが二〇年以上前の事だ」

「うるさいっ！」

ドルガスさんは、ギルマスさんを怒鳴りつけると広場から出ていった。本当に慌ただしい人だな。

「すまない。なんでもないから、もう寝てくれて大丈夫だ」

ギルマスさんが、調理場周辺のテントに向けて声をかける。ドルガスさんの声が大きかったので、かなり注目を浴びてしまったようだ。というか、声の大きさに目を覚ました人もいるみたいだ。私もギルマスさんの隣で頭を下げる。少しざわついたが、しばらくするといつもの雰囲気にもどった。

「大丈夫か？」

「はい、助かりました。ありがとうございます」

「アイビーが謝る事はない。悪いのはドルガスとドルガスの軌道修正を怠った周りの人だ」

軌道修正って……。もっと優しく……って、詳しく事情を知らない私が口を挟む事ではないな。それに優しく言い聞かせていた時期だってある筈だ。

「大変ですね」

「ハハハ、まぁな。そういえば、どうしてあんなに怒っていたんだ？」

「知りません」

「ん？　知らない？」

私の答えに首を傾げるギルマスさん。お湯が沸いたので、持ってテントまで歩く。隣にギルマスさんがついて来る。

「ここに来た時から、理由を言う事なくずっとあんな感じでした。なので怒っている理由は不明です」

少し、思い当たる事があるけど。臆測だしな、違う可能性もある。

「そうか、しかしあの言葉はいいな『弱い人ほど良く吠える』か～。ドルガスにぴったりの言葉だな」

「口に出すつもりはなかったんですが。彼はやっぱり小心者なんですか？」

あっ、かなり失礼な聞き方になってしまった。

「おそらく、そうだろうな」

ん～、ギルマスさんもよく人を観察しているよね。それに今の表情はいつもと違う。

「ん？　どうした？」

あっ、戻った。ギルマスさんは、ガラガラ声でかなり損をしていると思う。それに、このいつものぬけた表情が消えると、目つきはきついし……。やっぱりギルマスという地位に就くだけはあるんだろうな。

「アイビー？」

「いえ、なんでもないです。送っていただいてありがとうございます」

只者じゃないよね、ギルマスさんって。

「いや、何事もなくて良かった。何かあったらドルイドに何を言われるかわかったもんじゃない」

ん？　最後のほうは声が小さくて聞こえなかった。

「なんですか？」

「いやいや、なんでもない。もう大丈夫だと思うが、見回りには注意するように言っておくから」

「ありがとうございます」

「おぅ。じゃ、おやすみ」

「おやすみなさい」

ギルマスさんを見送ってテントに入る。なんだか、疲れたな。とっとと体を拭いて、寝よう。


「ソラ、フレムおはよう」

二匹が同時にプルプルと震えて挨拶してくれる。ソラはちょっと激しく、フレムはなんというか、ゆら～ゆら～と、ゆっくり。これも個性なんだろうか？

「アイビー、起きてる？」

ん？　この声はドルイドさん？

「はい、ちょっと待ってください。すぐに出ます」

「ゆっくりでいいよ」

なんだろう、門の所で待っている筈なんだけど。何か予定変更？　テントから出ると、少し困った顔のドルイドさんがいた。

「ごめん、自警団の奴らに聞いたんだ。私が首を傾げると。兄が夜中にアイビーに怒鳴り込んだって。本当に悪い」

頭を下げるドルイドさんに、慌ててしまう。

「ドルイドさんが謝る事ではないです。それにまったく気にしていません」

それは本当。ドルイドさんの顔を見ても、昨日の事は思い出さなかった。私の中ではどうでもいい事として処理されたみたいだ。まぁ、気分的に言えば酔っぱらいに絡まれた程度だろう。冒険者をしていると、たまにある事なのでいちいち気にしていられない。

「だが……」

ドルイドさんは、お兄さんがあんな風になった事に責任を感じている。だから気にしてしまうんだろうな。どうしようかな。あっ！

「ドルイドさん、お詫びなら白パンで手を打ちましょう」

この時間なら、焼きたての白パン！

「えっ？　しろぱん……あっ、白パンか。了解」

良かった。しかも白パンだ！

「ドルガスさんに感謝ですね」

「えっ？　感謝？」

ドルイドさんが、かなり驚いた表情を見せる。

「だって、ただで白パンです」

私の表情を唖然と見て、次の瞬間噴き出した。

「アハハハ、アイビー、アハハッハハ」

「そこまで笑わなくても……」

「ごめん。ぶっ……くくく」

ツボに嵌まったみたいだ。落ち着くまで待とう。でも、白パンが売り切れる前には落ち着いてください ね。ドルイドさんが落ち着いてから、用意を終わらせて広場をあとにする。白パンだ。ちょっとわくわくしてくる。

「ぷっ、そんなに白パン好きなのか？」

そんなにおかしいかな？

「白パンは高いので、私にとってはご褒美パンなんです。なので本気でドルガスさんに感謝しています」

「なんだかすごいなアイビーは」

何がすごいのだろう？ 首を傾げるが、ドルイドさんは何も言わずにただ笑っただけだった。白パンを無事に手に入れて、森へ向かう。お腹が空いたけど、さすがに食べながら歩くのは駄目だろうな。でも、食べたいな。

「そういえば、今日の予定は？ 罠でも仕掛けるのか？」

「いえ、今日は捨て場に行きます」

そういえば、今日の予定を話していなかったかもしれない。

「捨て場？」

「はい。ソラとフレムの食料確保です」

「あっ、そうか。二匹ともスライムだもんな。ゴミ処理で活躍か」

活躍と言えるのかな？　まぁ、捨てられたゴミを食べているのだから間違いではないのかな。ただ、普通のスライムとは違うからな。これは言っておいたほうがいいよね。

「えっと……森へ出たら話します」

「なんだろう、今までの事を思うとちょっと怖い様な……」

今までの事？

「何かありましたっけ？」

「アイビーには普通の事なのか。それにもびっくりだ」

ん？　私にとって普通の事？　シエルの事かな？　まぁ、あれは普通ではないか。本人が知らない所でテイムが完了しているのだから。あっ、でもそれならフレムは生まれた時から印があった。

「……普通ってなんでしょうね？」

「アイビーが言うと深いよな」

そんな、しみじみ言わないでください。門番に挨拶をして森へ出る。しばらく歩くと、シエルの気配を感じた。

「来ました」

立ち止まってシエルが来るのを待つ。しばらくすると、シエルの登場。

「おはよう。あっ、ソラ出すのを忘れてた」

そっとバッグを開けると、ちょっといつもより大きくなっているソラ？

「えっ、ソラが大きくなってる？」

「えっ？」

ソラがぴょんとバッグから飛び跳ねて、外へ出て来る。降り立ったソラはいつもの大きさのソラ。

「あれ？　見間違いかな？」

じっとソラを見るがいつものソラだ。見間違えたのか。

「ごめんね。遅くなって」

私が謝ると、ピョンと大きく跳ねてドルイドさんの頭の上へ。彼も既に準備万端だったようで、驚く事なく乗せている。いいコンビだな。

168話　ソラだから

ドルイドさんの頭の上で機嫌が良くなったのか、縦に揺れながら左右に揺れている。……器用だな。

「それで、ソラとフレムはどんな物を食べるんだ？」

「ポーションです」

この言い方だと、ビンの中身だけだと思われるかな？

「……もしかしてソラは青のポーションを処理するスライムが、傷を癒したなんて話は聞いた事はないが」

「はい、ソラが青のポーションでフレムが赤のポーションです。……えっと、ビンごとすべて食べます」

たぶん、これで伝わる筈。

「へぇ～フレムは赤か。赤のポーションは病気だったたな……ん？　ビンごとすべて？」

ドルイドさんは感心したように話していたが、おかしい事に気が付いたようだ。

「……ポーションをビンごと？　中身だけでなく？」

スライムの中には、ポーションを処理出来る子たちもいる。だが、その子たちが処理するのはビンの中身だけらしい。ソラの事が気になったので、調べたがビンごと処理出来るスライムの話は一切聞く事はなかった。

「はい。ポーションをビンごとすべて綺麗に消化します」

ソラは自慢なのかちょっと胸を張って得意げになっているようだ。ただ、ドルイドさんの頭の上なのでドルイドさんには見えないし。全体的に見ている私には、どうも間の抜けた印象になってしまうのだが……。褒めたほうがいいのかな？

「何かあるだろうとは、アイビーの話し方で気が付いたけど。まさか無機物と有機物を処理出来るとは」

まだあるんだけど……。

「あの……」

「……まだ何かあるのか？」

「はい、最近ソラは剣を食べるようになりました。食べる速度も速いんですよ」

最近増えた、最近ソラは剣を食べるようになりました。食べる速度が上がっている。今日の朝など小型のナイフを一瞬で処理してしまった。あれには本当に驚いた。一瞬ナイフの差し出し方が悪くて、横に落ちたのかとナイフを探してしまったくらいだ。

「えっと、剣？」

「はい」

ドルイドさんが目を見開いて固まった。えっ？　私が想像しているより反応がすごい。もしかして、思っている以上にすごい事なのかな？

「アイビー。たぶんそれはかなりすごい事だから、そんな簡単に口にしたら……いや、無機物と有機物も大概すごい事か」

「そんなにすごい事なんですか？」

「剣を消化出来るスライムはかなりレアだよ。そういえば、食べる速度も速いって言ったけど、どれぐらいかな？」

「えっと、前に剣を食べているスライムを見た事があるけど、ソラの消化速度は数十倍速いですね」

「それは見てみたいな。で、ソラが食べる剣はどっちの剣だ？」

「どっち、とは？」

ドルイドさんの質問に首を傾げる。どっちとはなんとなんの事？

「あ～、ごめん。知らないのか。えっと剣にはスキル持ちに鍛えてもらった真剣と、それ以外のドロップしたままの多剣があるんだ」

真剣と多剣？　聞いた事がないな。

「もしかして真剣の事とか多剣の事とか知らない？」

「はい。初めて聞きます」

「そうか。簡単に説明すると、真剣を作れるのは鍛冶、錬金、刀匠のスキルを持つ者たちだけなんだ。他の者たちには作れない」

「剣を作るスキルがある事は、聞いた事があります。あれ、武器作成スキルを持っている方たちも作れるのではないですか？」

「いや、剣以外の武器や装備は作れるが、剣は彼らだけの力では作れないそうだ」

それは知らなかったな。というか、剣についてよく知らない。

「他にも魔物がドロップする剣があるが、上位魔物が稀にドロップするもの以外は、それほど使えない。なのでそれらの剣も一度鍛冶師などに鍛え直してもらうんだ」

へぇ～。鍛冶師とかってすごいんだな。

「そして彼らの作った剣は、そう簡単に折れる事はないし、欠ける事もないんだ。まぁ、手入れを怠ると欠けやすくなったりはするが、それでもドロップした剣とは違いが出るかな」

「そうなんですか、知らなかった」

「アイビーは剣を持ってないから、知らなくてもしょうがないかな」

「小型のナイフなら、マジックバッグの中に入ってます」

「そうなんだ。……で、ソラが食べる剣はどっち？」

なるほど、ソラが食べているのがどちらかという事か。……わからないな。剣が二種類あるのも初めて知ったし。

「鍛冶師など何処にでもいる存在ではないからな、多剣のまま使っている冒険者たちも多いんだ」

なるほど。

「ソラだから真剣を食べると思い込んでしまった。普通は多剣の処理が出来るスライムだ。こちらもレアだが、たまに現れるな」

「真剣を食べるスライムはいないのですか？」

「あぁ、スキル持ちが鍛えた剣には何らかの力が付加されるようで、無理なんだと聞いた」

すごいな。そんなに違うのか。

「ソラが食べているのは多剣かな？」

「たぶん」

「「…………」」

欠けた剣などを食べているのだから、間違いなく多剣だろう。

あれ？　でも、一本だけすごい綺麗な剣が混ざっていた様な。

「アイビー、もしもの事がある。捨て場で真剣を探して試してみても良いかな？」

「………はい。お願いします」

そう、もしもという事がある。まさかという事もある。調べる事は大切だ。

「ソラ、それ以上の存在にはならないでね」

「ぷ～、ぷっぷ～」

相変わらずの気の抜ける答えだけど……。捨て場が見えてくると、ドキドキしてくる。この場所にこんな気持ちで来る事になるとは。

「あ～、とりあえず多剣を食べてもらっていいかな？」

「ソラ食べられる？」

「ぷっぷぷぷぷぷ～」

ドルイドさんの言葉にかなり機分が上がったようだ。えっ、そんなにお腹が空いているの？　朝ごはん食べたのに。

「ハハハ、ソラは元気だな」

ドルイドさんが多剣を選びに行くのを見送って、バッグから寝ているフレムをそっと出す。相変わらず、ずっと寝ている。何か病気なのかと心配になるが、ソラに聞いても特に反応は示さない。なので大丈夫だと思うが……ただ寝るのが好きとかいう理由だったら、寝過ぎだ。シエルにお願いして、フレムを見ていてもらう。

「シエル、ありがとう。行ってきます」

「にゃうん」

青のポーションと、赤のポーションをバッグに入れていく。以前に来た時より、ポーションの質が落ちているのがわかる。冒険者の出入りが、少なくなっているのが原因だろう。バッグに入るだけ詰めこんで、シエルのいる場所まで戻る。丁度、ドルイドさんが大量の剣を肩に担いで戻って来た。頭の上にいるソラを見ると、既に剣を食べていた。……ソラの剣の食べ方は口を上に向けて剣先から食べるので、遠くから見たらドルイドさんの頭に剣が刺さっているように見える。剣を頭に刺したまま歩くドルイドさん……周りを見回す。良かった、誰もいない。ずっと気配を窺っているのでわかっているのだが、ついつい目でも確かめてしまった。

「さて、ソラにはがんばって食べてもらわないとな」

「えっ？　既に食べてますよ？」

「えっ？　食べてる？　もしかして頭の上で？」

質問に頷いて答えると、ドルイドさんの眉間に皺が寄る。

「いつの間に？」

「さぁ？　それはさすがにわからないけど、ここに戻って来る時には既に食べてましたよ」

「そうか。いつ剣を捨て場から拾ったんだろう？」

困惑した表情のドルイドさんの頭の上を見ると、ソラが満足そうな表情で寛いでいる。

「ソラ、そこから降りておいで」

私の言葉にプルプルと体を揺らして答えるソラ。すぐにドルイドさんの頭から降りて来た。

「ソラ、もう食べてたのか？」

「ぷっぷぷ～」

「まだ食べられるかな？」

それは心配ないと思うな。

「ぷっぷぷ～」

やっぱり。だってさっきから、ちらちらとドルイドさんの隣に並べてある剣を見てたからね。

「良かった。まずはどれから食べてもらおうかな。これにしようかな」

大量に持ってきた剣の中から一本取り出して、ソラに差し出す。私には区別がつかないな。

「その剣は、すべて種類がちがうんですか？」

「一本以外は魔物のドロップした剣で、それぞれ付与されている魔法が異なるんだ。あとは威力の違う物を探したよ」

「魔法が付与されているんですか？」

「あぁ、ここに小さな魔石があるだろう？　これで魔法が使えるようになるんだ」

見せてもらった剣には、確かに小さな魔石が握る部分についている。なるほど、これで魔法が使えるようになるのか。

「これは赤い魔石だから、火の魔法が付与されている剣だ」

ドルイドさんが剣を握ると、剣が炎を纏う。

「すごい」

まぢかで見たのは初めてだ。すごく綺麗。

「あとは握りの所に刻まれている模様や文字で、ドロップする魔物の種類がわかるようになっているんだ」

ドルイドさんの持っている剣の握りの部分を見ると、確かに文字が刻まれている。なるほど、全然知らなかったな。

「きゅしゅわ～、きゅしゅわわ～、きゅしゅわ～、きゅしゅわわ～」

捨て場になんとも言えない音が響く。ドルイドさんが驚いて、剣を食べているソラを見る。

「すごい音をさせるな。さっきはしてなかっただろう？　それに食べるのが、早くないか？」

ソラの剣を食べる速度に、唖然としている。それにしても何度聞いてもすごい音だな。……あれ？　ドルイドさんの頭の上では音をさせずに食べていたのに。

「ソラ、音を出さずに食べられる？」

私の言葉と同時に、聞こえていた音が消える。だた、ちょっと不服そうなソラ。

「音を出して食べたほうがおいしいとか？」

「きゅしゅわ～、きゅしゅわわ～、きゅしゅわ～、きゅしゅわわ～」

おそらくそうだって事を表現しているのかな？　でも、音を出す出さないでそれほど味が変わるものだろうか？　まぁ、ソラがおいしく食べられるならそれでいいか。

「なんと言うか、その速さに驚いていないアイビーも含めて俺には驚きだよ」

「見慣れているというか……そういえば、魔石も一緒に消化しましたね」

「そうだな。という事は、赤の魔石は大丈夫という事だな」

「どういう事ですか？」

「食べられる魔石と、食べられない魔石がある筈だから」

そうなの？　私は気にせずあげていたけど。そもそも魔石が付いている事も気付かなかったし。ドルイドさんの傍にある剣を見る。言われてみれば魔石にしか見えない。私、よく気付かなかったよね、これに。

「あげても食べない剣なかった？」

「いえ、あげて剣はすべて食べますよ」

すべておいしく食べてくれてます。

「えっ？　全部？」

私の言葉に、驚くドルイドさん。

「はい。あっ、三本目食べ終わりましたね」

「あぁ、威力の違う剣を用意したが、問題ないな。次は青の魔石なんだけど……本当に今まで食べられなかった剣はないのか？」

「はい。ソラ、食べられない魔石はあるの？」

私の質問に無言のソラ。じっと見つめると、見つめ返された。

「なんでも大丈夫？」

「ぷっぷぷ～」

「ソラは大丈夫みたいですよ」

「そうみたいだな。ソラは、何処までも規格外で驚くよ」

ソラの返答に、少し遠い目をするドルイドさん。大丈夫かな？　ソラを見ると、既に次の剣を見つめている。そんなにお腹が空いていたのか。気を付けてあげないとな。でもいったい一日に何本食べるんだろう？　一日に一〇本は、あげているんだけど……。

169話　制限？

ドルイドさんが持ってきた剣を次々と食べていくソラ。正直その勢いにちょっと引いてしまう。今、食べ終わったので一八本目だ。

「すごいな。本当に、すべての魔石を食べきった」

ドルイドさんはすごいと言いながら、少し表情が引きつっている。食べっぷりにのみ感心している私にも、なぜか同じ表情が向けられた。

ドルイドさんが最後の一本を持つ。今までの剣とは少し違う作りだと見てわかる。

「これは真剣なんだ。まさかあるとは思わなかったが」

ドルイドさんが真剣を鞘から抜くと、刃の部分に流れる様なデザインが施されている。美しい曲線に視線が吸い寄せられる。

「綺麗ですね」

「そうだろ？　真剣はとてもきれいだ」

「真剣を捨てる人がいるんですね？」

じっと刃を見ていると、刃こぼれをしていた。捨てた理由はこれなのかな？　でも、鍛冶師たちスキル持ちに鍛え直してもらう事も出来る筈なのに。もったいない。

「手入れの悪さで欠けたりすると、再度鍛え直してもらうんだが最初よりお金が掛かるんだ。だから新しい剣を作るか、ドロップ品を鍛え直してもらう奴のほうが多いかな。まぁ、金出して鍛えてもらったんだから、しっかり手入れしろよって話なんだがな。それさえ怠らなければ、刃こぼれなんて絶対にしない」

ドルイドさんがちょっと呆れている。確かにお金を出しているのに、もったいない。私だったら、間違いなく一本をこれでもかと手入れして大切にするな。お金は大切です！

「なんか、ソラの勢いを見ていると試したくなくなるな」

ソラを見る。大量の剣を食べて、かなり機嫌がいい。しかも、既にドルイドさんが持っている最後の剣をじっと見つめている。……試す前に、答えが出ている様な気がする。

「でもあげなかったら、ソラに襲われそうですよね」

「確かに、すごい見つめているからな」

ドルイドさんと顔を見合わせて苦笑いする。そして最後の一本を差し出すと。

「きゅしゅわ～、きゅしゅわわ～、きゅしゅわ～、きゅしゅわわ～」

「本当に食べたな。真剣を食べるスライムか～、しかもこの速さ。レアの上ってなんだろうな？」

「真剣を食べるスライムはいるんですか？」

「いた筈だ。聞いた事があるが、かなり珍しい」

遠い目をするドルイドさんを見て、笑ってしまう。その間にもどんどん剣は消化されていき、消えていった。

「ぷっぷぷ～、ぷぷっぷぷ～」

相当機嫌がいいな。ソラがピョンピョンと飛び跳ねてシエルのもとへ向かう。そしてそのままお腹の辺りに飛び込みプルプルと揺れている。なんだかシエルに喜びを報告しているみたいだ。あの風景は可愛いし癒されるのだけど、真剣も食べたあとだからそれも半減してしまいそうだ。そういえば、前の私からの感覚だとずっと違和感を覚える事がある。ちょうどいいから、聞いてみようかな？

「あの、ちょっと聞いていいですか？」

「あぁ、どうしたんだ？」

「ビンとかお皿とかは、再生させないんですか？」

「している町もあるぞ」

「えっ！　そうなんですか？」

「あぁ、でも再生させるには、一度解体スキル持ちが物を解体させて材料に戻す必要があって手間が掛かるんだ」

はっ？　わざわざ解体スキルが必要なの？

「で、解体された各材料を商品にするには木工、石工、硝子工などの作成スキル持ち、しかも星が三つ以上ないと再生できない」

手間以上に星が三つ以上のスキル持ちを探すほうが大変だ。それにしてもなんだろうその制限。解体スキル持ちに星が三つ以上なんて。誰かが、再生させたくないから編み出した方法みたいだ。

「それに、魔物からいくらでも材料はドロップされるし、ドロップした材料だったら星が二つで作れるからな、壊れたらすぐに捨てる文化が根付いてしまったんだよ」

「でも、捨て場がどんどん大きくなっているって問題になってますよね」

「あぁ、スライムの処理が追いついていないからな。王都では再生利用するようにとお達しが来るが、解体スキル持ちと、それを利用して物を作れる星三つ以上なんてそうそう集められない。だからどうしても捨て場が広がってしまうんだ」

なるほど。

「解体スキルの人以外が解体するとどうなるんですか？」

「小さなゴミが一杯出来るだけだな。細かくなり過ぎると解体スキル持ちも手に負えないらしい。王都では研究が色々されているらしいが、あまりいい結果にはなっていないんだろうな。何も伝わってこないから」

そうなんだ。

「そういえば王都では以前、スキルを持っていない者たちにビンを作らせた事があったらしい」

「えっ、作れるんですか？」

「作る事は出来たらしい。だが一週間もしないうちに作ったすべてのビンにヒビが入るなどして、使い物にならなかったと聞いたな」

　色々と研究はされているのか。

「まぁ、箪笥などの木で出来た物は解体スキルは必要ないけどな。使えなくなったら壊して冬場の焚火の材料だ」

　確かにそれだとスキルは必要ないね。

「ソラみたいな子が一杯いたら、問題が解決なんだけどな」

　確かに、ソラみたいな子は活躍しそうだ。ソラ一匹でも、これからは行く所、行く所で剣のゴミは食べ尽くしそうだし。

「修理スキルとかないんですか？」

「修理スキル？　魔道具を直す事が出来るスキルの事か？」

　魔道具を直す？

「それは知りませんが、そのスキルでは修理できないんですか？」

「ん～、聞いた事がないが。修理スキル持ちは珍しいからな」

　あぁ、珍しいのか。だったら、駄目だな。それにしても。

「スキルに頼り過ぎですよね」

「それは言えているな。最近は、スキル以外の評価は意味がないという者たちまで、出てきてしまっているからな」

「そうなんですか？　その考え方は、かなり怖いですね」

もしスキルだけで評価される世界になったら、スキルで自分の仕事が決められるようになるだろうし、星を多く持っている人は努力をしなくなるだろうし、星が少ない人は努力をしても意味がないから、やる気がなくなるだろう。

「怖いか？」

「はい。自分の意思よりスキルが最優先される世界とか怖いです」

「確かにそうなるな」

「それにもしスキルがすべてを決めるなら、レア過ぎるスライムに上位魔物のアダンダラをテイムしている私の星は、もっとあってもいいと思いませんか？　でも現実は、他の人より劣る星0だし。あっ、そうか。私の存在が、スキルがすべてではないと言ってますよね」

「ぷっ。確かにそうだな。アイビーはスキルが絶対ではないと体現している存在だな」

「あははは。そうですね」

私は二つの世界を知っているから、スキルに頼り過ぎるこの世界に、どうしても違和感を覚えてしまう。スキルによって、決められた道を無理やり歩かされている様な気がしてしまうのだ。でも、今の私が前の私の世界を感じとると、それにも違和感を覚える。何も決められていない事に。それで、その世界にいるすべての人が仕事にありつけるのだろうかと。今の世界では、スキルに合う仕事が絶対にある。なので、全員が仕事に就けるようになっている。時々、人数が多過ぎて町や村を移動する事を、お願いされる事はあるが仕事にはありつける。そしてそれがこの世界の常識なので、違和感を覚える人はいない。そう、常識なのだ。前の私から見て、ものすごく違和感があったとしても、この世界の常識。そして今の私が前の私の世界に感じる違和感も、あちらの世界では常識なのだろう。私はなんだか、中途半端だな。

「さてと、ソラの重要度も上がった事だし、どうしようか？」

……そうだった、ソラは真剣を食べてしまったんだった。

「どうしましょう？」

「そうだな、とりあえず秘密だな」

そうだろうな。話を聞くかぎり、気軽に話せる内容ではないな。

「ソラの秘密が増えていきます」

「そうだな。まぁ、俺も隠すのを手伝うよ」

ドルイドさんの言葉に、頭を下げる。

「ありがとうございます」

彼が居なかったら真剣と多剣なんて知らなかったからな。ソラを見る。……どうして、捨て場を見つめているんだろう。まさか、まだ食べ足りないとか？

「一回、何本ぐらい食べるのか試したくなるな」

ドルイドさんの言葉に即座に

「なりません！」

あっ、おかしな言葉が口から飛び出した。

「へっ？　なりません？　ぷっくくく」

「ちょっと間違っただけです。駄目ですからね！」

恥ずかしい。顔を手で仰ぐけど、熱い。きっと真っ赤になっているんだろうな。

170話　見抜かれた！

シエルの首に抱き着いてギュッと目を閉じる。癒される〜。ソラの事ではもう驚く事なんてないと思っていたけど、甘かった。本当にすごい子をテイムしてしまったな。それとも崩れスライムって、みんなこんな感じなんだろうか？　……フレムもいずれ？　考えないようにしよう。

「アイビー、悪い。そろそろ行こうか？」

ドルイドさんの戸惑った声に、閉じていた目を開ける。そうだった、今日からおにぎりに合うソース作りだ。よしっ！　がんばろう。

「シエル、ありがとう。ソラ、そろそろバッグへ戻ろうか。フレムは……ちょっと起きる時間を長くしようか」

「ぷっぷぷ〜」

「てりゅてりゅ、りゅ〜」

寝ぼけているフレムをそっと抱き上げてバッグに入れる。この子はなかなか食べる量が増えない。その為、ソラの時よりしっかりするのが遅い気がする。その子、その子の成長があるからゆっくり見守ろうとは思うけど、ソラとはまったく異なるから驚くな。

「用意終わりました。シエル、今日は早いけどごめんね。がんばっておいしいソースを作ってくるね」

「にゃうん」

一度ゆっくり、夜までいたいな。グルバルの事があるから無理かな？　ドルイドさんは賛成してくれるだろうけど、門番さんたちがな。夜までに戻らなかったら大騒ぎしそうだ。……なんとなく想像できてしまうんだよね。

「どうしたんだ？」

「いえ、一度ゆっくりシエルと夜までいたいなって思うんですが」

「いいんじゃないか？　グルバルはシエルがいるから問題にならないだろうし」

「門番さんたちも大丈夫でしょうか？」

「あっ、あいつらがいたか。シエルの事は話せないしな。帰って来ないって大騒ぎする姿が目に浮かぶよ」

ハハハ、同じ結果に行きついたみたいだ。町へ戻りながら、門番さんを説得出来る方法がないか話し合う。

「駄目だ〜。あいつらを説得する事がこれほど難しいとは」

「皆さん、心配性ですからね」

私が毎日森へ行く事も、かなり心配している。ドルイドさんが一緒なので、少し遠慮をしてくれているけれど。

「シエル、ここで良いよ。ありがとう」

「にゃうん」

喉をグルグルと鳴らして、体に顔をすりすり。そして、いつもの挨拶をソラにして走り去った。

「あれ？　今日はソラ、反応しないな」

ドルイドさんの頭の上にいるソラを見るが、少しプルプルする程度だ。いつもだったらシエルに舐められたあとは、ピョンピョン跳ね回るのだが。

「そうみたいですね。そろそろ慣れたんでしょうか？」

ちょっと、あの反応が見られないのは寂しいな。面白かったからな。

「ソラ、そろそろバッグにもどろうか」

「ぷ～」

ん？　もしかして眠い？

「ソラ、もしかして眠いの？」

「ぷ～」

一杯食べて、その後シエルとかなり遊んでいたからな。疲れたのかもしれない。ドルイドさんに屈んでもらって、ソラをそっと頭から降ろしバッグに入れる。

「眠いから、跳ね回らなかっただけかな？」

「ありえますね」

町へ戻り、ドルイドさんのお父さんのお店へ向かう。店主さんの準備は整っただろうか。

「おはよう」

「あら、ドルイド。久しぶりね～」

店に入ると、女性の人が店番をしていた。見た目の年齢から考えて、ドルイドさんのお母さんだろうか？

「母さん。あ～、久しぶり」

ドルイドさんの緊張した声に、ちょっと噴き出しそうになってしまった。慌てて口を押さえたが、視線を感じたのでちょっと顔を横に向けておく。

「あら、あなたね。うちのバカ息子たちがお世話になっているのって。ごめんなさいね、ご迷惑かけてしまって」

バカ息子って、会った事があるのは二人。その内の一人はいつも一方的に怒っているだけ。迷惑と言えば迷惑だけど、酔っぱらい扱いなので気にならない。ドルイドさんは、知らない事を教えてもらっているので私がお世話されている。

「初めまして、アイビーです。ドルイドさんには、私がお世話になっています」

もう一人の事は無視でいいだろう。

「ふふふ、可愛らしいお嬢さんね」

えっ！　初対面の人に性別がばれたのは初めてだ！　私が驚いた表情をしたので、女性が少し慌てる。

「あっ、ごめんなさい。えっと」

「いえ、大丈夫です。初めて会った人に性別を見抜かれたのが初めてだったので、驚きました」

「あら、そうなの？　確かにパッと見た時は男の子かなって思ったのよ。旦那からも聞いていたし。でもちゃんと見ると、可愛らしい女の子なんだもの。間違わないわよ。ね。ドルイド？」

あっ、そういえばドルイドさんっていつわかったんだろう。

「あ～。そうだね」

ものすごい棒読みの返事だ。

「ドルイド？　あなたまさか知らなかったの？」

「いや、今は知ってるから」

ドルイドさんのお母さんが溜め息をつくと、慌てて言い訳をするドルイドさん。こんなドルイドさんは初めて見るな。何処か新鮮だ。

「まったく、これだから男どもは」

「いや、だから知ってるって」

グッと唇に力を入れる。やばい、噴き出しそうだ。

「アイビー、思いっきり肩が揺れているからな」

「あっははっはは。ドルイドさん、がんばっているのに声を掛けないでくださいよ」

駄目だ。笑ってしまった。

「なんだ？　何かあったのか？」

店主さんが来たみたいだ。なんとか笑いを抑える。

「おはようございます」

「おぉ～、今日はよろしく頼むな」

「こちらこそ、よろしくお願いいたします」

「父さん、アイビーにあんまり無茶な事は言うなよ」

ドルイドさんも今日は緊張をしていないようだ。というか、先ほどの会話で上手く緊張がほぐれたみたいだ。良かった。

「わかっている。で、悪いんだが『こめ』を炊いてもらえないだろうか？」

そうか。炊き方を言っておくのを忘れていたな。

「はい。えっと何処で炊きましょうか？」

ここは店なので駄目だろう。

「場所は店の奥にある調理場で頼むよ。あと、炊き方を教えてもらいたいんだがいいか？」

「はい、問題ありません」

店主さんに案内されながらドルイドさんと一緒に調理場へ向かう。店の奥に行くと、かなり広めの調理場があった。すごいな。

「火はあそこだ」

店主が指す方向を見ると、大きいお鍋も置けそうなコンロ。いいな。

「さっそく準備しますね」

「あぁ、頼む」

作業を始めると、店主さんが隣に立ってメモを取り出した。時々質問されるので、がんばって記憶をたどりながら答えるが本当に合ってるのかわからない。

「私も、まだまだわからない事が多いので」

「いや、これだけ答えてくれれば問題ない」

良かった。ご飯の炊きあがりを三人で待つが、時間は感覚なので不安だ。

「もう大丈夫だと思いますが、いつもより多めに炊いたので不安です」

「ハハハ、失敗したらまた炊いたらいい。『こめ』だけは一杯あるぞ」

店主さんは豪快に笑って、鍋の蓋を開けてしまう。う～、ドキドキする。大き目のスプーンを借りて、ご飯を軽くかき混ぜる。

「あっ、いい感じです」

良かった。炊いた量が昨日までとかなり違ったし、お鍋も大きくなったのでかなり不安だったのだ。でも、ちゃんと炊けた！　これは、かなりうれしい。

「昨日言っていた『焼きおにぎり』を作ってくれるか？　調味料はここにあるのを自由に使ってくれて構わない」

そう言って出してきたのは、大量のビン。

「すごいですね。すべて調味料ですか？」

「あぁ、各地の村や町から取り寄せたソースと調味料だ」

お店並みの品ぞろえだな。ドルイドさんが『努力の人』だと言ったとおり、色々努力を積み重ねてきた人なんだろうな。だって、各ビンに味の感想が書き込まれている。ドルイドさんが、尊敬する人か。そんな人と一緒にソースを作れるなんて、うれしいな。

171話　おにぎりは難しい

前の私の記憶が、焼きおにぎりには醤油だと主張している。確かに醤油を塗って焼けば、香ばしい匂いが食欲をそそるだろうな。少し甘味を足しても良いと思う。だけど醤油を使うには、大きな壁がある。この世界、醤油が高い。食料不足を補う為に、米を広める必要がある。その為には『手軽に作れて安い、そして食べ慣れている味』。これが重要になると思う。そうなると、使い慣れているソースを基本に改良をしたほうがいいだろう。少しでも抵抗感を減らす為だ。とりあえずこの町のソースを、少し舐めてみる。味は塩が強く、甘味が少ないように感じた。このまま使うと、米がソースを吸ってかなり濃い味になってしまいそうだな。隣でドルイドさんも舐めて味を確かめている。

「どう感じますか？」

「ちょうどいい味だと思うけど。まぁ、小さい時から馴染みのある味だからな」

そうか。この町の人たちにとっては、この味が食べ慣れている味なんだ。塩を減らしたら、味がぼやけたと感じるかな。

「好きなように作ったらいいと思うぞ」

「そうですか？」

「あぁ、俺たちも意見を言うから問題ないよ」

あっ、私一人で作るわけではないんだった。みんなで作るんだ。

「はい。どんどん意見お願いしますね」

「了解」

なんだか気持ちに余裕が出来たな。よしっ！

「店主さん、このソースは何がベースになっているんですか？」

「あぁ、これだ」

出してくれたのは、大きなビンに入った黒い液体。

「これはなんですか？」

「ベースになるソースだよ」

あぁ、これがそうなんだ。

「味を確かめたいので、少しもらってもいいですか？」

「あぁ、いいぞ」

小皿に少しだけもらって、味を確かめる。あっ、醤油に少し似ている。これだったら大丈夫だ。

これに、何を足したらいいかな？　とりあえず甘さがほしいな、あとコクももう少しほしいな。

「甘さとコクを足したいのですが」

「それだったら、カゴの中に蜂蜜と果物の蜜煮があった筈だ」

教えてもらった甘味を少しずつ足して味を確かめていく。二人にも味を見てもらいながら意見をもらう。店主さんがコクにと提案してくれた、果物の蜜煮を足してみると数段味が良くなる。さすが、色々調べているだけあって店主さんの知識はすごい。それから果物の果汁を足してみたり、薬草を足してみたりでほぼ一時間。甘味があって旨味のあるソースが出来た。

「すごいな、薬草を入れるとは。考えた事もなかったよ」

一緒にソース作りをしていた店主さんは、私のやる事に色々と感心していた。その姿に少し不安を覚える。もしかして、また何かやらかしていないかな？　そっと隣で作業をしているドルイドさんに聞くと、大丈夫と小声で教えてくれた。ホッとすると、続いて『あとで、アイビーの事は広めないように言っておくから』と。あ～、やっぱり何かしたらしい。小さく頭を下げて、ドルイドさんにお願いしておく。何をやらかしたのかわからないので、自分で対処は不可能。ここは事情を知っている彼に丸投げしておこう。

「よし焼くか。このソースは焼く前に塗るのか？」

「えっと、焼く前に塗って米に少し染み込ませて、焼いてからまた塗ります」

おかしいな、前の私が焼きおにぎりを作った記憶がない。なんでだろう？　あっ、炊いたあとご飯をそのまま放置してしまった。冷えて硬くなっているかもしれない。急いでお鍋の中を確かめる。

米の表面が微かに乾燥してしまった。失敗したな。

「どうしたんだ？」

「米が乾燥してしまって」

店主さんがお鍋の中を確認する。

「もう、おにぎりは作れないのか？」

「いえ、大丈夫です。ちょっと味が落ちてしまうかもしれませんが」

木のお櫃（ひつ）があったらいいらしいけど、代用出来る物ってあるかな？

「あの、木の入れ物ってありますか？　炊いた米の水分調整をしてくれるので便利なんですが」

「木の入れ物？　バナの木で作った物だったらあるが」

バナの木？　それってバナの葉のように、殺菌効果があるのかな？　それだったら、かなりいいかもしれない。店主さんが持って来てくれた入れ物は、丸型で蓋まである。見た目が記憶にあるお櫃に似ているかも。

「ありがとうございます。本当は炊き立てを入れるんですが、忘れていました」

入れ物を借りてご飯を入れていく。まだ、ほんのり暖かいので問題ないかな。バナの葉を浮かべた水で手を洗い、おにぎりを作っていく。記憶では、ギュッと力任せに握っては駄目とある。でもこれ、気を付けていないと手に力が入ってしまいそうだ。なんとか、六個のおにぎりを作る。並んでいるおにぎりを見て……歪な形に小さな溜め息が出る。見ているかぎりでは簡単そうなのに、実際に作ると難しいな。作ったソースを塗って、網に載せて焼く。しばらくすると、辺りに香ばしい匂いが広がってくる。

「食欲をそそる匂いだな～」

店主さんの言葉にうれしくなる。これで熱が加わっても、問題がなければ完成だ。思ったよりソースのベースが、醤油味に近かったから簡単だったな。あとで材料を聞いてみよう。

「ねぇ、義父さん。これが焼きおにぎりの匂いなの？　すごくお腹が空く匂いなんだけど」

店のほうから女性がやって来る。先ほど見た女性よりかなり若い女性だ。

「そうですよ。焼きおにぎりソースが焼ける匂いです。アイビー、兄さんの奥さんだよ」

「初めまして、アイビーです」

私の挨拶に、少し目を見開いて驚いた表情を見せる。それに驚いていると。

「あなたがアイビーなのね。会いたかったの、あの馬鹿って失礼。義弟が迷惑を掛けているみたいで、本当にごめんなさいね」

ド……あれ？　また名前を忘れてしまったな。ドルイドさんのお兄さん、義姉に『あの馬鹿』と呼ばれているのか。あの人、大丈夫かな？

「いえ、広場の管理人さんやギルマスさんに守ってもらいましたから、大丈夫です」

あっ、ちょっと嫌味に聞こえたかな？

「ギルマスから話は聞いているわ。自警団の人たちからも注意されちゃったし」

そうか。家族も大変だな。

「まったく、旦那はようやく目を覚ましたみたいでまだ見込みはあるけど、あれは駄目ね」

お姉さん、辛辣だ。しかも、『あの馬鹿』のお父さんと、弟がいるんだけど。

「本当にね～。それにしても、本当にいい匂いね」

店主さんの奥さんも来てしまった。店番は大丈夫なんだろうか？

「お前たち、店番はいいのか？」

「大丈夫よ。この時間に来る人は少ないし、音で気がつくわ」

奥さんとお姉さんが焼きおにぎりをじっと見ている。おにぎり、もう少し作ろうかな。

「私たちも頂けないかしら？　『こめ』という事でちょっとって思っていたけど、この匂いは駄目。我慢できないわ」

奥さんの言葉にうれしくなる。匂いは人を引き寄せる。店の前で焼いたら、いい宣伝になるだろうな。

「はい。大丈夫です」

木の入れ物の蓋を開けて、おにぎりを追加で作っていく。作った焼きおにぎりソースはまだまだ一杯あるから問題ない。網の上に新しく作ったおにぎりを載せて焼きおにぎりソースを塗る。焼けてきたおにぎりにも追加で一回塗る。ドルイドさんがお皿を持ってきてくれたので、焼けたおにぎりからお皿に移動させる。

「えっと、食べたら味の感想をお願いします」

奥さんとお姉さんにお皿を渡す。

「はぁ、お前たちは」

店主さんの少し呆れた声が聞こえるが、二人は気にしないのか焼きおにぎりを食べ始めた。この二人の女性ってなんだか似ているな。顔立ちなどは違うんだけど、雰囲気が似ている。

「おいしい。いつものソースとは違って、なんだか新鮮」

「この甘味いいですね。おいしい」

二人の感想にホッとする。良かった。これで、ちょっとでも首を捻られたら、また一からやり直しだ。店主さんとドルイドさんにも、焼きおにぎりをお皿に移して渡す。

「悪いな。先にもらってしまって……」

店主さんもドルイドさんも気になるのか口にしない。

「温かいうちのほうがおいしいので、食べてください。次がすぐに焼けますから」

私の言葉に、ありがとうと感謝の言葉を言ってから二人とも食べ始める。やはりこの二人も似ている。あっ、こちらは血のつながった親子だった。

「旨いな。このソースの少し焦げた所がかなり旨い。この味で大丈夫だな！」

良かった。

最弱テイマーはゴミ拾いの旅を始めました。
The Weakest Tamer Began a Journey to Pick Up Trash.

最弱テイマーはゴミ拾いの旅を始めました。
The Weakest Tamer Began a Journey to Pick Up Trash.

番外編 ✿ 贈り物と無意識？

The Weakest Tamer
Began a Journey to
Pick Up Trash.

村の門が見えてくると、なんとも言えない気持ちになった。ドルイドさんのスキルについての秘密を知って、私のスキルを話して、なんだか今日は色々あったな～。ラットルアさんやシファルさんにも私のスキルの事は話したけれど、なんだろう……ちょっと違う。一緒に旅をしたいと、初めて思った人だからかな？　そっと隣を歩くドルイドさんを見る。そういえば、かっこいい顔立ちだな。

「ん？　どうした？」

「ドルイドさん、人気があるでしょう」

「えっ？　いや、人気なんてない、ない。というか、今までは人を避けていたからな」

そうなんだ。人気がある顔立ちだと思うけどな。

「どうして？」

「かっこいいなって思ったから」

「……そ、そうか？」

「はい」

うん、かっこいいと思う。あれ？　なんだかドルイドさんの顔が赤い？　照れてるの？　じっと、ドルイドさんの表情を見ると、すっと視線を反らされてしまった。

「ふふふっ」

「こら！　大人を揶揄(からか)わない！」

「揶揄ってません。ドルイドさんは絶対人気があります」

私の言葉に首を傾げるドルイドさん。人を避けて生きてきたみたいだから、気付かなかった気持ちも多いんだろうな。もったいない。

「お帰り～」

門番さんたちが笑顔で出迎えてくれる。本当にこの村の門番さんたちって、笑顔が似合うな。

「ただいま戻りました。お疲れ様です」

ドルイドさんが森の様子を門番さんたちに伝えるのを見つめる。人を避けていると言っていたけど、根本的にドルイドさんは優しいと思う。

「お待たせ。行こうか」

「はい」

村の大通りをゆっくりと広場に向かって歩く。

「二日続けて夕飯を誘ったんですけど、用事とか大丈夫でしたか？」

「大丈夫。片手をなくしてから、一番大変なのが料理だから。アイビーが誘ってくれると助かるんだ」

ドルイドさんの右腕を見る。肘の辺りからなくなっている。

「痛みとか出てないですか？」

「それがまったく。あの子には本当に感謝しかないよ。普通は数年痛みがあったりするらしいから」

そうなんだ。知らなかった。ソラの入っているバッグをそっと撫でる。

「そうだ。夕飯のあとの甘味でも買って行こう」

「えっ？　昨日ももらったよ？」

「昨日の分は昨日の分。今日の分は今日の分」

でも、昨日もらった甘味もまだ食べていないのに。

「それと、お詫び」

お詫び？　ドルイドさんを見上げると、少しばつが悪そうな表情をしている。ん？　……もしかしてお兄さんの事かな？　ドルイドさんが、謝る事ではない。たぶん気にしているんだろうな。

「ドルイドさんが謝る事じゃないですよ？」

「いや、俺たちの問題に巻き込んでいるわけだから」

巻き込まれたくなかったら、私がドルイドさんから離れればいいだけの話なのに。本当にドルイドさんは優しいな。さっきの話で、ドルイドさんがお兄さんの星を奪ったと言っていたけど、何かあるのかもしれないな。奪ったほうがいいと思う何かが。まぁ、聞かないけどね。私にとっては、それはどうでもいい事だし。ちらりとドルイドさんを見る。じっと私を見る目を見つめ返す。断ってもいいけど……。

「二種類、買ってもいいですか？」

甘味は好きだし、甘えよう。私の言葉に、少し驚いた表情のドルイドさん。でも次の瞬間、優しい笑顔を見る事が出来た。

「もちろん！　何がいいかな？」

「一緒に見て回って探しませんか？」

「そうだね。そうしようか？」

「はい」

なんだろう、すごく楽しい。ドルイドさんをそっと窺う。今までの笑顔と少し違う様な気がするな。もう少し、ドルイドさんに近づけたのかな？　そうだったらうれしいな。

「あの店は？」

ドルイドさんが指した屋台を見る。商品を見ると、薄いピンク色したケーキ？

「ちょっと甘めだけど、女性に人気なんだ」

「ん～、二種類のうち一種類はこれにします」

私の返事にドルイドさんが、薄ピンクのケーキを購入してくれる。お店の人の話では、果物が練りこんである為この色をしているらしい
「ドルイドさん、ありがとう」

「どういたしまして。あと一種類は何がいいかな？」

並んでいる屋台を順番に見て行く。夕飯にちょうどいい時間の為、人が多く、屋台もかなり賑わっている。

「この辺りには甘味はないな。少し先へ行ってみようか？」

歩いている場所が悪かったのか、周りはどれもお肉やスープの屋台ばかり。しかも人でひどく混雑してしまっている。

「うん。ドルイドさんのお薦めの甘味はありますか？」

甘味はあまり食べないと言っていたけど、何かあるかな？

「子供の頃に好きだった甘味があるな」

「だったらそれにしましょう！」

「記憶ではかなり甘かった気がするんだよな。今の俺に食べられるかな？」

そうか、大人になると味覚が変わると聞いた事があるな。

「無理なら他のにしましょう」

「いや、俺も気になるし行ってみよう」

そう言うとドルイドさんは、屋台が並んでいる大通りからそれて、一本奥の道に向かって歩き出す。

「お店はこっちなんですか？」

「大通りに面した店だけど、裏から行ったほうが早く着くから。それにしても久々にこの時間帯にここに来たけど、相変わらずすごい人だよ」

「そうですね。人の多さに驚きました」

ドルイドさんの後ろをついて歩きながら、周りを見渡す。この辺りは、装飾品などのお店が並んでいる為か華やかな印象を受ける店が多く、見ているだけでも楽しい。それに大通りとは違い人がそれほど多くないので、歩きやすい。

「あっ！」

何気なく見た、一軒のお店。店に入ったすぐの机に、細身の髪留めが売られていた。その中の一本が、すごく気になる。立ち止まって見ていると、ドルイドさんがお店に入っていく。あとに続いて入っていくと、渋めの赤い皮ひもと蒼い小さな石を使用した物でとてもかっこいい。

「アイビーにか？　ちょっと印象が違うんだけど」

ドルイドさんが、私が手に取った髪留めを見て首を傾げる。

「こっちのほうが似合うと思うけど」

ドルイドさんが手に取ったのは、白い色の皮ひもに橙の小さな石が付いた髪留め。

「私のじゃないですよ」

「えっ？」

手に持っていた髪留めを、ドルイドさんの額に当てる。うん、やっぱり似合う。

「俺に？」

「そう。すごく似合います」

私が持っている髪留めをじっと見るドルイドさん。そして机に並んだ他の髪留めに視線を向ける。

もしかして、気に入らなかったのかな？

「いらっしゃいませ」

不意にお店の人に声を掛けられて、びくりと肩が震えてしまう。声が聞こえたほうを見ると、可愛らしい女性がにこりと笑顔を見せてくれた。

「この商品はここにあるだけですか？」

「いえ、ご希望があれば紐や石を替えてすぐにお作りできますよ」

そうなんだ。手に持っている髪留めを見る。この色でもいいけど、石だけ変えてもらおうかな？

「この商品の石なんですが、もう少し明るい色に出来ますか？」

「出来ますよ。もしよろしければ、石をご自身で選びますか？」

楽しそう！　ドルイドさんと一緒にお店の奥に行くと、そこには、机の上に並んだ小さなお皿。そして、その中には色とりどりの小さな石が入っていた。

「この色がいいな」

ドルイドさんを見ると、綺麗な水色の石を持っていた。なんだろう、見た事がある色だな？　何処でだっけ？

「これで作ってもらっていいですか？」

「こちらの色でよろしいですか？」

「はい。紐の色はこれで」

ドルイドさんが、私が持っていた髪留めをお店の人に渡す。

「わかりました。ふふっ、この色は息子さんの髪色と同じですね」

「えぇ」

息子さんって、もしかして私の事？　という事は、私の髪色？　そっと自分の髪を掴む。あっ！　見た事がある筈だ。毎日、鏡を通して見ているのだから。というか、どうして気付かなかったんだろう？

「あの色の石で良かったんですか？」

「あの色が良かったんだよ。綺麗な色だっただろ？」

うん、綺麗な色だった。私の髪もあんなふうに綺麗に見えているのかな？　……ちょっと照れるな。あれ？　あの髪留めは、ドルイドさんが一人で着けられるのかな？

「ドルイドさん、あの髪留めは片手でも着けられますか？」

「ん？　そういえば無理だな」

やっぱり。下手に私がかっこいいと言って薦めてしまったから。

「一人では無理だから、アイビーが着けてくれるとうれしい」

ん？　私が着けるの？

「それはいいですけど……」

それってこの村にいる間の事を言っているんだよね？　旅の返事ってまだもらってないから。

「毎日、よろしくな」

あれれ？　旅の返事はまだだよね？　毎日？　ん？

「お待たせしました」

「ありがとう。アイビー、着けてくれないか？」

「はい」

ドルイドさんから、私の髪色の石が付いた髪留めを預かり、ドルイドさんに着ける。少し後ろに下がって、全体を見る。うん、やっぱりこれで正解だったみたい。

「ばっちりです！」

「ありがとう。すごく気に入ったよ」

「ふふっ」

なんだかすごく楽しいな。ちらりと、ドルイドさんが着けた髪留めを見る。うん、やっぱり似合うな。

「これからも、よろしくな」

「はい」

これからも？　やっぱり一緒に旅へ行こうという返事をもらっているのかな？　でも、記憶にないのだけど。これってどうすればいいんだろう？

「アイビーはどれがいい？」

「えっ！　私は必要ないです」

髪は短いから髪紐は必要ないし。ドルイドさんみたいにかっこよく髪留めは着けられないし、

「でも……」

「本当に！」

「……そうか」

ドルイドさんを見ると少し残念な表情をしていた。悪い事しちゃったかな？

「ドルイドさん、甘味を探しに行こう」

私の言葉に、苦笑を浮かべたドルイドさんは私の頭をポンと撫でた。

「わかった、行こうか」

「はい」

髪留めしたドルイドさんって、いつもよりキリってしているように見えるな～。そういえば、誰かの為に何かを選ぶのって初めてかも。ラットルアさんたちには、もらってばかりだったもんね。

「ありがとうございました」

お店の女性に見送られて、屋台が並ぶ大通りに戻ると探していた思い出の甘味はすぐに見つける事が出来た。

「これ？」

透明のぷるんとした何かに果物が包まれている。とても綺麗で食べるのが、もったいないぐらい。

「久しぶりに見ると、食べたくなるもんだな」

「二種類目はこれにしていい？　すごく気になる」

透明の皮でいいのかわからないけど、すごく綺麗で食べた時の食感がとにかく気になる。

「これをください」

屋台の店主がすぐに甘味をカゴに入れて、私に渡してくれる。それを受け取って、そっとカゴの中を見る。おいしそう。


広場に戻ると、昨日の夕飯を少し手を加えて味を変える。お隣のマシューラさんにも手伝ってもらい、すべて完食する事が出来た。甘味もおいしかった。

「今日は、ありがとうございました。見事食べきる事が出来ました」

夕飯のあと片付けをしながら、ドルイドさんとマシューラさんにお礼を言う。

「気にしなくていいぞ。俺はかなりおいしい思いをしてるから」

マシューラさんが、洗ったお皿を拭きながら笑顔を見せる。

「アイビーの料理はまた食べたくなる味なんだよな。これからも楽しみだ」

ドルイドさんの言葉に首を傾げる。やっぱり、一緒に旅へ行く事になっているのかな？　考えても思い出せないんだけど……忘れちゃったという事？　それって、ものすごく失礼だよね？　どうしよう、謝るべきだよね？　でもいつ一緒に旅へ行こうなんて返事を、もらったんだっけ？

「こっちは終わったぞ。マシューラ、テントの前に置いていいか？」

使用していた机と椅子を拭いていたドルイドさんが、マシューラさんに声を掛ける。

「はい。ありがとうございます」

「マシューラさん、本当に助かりました。ありがとうございます」

「どういたしまして、いつでもどうぞ。その時は俺の分の夕飯もよろしく」

マシューラさんの笑顔に笑みが浮かぶ。

「ふふっ、わかりました」


あと片付けも終わり、ドルイドさんを見送る為、広場の出入り口まで歩く。

「別に送ってくれなくてもいいんだぞ」

「ちょっと食べ過ぎたので、歩きたいんです」

最後に食べた甘味がちょっと多かったかな。でも、ドルイドさんの思い出の甘味は、とろっとしてちょっと甘めでおいしかったな。

「そうか」

広場の出入り口で、ドルイドさんが立ち止まり私と向き合う。なんだろう、とても真剣な表情なんだけど。ドルイドさんを見て、首を傾げていると。

「旅に一緒に行こうと言ってくれてありがとう」

「いえ、えっと……」

なんて言えばいいの？　答えを聞いたのに、忘れてしまってごめんなさい？

「答えはなるべく早めに出すから」

ん？

「もう少し待っていてほしい」

つまり、まだ一緒に旅へ行こうという返事はもらってないという事だよね。だったら、毎日髪留めを着けるとか、夕飯をこれからもよろしくとか……どういう意味だったんだろう？　ドルイドさんを不思議そうに見ていたのか、彼が首を傾げるのがわかった。

「答えはいつでも、ゆっくり考えてください」

「ありがとう。じゃ、また」

「はい」

まぁ、答えを忘れていたわけじゃなくて良かった。それにしても、ドルイドさんのあれは無意識とか？　……いい返事が聞けるかな？　楽しみだな。

あとがき

皆様、お久しぶりです。ほのぼのる５００です。この度は、『最弱テイマーはゴミ拾いの旅を始めました。３巻』を、お手に取ってくださり本当にありがとうございます。イラスト担当のなま様、素敵な絵を今回もありがとうございます。二〇二〇年七月には、コミカライズ一巻が発売となりました。多くの方が支えてくださったお蔭です。本当にありがとうございます。

三巻で書きたかったのは、アイビーの新しい仲間と、ちょっとだけ成長したアイビーの姿です。成長の一つとして、スキルを告白するシーンを絶対に書こうと思いました。それには信頼できる仲間が必要です。その仲間を奴隷にするか冒険者にするか、悩みました。ドルイドが誕生したのは悩んだ末の結果なんですが、彼には謝る事が二つあります。一つは、ちょっと面白そうという思い付きだけで、片腕にしてしまった事です。でも、この設定のお蔭で、少しずつ寄り添っていくアイビーとドルイドの様子が書けたかなと思います。そしてもう一つは家族関係です。ここまで拗らせるつもりはなかったんです。本当に！　ただドルガスの暴走が楽しくて、気付いたらかなり拗れた家族関係が出来上がっていました。自分でもびっくり！　何気にドルガスとアイビーのやり取りが気に入ってます。そして大切な人のために怒れるアイビーが書けてうれしいです。そしてドルイド以外にも仲間が出来ました。フレムの誕生です！　ソラから産まれる設定は、ソラが赤のポーションを食べ出した頃に決めていました。もう、いつフレムを誕生させようか、実はずっとうずうずしてたんです。今回無事に仲間に加える事が出来て幸せです。新しい仲間が増えて、より賑やかになったアイビーの旅を楽しんでいただけたら幸いです。

ＴＯブックスの皆様、いつもありがとうございます。担当してくださっているＫ様には、色々な提案をいただけて、本当に感謝しています。皆様のおかげで無事に三巻を出版する事が出来ました。心から御礼を申し上げます。これからも引き続き、よろしくお願いいたします。長く関係が続けられるようにがんばります！

最後に、この本を手に取って読んでくださった方に心からの感謝を、そして多く方に買っていただけたので四巻でお会いできる事になりました！　コミカライズ一巻と共にどうぞよろしくお願いいたします。また、『異世界に落とされた…浄化は基本！』のライトノベルに、コミカライズもよろしくお願いいたします。

二〇二〇年十月

ほのぼのる５００

巻末おまけ ✿ コミカライズ第２話 前半

漫画：蕗野冬

原作：ほのぼのる500

キャラクター原案：なま

The Weakest Tamer Began a Journey to Pick Up Trash.

ハァッ
やばい
ザザザ
ハァッ
ザァァ
また…何かに追いかけられてる
怖くて後ろを振り向けない
ハァ
ジャリ…
パキッ
登れる木…どこ⁉
ハァハァ
タタタ
ラトミ村を逃げ出してから何度も魔物に追いかけられた
隠していた剣も逃げるのに必死で失くしてしまった
村から出てすぐ捕まるなんて
考えただけでムカつく――…！
8日目の朝――…
タタタ
ガシャ
ガシャ
カランッ

ぜぃっっ
ぜ
はあっ
はあっ
きゅ
休憩…!
ドサ
ドサ
1時間くらい
歩いたかな
はあっ
捨て場に
あったからって
さすがに10個は
多かったかな

荷物を
入れ替えよう
それに…
さっきの子たちが
捨てていった
ポーションも
10個のうち6個は
私が使っているものより
容量が大きい
ひとつは重量が
軽減されないから
使えないけど…
よし
1個は容量に
かなり余裕がある

チャプン
ザッ
ザッ…
ビクッ
ちゃぷん
ピタッ
ゴソゴソ

あの人…
テイマーだ
ゴミを処理
してるのかな
シュ
シュウウウ…
シュ
ムウウ…
シュ
ワァァ…
冒険者チームには
必ずスライムをテイムした
テイマーが必要と
法律で決まっている
…気配が薄くて
気がつかなかった

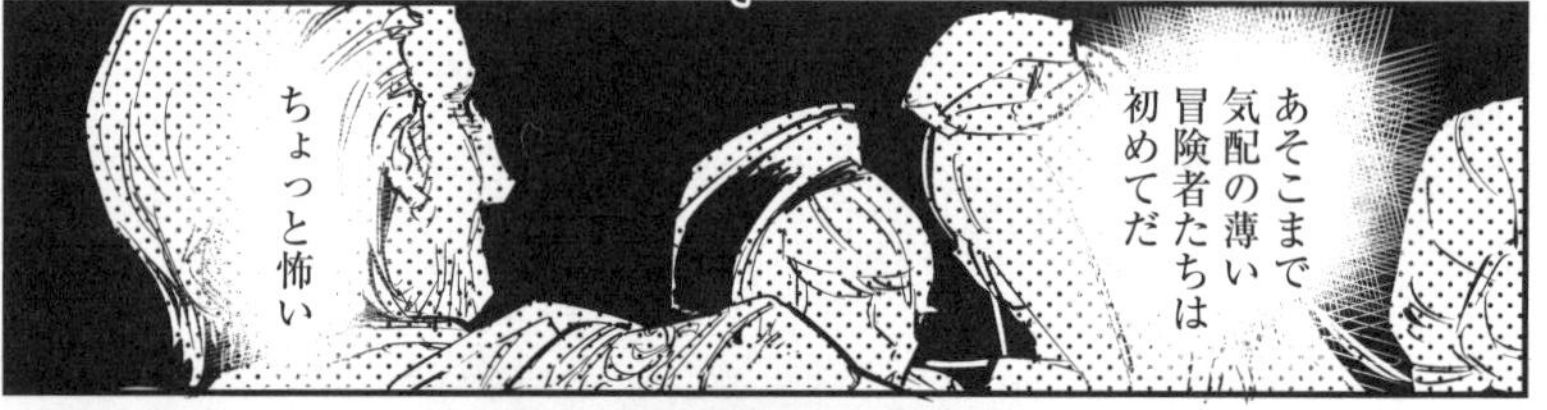

次の村を
目指して4日——
あれっ…
次の村まで
どのくらいだろう
こそ
こそ
とりあえずは
あまり村道から
離れないで
進もう
ガシャン
捨て場があるけど…
周辺に村がない
森の中にあるものは
冒険者の捨て場だと
聞いた

小さな村になると
テイマーと契約できる
王都や町とは違い
ゴミ処理の依頼を
かけるほどの余裕もない
現実が目の前にある
違法の捨て場だ
前に見た
捨て場とは違って
拾えそうなものもない
ポーションも
変色してるのばかり
村にある捨て場だって
法で定められた
ものではない
村にはゴミを処理する
スライムが要る
だがテイマーの数が
足りていないのだ
テイムした
スライムによっても
1日で処理できる
量は異なる
無機物を処理できる
スライムを持つ
冒険者チームは少ない
Sランクくらいだろうと
教わった

「フホウトウキ」だって
前の私が言っている

何となく
嫌な気分だ

いないなー…
残念
動物の潜む
気配がない…
野ネズミや
小さい動物が
いればと
思ったけど…
ザク
最後の干し肉に
手を出す
ところだった
途中で木の実を
収穫しておいて
よかった
とっ

パチ…

どうしよう
移動する？

それとも
このまま
身を潜める？

スピードが
早すぎる

逃げられない

動いたら気づかれる！

ヒュージアント

ヒュージアント
数十匹の群れで
襲う中型の魔物
動作が俊敏
この森は
ヒュージアントの
巣穴が近いのかも
チュンチュン
チュン

ガヤ
ガヤ
ガヤ
チャリーン
毎度あり！
トトトト
すみません
野ネズミのお肉を売りたいのですが…
おっ野ネズミかい？
ちょっと見せてくれ…

ヒュージアントの群れから逃れたあと
カタン…
狩りで仕留めた野ネズミ5匹分の肉
殺菌作用のあるバナの葉で綺麗に包装
見た目も大事と前の私が言っていた
ごくっ
この村には旅人の姿を多数見ることができた
野ネズミの干し肉は栄養価が高く人気だと聞いた

冒険者の姿も
珍しくない様子だ
部外者が
肉を売っても
目立つことはないだろう
鮮度がいいな
いいぞ
この量だと
100ダルだな
また捕まえたら
よろしくな
最近は大物目当てが
多くて野ネズミを
持ってくるやつが
少ないんだ
ぽっ

ぽわ〜〜〜…

初めて自分で
お金を手に入れた…

最弱テイマーはゴミ拾いの旅を始めました。
第1巻も
好評発売中！
最弱テイマーはゴミ拾いの旅を始めました。
1
漫画：蕗野冬
原作：ほのぼのる500
キャラクター原案：なま

comic
コロナを
チェック！

アゼリア帝国に
再び訪れたカミルから
なんとダンスのお誘いが——
一緒に踊らないか？
冬 発売決定！
コミカライズ
企画進行中！

何だって
え？
初めての出来事に
ディアドラの
心は揺れて？！
いつの間に
全力令嬢が隣国の
元王子と急接近!?
大波乱の恋愛ファンタジー4巻！
転生令嬢は
精霊に愛されて
最強です……
だけど普通に
恋したい！
4
The Reincarnated Count's daughter is
the strongest as she is loved by
spirits, though she is only
wishing for regular romance!
2020年

最弱テイマーはゴミ拾いの旅を始めました。3

2020年11月 1日 第1刷発行
2022年12月15日 第3刷発行

著 者 ほのぼのる500

発行者 本田武市

発行所 TOブックス
〒150-0002
東京都渋谷区渋谷三丁目1番1号 PMO渋谷Ⅱ 11階
TEL 0120-933-772(営業フリーダイヤル)
FAX 050-3156-0508

印刷・製本 中央精版印刷株式会社

ISBN978-4-86699-058-3

Printed in Japan